百年中国新诗编年

第一分册
1916-1926

主编：张清华　　分册主编：马春花

山东文艺出版社

图书在版编目（CIP）数据

百年中国新诗编年／张清华主编. —济南：山东文艺
出版社，2022.1
ISBN 978 - 7 - 5329 - 6331 - 7

Ⅰ.①百… Ⅱ.①张… Ⅲ.①诗集 - 中国 - 当代
Ⅳ.①I227

中国版本图书馆 CIP 数据核字（2021）第 040771 号

责任编辑：王月峰　王怀瑞　董树丛　杨云芳
装帧设计：刘小军

百年中国新诗编年
BAINIAN ZHONGGUO XINSHI BIANNIAN
张清华　主编

主管单位　山东出版传媒股份有限公司
出版发行　山东文艺出版社
社　　址　山东省济南市英雄山路189 号
邮　　编　250002
网　　址　www. sdwypress. com

读者服务　0531 - 82098776（总编室）
　　　　　0531 - 82098775（市场营销部）
电子邮箱　sdwy@ sdpress. com. cn

印　　刷　山东新华印务有限公司
开　　本　710 毫米×1000 毫米　1/16
印　　张　340. 25
字　　数　4104 千
版　　次　2022 年 1 月第 1 版
印　　次　2022 年 1 月第 1 次印刷
书　　号　ISBN 978 - 7 - 5329 - 6331 - 7
定　　价　1600. 00 元

《百年中国新诗编年》编委会

主　　编：　张清华

主编助理：　赵坤

分册主编：

第一分册　马春花

第二分册　赵坤

第三分册　冯强

第四分册　周航

第五分册　赵林云

第六分册　王士强

第七分册　顾广梅

第八分册　刘波

第九分册　刘波

第十分册　王士强

凡例

一、《百年中国新诗编年》以编年史形式，选录 1916—2015 年最有代表性的中国现代新诗作品。大体以每十年为一卷，共分十卷，顾及历史本身具体的周期变化，每卷起止时间上略有调整。

二、各卷收录诗歌标准统一，以优秀作品、重要作品或标志性作品为目标；以原始发表刊物（或出版物）为底本，作者后续修订、校阅、编选本为校勘本；不同版本诗歌改动较大者则作脚注，以"编者注"的形式说明。

三、入选作品编次，以发表时间（或写作时间）为序，各卷编排顺序统一。除个别发表年份存在争议的情况外，均按公开发表时间排序；期刊与诗集同年月出版者以诗集为先；同年同刊同期发表的作品，按作者标出的写作时间排序；个别写于特殊历史时期，不具备公开发表条件，但又在事实上造成了一定的传播，且具有重要影响的，按照写作年代编入。

四、个别具体发表（或写作）时间无法考证的作品，作为附录，收在该卷所选诗歌作品的最末。

五、新诗历经百年，语言变化大，为保留不同时代的语言风格和文字习惯，入选诗作全部依照原文，有地名、人名、译名与现今通用习惯不统一者，皆从原貌，不作修订，以存其真。

六、各卷末附本卷所涉诗人小传，在同一卷中出现多次的作者，只按首次出现之顺序收录小传。在不同卷次中重复出现的作者，为方便读者查阅，重复出现诗人小传，但各卷中的文字与格式统一。

七、全集总序由总主编撰写。各卷序言由分卷主编撰写，总主编统稿。

总 序

张清华

"风起于青蘋之末"，这是中国人古老的思维；而从现代的意义上，加勒比海上的风暴，据说有可能是缘于一只蝴蝶的翅膀的扇动。这两者的表述虽然接近，但前者显然是神秘主义或形而上学的思维，而后者却是出于科学的推测。

大约在 1916 年，新诗出现了它最早的雏形。在 1920 年上海亚东图书馆出版的胡适的《尝试集》中，开篇第一、二、五首的末尾落款所标出的年代，是"五年某月某日"，也就是 1916 年的某个时候。第三、四首没有标出时间，但按照此书排列的时序，大约可推断这两首也是写于 1916 年。由此我们大概可以得出所谓"新诗"诞生的最早时间。胡适曾言，在更早的 1910 年之前，自己也曾尝试写诗多年。在美国留学时与任鸿隽（叔永）、梅光迪（觐庄）等人还多有唱酬之作，但大约都不能算是"新诗"了，虽然比较"白"，但在形式上并未有突破。

遍观《尝试集》第一编，所见十四首中，唯有第五首《黄克强先生哀辞》，算是散句凑成，其他篇什基本都是五言、七言，偶见四言的顺口溜，个别篇章如《百字令》算是俗化的长短句。"新诗"到底"诞生"了没有，还不好说。然而，随着 1918 年《新青年》4 卷 1 号刊出了胡适的《鸽子》《人力车夫》《一念》《景不徙》四首，以及沈尹默的三首、刘半农的两首算起，没人再否认

"新诗"的诞生了。若照此说，那么"新诗"诞生的时间点，应该是 1918 年了。

好坏则自然另说。胡适在《尝试集》之《自序》中，不厌其烦地记录了他的诗所遭到的批评与讥刺，悉数搬出了他之前与任、梅诸友之间的不同观点，且"剧透"了他的《文学改良刍议》最早的出处，是 1916 年 8 月 19 日，他写给朱经农的信中的一段话，所谓"不用典"等"八事"。笔者此处不再做前人都已做过的诸般考据，只是接着开篇的话说，新诗并非诞生于一场多么壮观而伟大的革命，而是一个很小的圈子中的个人好恶与趣味所致；其文本也不是多么了不起的惊人之作，而是一个小小的带有"破坏性"的尝试。连最好的朋友也讥之为"如儿时听莲花落"，"实验之结果，乃完全失败是也"，"诚望足下勿剽窃"国外"不值钱之新潮流以哄国人也"①。

何为"青蘋之末"？不过是三两私友的唱酬和激发，催生了一种新文体的萌芽，由此引出了一场百年未歇的诗歌革命，这算得上是一个明证了。然这还不够生动，还有更妙的因由——历来读者都忽略了一点，在这篇《自序》中，胡适开门即交代了一件有趣的事情，就是他为什么开始写诗。适之说，他自"民国纪元前六年（丙午）"，也就是 1906 年开始"做白话文字"，在第二年，也就是 1907 年开始读古诗，产生了最初的写诗冲动，是缘于这样一个常人难以出口的理由：

到了第二年（丁未），我因脚气病，出学堂养病。病中无

---

①此是胡适在《自序》中所引的梅光迪与任叔永的批评，摘自他们的通信。见《尝试集·自序》，上海亚东图书馆 1920 年 3 月版。

事，我天天读古诗，从苏武、李陵直到元好问，单读古体诗，
不读律诗。那一年我也做了几篇诗……以后我常常做诗，到我
往美国时，已做了两百多首诗了。①

　　笔者提醒诸君的不是别的，正是适之先生作诗的缘起，是因为
——"脚气病"。如果从福柯的角度看，这算是一种看取历史的方
法；如果从中国人古老的思维看，便是起于"无端"，所谓"起于
青蘋之末"的偶然了。

　　但细想这偶然中岂无必然？如果说旧诗是止于高大上和没来由
的"万古愁"，那么新诗便是起于矮穷矬且钻心痒的"脚气病"。
这其中难道没有某种寓意，某种"现代性寓言"的意味和逻辑吗？

　　终于为我们的"百年新诗编年"找到了一个有趣的起点。胡
适所引发的历史转换是全方位的，信息十足丰富。由此开始新诗的
道路、方法、性质和命运是对的——虽然我们也会隐隐担心，他随
后到美国留学，有没有把这难治的脚气病带给异国的同窗和朋友。

一、写作资源与外来影响："白话"与"新月"的两度生长

"威权"坐在山顶上，

指挥一班铁索锁着奴隶替他开矿……

　　最初的尝试是令人疑虑的，由"脚气病"所缘起的白话诗的
味道，并不能够"与人以陶醉于其欣赏里的快感"，而仅在于"与

---

① 胡适：《尝试集·自序》，上海亚东图书馆 1920 年 3 月版。

人以放胆创造的勇气"①。很显然，即便是受益于胡适的放胆所带来的新风的人，也不太愿意承认他努力的价值。但假如我们持历史的态度，就不应轻薄包括沈尹默、刘半农、康白情、俞平伯、周作人等这些人所做工作的价值。事实上，在《尝试集》中也有着类似《"威权"》这样的作品，其中的"威权"的意象，被意外而又诗意地人格化了，它坐于山顶，驱役着一群带锁链的奴隶。"他说：'你们谁敢倔强？/我要把你们怎么样就怎么样！'"这是否是在不经意间，也彰明了诗的品质呢？该诗后来的自注中说，"八年六月十一日夜……陈独秀在北京被捕；半夜后，某报馆电话来，说日本东京有大罢工举动。"这首诗中的信息量显然很大，不止表达了对于统治者的愤怒和睥睨，更关键的，是还显露了"现代诗"惯常的转喻与象征的笔法。《尝试集》中这样的妙笔虽少，但却不是无。

这就涉及新诗最早的关键性"起点"的问题。有人强调了周氏兄弟的意义，朱自清说，"只有鲁迅氏兄弟全然摆脱了旧镣铐，周启明氏简直不大用韵。他们另走上欧化一路。"② 这十分关键，他启示我们，胡适等人虽属留洋一派，但写作灵感主要却是来自传统古诗的熏染，是从"乐府"等形式中脱胎，故其作为新诗的革命性还是相对保守的；而周作人的《小河》却是起笔于象征主义，是来自西方的影响。

这是一个非常重要的思路，由此我们可以来深入探查一下新诗之诞生，与中外特别是外来资源之间的内在关系。这其实构成了新诗最初的关键的道路问题。

---

① 陈子展：《最近三十年中国文学史》，上海太平洋书店 1930 年 11 月版。
② 朱自清：《中国新文学大系·诗集·导言》，上海良友图书印刷公司 1935 年 10 月版。

　　显然，最早的一批新诗作者，主要是来源于留美和留日的一批写作者：胡适、康白情留美；沈尹默、郭沫若和周氏兄弟留日；刘半农是先留英后改留法，但他彼时尚未曾受到法国诗歌的影响。如果比较武断地下一个判断，就是这批最早的写作者，尚停留于形式选择的犹疑中，暂未找到一个比较理想的"作诗法"。事实上，包括《小河》在内的写法，基本还是散文化的"描述"。尽管康白情在其《新诗底我见》的长文中，也早已注意到了"诗与散文的分别"，也强调了"诗底特质"是"主情"，但实在说，这并不构成真正的"排他性"，即便白话诗人们意识到了"把情绪的想象的意境，音乐的刻绘写出来"[①]，他们作品的质地却仍然难于脱离散文的窠臼。究其实质，盖在于其思维与想象的陈旧与匮乏。所以，截至 1919 年秋，郭沫若开始在《时事新报·学灯》大量发表作品为止，新诗尚处一个"青蘋之末"的萌芽状态，"风"并没有真正刮起。

　　如何评价初期白话诗，包括评价郭沫若，不是本文的意图。此问题见仁见智，实难有定论。笔者想提出的一个问题是，接下来新诗在二十年代的迅速发育，主要是基于两个重要的影响来源，或者说，是由两个不同的背景资源，导致新诗出现了两个明显不同的美学趣味和取向，而这一分野几乎影响和决定了新诗接下来的道路。这两个来源，一个是英美一脉，上承胡适，接着就是留美归来（1925）的闻一多，以及留美始、留英归（1922）的徐志摩，他们构成了"新月派"的主阵容；再一个就是稍后留法归来（1925）的李金发、先留日后留法而归（1925）的王独清，以及留法的艾青（1932 年归国）、戴望舒（1935 年归国）等，他们所形成的

[①]康白情：《新诗底我见（有引）》，《少年中国》1920 年 3 月 1 卷 9 期。

"象征主义—现代派"的一脉。夹在中间的，是留日的一批，留日的穆木天，虽然与创造社关系密切，但他主攻的乃是法国文学，所以又比较认同象征主义诗歌。至于创造社的核心成员，郭沫若、成仿吾、郁达夫、田汉等，则基本属于浪漫主义的一脉，除了稍晚些的冯乃超表现出倾向于象征派的趣味，其他人基本没有受到现代主义的影响。

这三个阵营，或者说三个文化群落，因为留学背景、所受影响、文化认同、艺术趣味的差异，而体现出了不同的追求，并且显形为差异明显的美学流向，由此构成了新诗发展重要的源流与动力。

先从"创造社群落"说起。

这批人的鲜明特点，就是瞧不上初期的白话诗。成仿吾在《诗之防御战》一文中，将他们出现之前的诗界，比喻为"一座腐败了的宫殿"，"王宫内外遍地都生了野草"，"《尝试集》里本来没有一首是诗"，不止"浅薄"，更是"无聊"。他还列举了康白情、梁实秋、俞平伯、周作人、徐玉诺等人的诗，将之视为"拙劣极了"的"演说词"与"点名簿"之类的东西，总之都"不是诗"。[①] 穆木天在给郭沫若的信中说，"中国的新诗的运动……胡适是最大的罪人。胡适说：作诗须得如作文，那是他的大错……他给散文的思想穿上了韵文的衣裳"。[②] 如今看来，这些话确乎刻薄了点，但又大体不谬，从历史的角度看，白话新诗确乎只是完成了诗歌形式的解体或破坏，而并没有找到关键性的内质所在。因而无论怎么批评，都是有道理的，正如从历史的角度，怎么肯定其意义也

①成仿吾：《诗之防御战》，《创造周报》第 1 号，1923 年 5 月 13 日。
②穆木天：《谭诗——寄沫若的一封信》，《创造月刊》1926 年 3 月 1 卷 1 期。

都是有理由的一样。

那么，郭沫若与创造社诗群的价值又体现在哪里呢？这就是与胡适们相比，所体现出的"诗性思维"的生成。用郭沫若的话说，就是他在给宗白华的信中所列出的"公式"："诗＝（直觉＋情调＋想象）＋（适当的文字）"。[①] 从同一篇文字中看，他明确注意到了"直觉""情调""想象"乃至"意境"这些要素与范畴，而这些我们在胡适们的笔下都是未曾看到的。显然，他通过西方哲学中的泛神论，与中国传统诗歌中的言志与抒情传统的结合，找到了写作的艺术门径，由此也不难理解，为什么是他写出了《女神》而不是其他任何人。再者，从中我们还可以看出，郭沫若喜欢的诗人主要是泰戈尔、歌德、雪莱，他倾心的是德国的文化，尤其是崇敬歌德，因为他喜爱斯宾诺莎的哲学。由此可看出，郭沫若的主要影响资源，确乎是从启蒙主义到浪漫主义的欧洲思想，他在推崇歌德的时候甚至还说，"我们宜尽力地多多介绍，研究，因为他所处的时代——'狂飙时代'——同我们的时代很相近"。

我不想在这里对《女神》中的篇章做更多甄别与细读，我愿意承认，在白话诗一时脱下了传统衣裳，显得有些尴尬"裸奔"的情形下，是郭沫若为新诗找到了形象思维，将实现了形式变革的新诗，推向了一个能够称得起为"诗"的地步。尽管，他的诗体也同时存在着过多形式的冗余，诸如频繁的复沓、咏叹、夸张，徒有其表的气势，并不迷人的歌性，等等，但毕竟可以叫做"诗"而不再是"顺口溜"了，这算是新诗迈出了第二步。第一步是"诞生"，聊胜于无；第二步则是无愧于作为"诗"，仅此而已。

---

①郭沫若：《论诗三札（二）（给宗白华）》（1920 年 2 月 16 日夜），见《郭沫若论创作》，上海文艺出版社 1983 年 6 月版。

　　如此一来，接下来的两个流脉就显得殊为重要，因为他们完成了关于第三步的分化与竞技，实验与选择。一是有英美背景的"新月派"，另一个是有法德背景的"象征派"，他们一则注重抒情和形式感，另一则注重想象与暗示性的内在元素，如同新的招投标，为新诗的建设提供了两种方向和模型。

　　先说"新月派"。此一群落的形成，一是因为留学背景接近，英美的文化有内在的一致性；再者，也有因受到"创造社"成员的讥讽而导致的反向力的推动。他们到底提供了什么？从有限的资料看，无论是徐志摩还是闻一多，他们所受到的英美诗歌的影响，主要还是更早先的浪漫派的影响，彼时在欧洲大陆早已兴起的象征主义、现代派文学运动并没有真正影响到他们，这不能不说是一个历史的巧合和错过。虽然"新月派"诗群很早就开始了写作，但一直到他们真正进入自觉"创格"①的1926年，他们还没有明显受到现代主义的影响。此时新诗刚好已进入第二个十年，"象征派"的先声李金发已刮起了旋风，但新月派在理论上的建树，仍限于浪漫主义的观念范畴。以主要的理论旗手闻一多为例，他拥有宏阔的视野、缜密的思维、雄辩的话语，但所阐述的理论，仍是关于格律与形式的见解。

　　　　假定"游戏本能说"能够充分的解释艺术的起源，我们尽可以拿下棋来比作诗；棋不能废除规矩，诗也就不能废除格律。

　　　　……只有不会跳舞的才会怪脚镣碍事，只有不会做诗的才会感觉到格律的缚束。对于不会作诗的，格律是表现的障碍

---

①徐志摩：《诗刊弁言》，见《晨报副刊·诗镌》1号，1926年4月4日。

物；对于一个作家，格律便成了表现的利器。①

从逻辑上说，这显然是不容置疑，绝对有说服力的。文中亦不难看出对于白话诗派的揶揄，对创造社诗人浪漫主义观点的讥讽，说得很含蓄，但所指亦非常明确。最后，他提出的是"三美"之说，即"不独包括音乐的美（音节），绘画的美（辞藻），并且还有建筑的美（节的匀称和句的均齐）"。为了避免"复古"的嫌疑，他还特别辨析了古今之别，"律诗的格律与内容不发生关系，新诗的格律是根据内容的精神制造成的"。

恕不一一列举。闻一多的此文，可以看作是新月派格律主张的一篇雄文，虽有众多可商榷处，但毕竟义理清晰，且有中外视野、古今比照中的许多辩驳，可以看作是一个纲领性的文献。

不过问题也跟着来了，作为前期"新月派"主阵地的《晨报副刊·诗镌》，大概只办了11期，就办不下去了。徐志摩在《诗刊放假》中，已历数了他们"所标榜的'格律'的可怕的流弊"，"谁都会运用白话，谁都会切豆腐似的切齐字句，谁都能似是而非地安排音节——但是诗，它连影儿都没有还你见面"②，这些"无意义的形式主义"的东西，又一次暴露了新诗在生长过程中容易陷入的歧路。尽管闻一多对于留日派的浪漫主义写作保有警惕，但新月派又何尝不是浪漫主义的产物，他们的写作实践和关于诗歌的形式主义观，同创造社的浪漫主义冲动实无根本差异，所不同的仅在于，前者是更为亢奋和躁狂的，而他们则相对内敛和灰暗，更偏向于个人化的抒情。

----

① 闻一多：《诗的格律》，见《晨报副刊·诗镌》7号，1926年5月13日。
② 徐志摩：《诗刊放假》，见《晨报副刊·诗镌》11号，1926年6月10日。

二、象征主义、现代性与新诗内部动力的再生

燕羽剪断春愁，

还带点半开之生命的花蕊……

此是李金发在 1926 年，由商务印书馆出版的诗集《为幸福而歌》中的一首，《燕羽剪断春愁》中的句子。请留意，其中的开篇句，似与欧阳修的《采桑子·群芳过后》有些瓜葛，"笙歌散尽游人去，始觉春空。垂下帘栊。双燕归来细雨中。"或是晏几道的《临江仙》，"去年春恨却来时。落花人独立，微雨燕双飞"中也可见到影子。可以想见，这诗句绝不是欧式的诗歌形象，而是典型的"中国故事"。只是它的来历，抑或说其"用典"的方式，已脱出了古人的趣味，所以很难直接挂钩。第二句，则明显是"欧化"了——"生命的花蕊"这类转喻，虽然与唐寅的"雨打梨花深闭门"只有一步之遥，但却是别一种思维。

这样说的意思，当然不纯是为李金发辩护，因为连宽怀虚己的朱自清，也说他"母舌太生疏，句法过分欧化"[①]，但假使我们不怀偏见，就会发现，在李金发并不自如的母语里，居然也是有机巧的，他在古老的中国想象和来自法国的象征派观念之间，留下了一个暗门，或是接口。

这非常重要，也是笔者想要重点讨论的一点。很显然，无论是早期的白话诗，还是稍后的创造社诗人，留学英美的新月派们，都没有真正解决新诗长足发展的动力问题。这一动力在哪？在我看，

①朱自清：《中国新文学大系·诗集·导言》，上海良友图书印刷公司 1935 年 10 月版。

正是在于其稍后次第出现的象征派和现代派诗人。是他们，为新诗找到了能够"兼通"中国传统和现代西方诗歌的内在方式——"象征"。

请注意，**"兼通"**非常重要，新诗即便是新的，也毕竟是母语的产物，没有接通传统显然是无根基的。早期胡适的诗，虽然保留着与旧诗扯不清的关系，依然采取了旧形式，却丢弃了传统诗歌的形象和思维；新月派诗人比附传统诗歌，试图重建格律与形式，事实证明也难以行得通。因为那样一来，如徐志摩所说，是从外在的形式上重新作茧自缚。而唯有这个"象征"，却是一个兼取中西的最佳结合点。

"象征"一词在现代始出自何处？其实并非始自李金发之口，而是白话诗派的周作人和朱自清。周作人说，"新诗的手法我不很佩服白描，也不喜欢唠叨的叙事，不必说唠叨的说理，我只认抒情是诗的本分，而写法则觉得所谓'兴'最有意思，用新名词来讲或可以说是象征。"

> 让我说一句陈腐话，象征是诗的最新的写法，但也是最旧，在中国也"古已有之"……①

这个"最新也最旧"，足以证明在周作人的意识里，象征是可以同时**嫁接**中国传统与西方现代诗歌之美学的，只不过，他并未真正找到合适的方法。他的《小河》被朱自清认为是有"象征"笔法的，但实在说，与后来的象征派诗歌比，还是过于浅白了。在写作实践的层面上，周作人的理解也还是停留在"修辞"的层面，

---

① 周作人：《扬鞭集·序》，北新书局 1926 年 10 月版。

没有成为美学与方法论的范畴。

但找到方法的人很快就来了——1925 年，先是署名"李淑良"的短诗《弃妇》在《语丝》第 14 期上刊出，继之是诗集《微雨》在 11 月由北新书局出版，携带着浓郁欧风的李金发，用他的生涩而又晦暗、陌生而又具有魔力的语言，为中国新诗带来了"异国情调"——来自法兰西的风尚与气息，并由此获得了"象征派"的称号，开启了象征主义诗歌在中国的行旅。

朱自清在 1935 年写的《中国新文学大系·诗集·导言》中，对李金发有非常客观但也略有抑低的评价，认为他是介绍法国象征主义诗歌到中国的第一人，但他同时又说，李金发的诗"一部分一部分可以懂，合起来却没有意思"，"不缺乏想象力，但……句法过分欧化，教人像读着翻译"。① 这些评价确乎说出了李金发局部清晰强烈，总体含糊混乱的问题，但同时也表明，他尚未意识到象征派诗歌所蕴含的巨大能量，更不太可能意识到它作为桥梁和支点的属性与意义。

但在更早先的 1927 年之前，李金发就意识到了"兼通"这一关键问题。在《食客与凶年》的"自跋"中，他即清晰而简洁地说出了自己的看法：

> 余每怪异何以数年来关于中国古代诗人之作品，既无人过问，一意向外采辑，一唱百和，以为文学革命后，他们是荒唐极了的，但从无人着实批评过，其实东西作家随处有同一之思想、气息、眼光和取材，稍为留意，便不敢否认，余于他们的根本处，都不敢有所轻重，惟每欲把两家所有，试为沟通，或

---

① 朱自清：《中国新文学大系·诗集·导言》，上海良友图书印刷公司 1935 年 10 月版。

即调和之意。①

　　从中不难看出，李金发反而是重视中国诗歌传统的，他对于中西作家"同一思想"的广泛存在，是有殊为自觉的认识的；他所做的工作，也是希望在诗歌写作中对其有所"沟通"与"调和"。而这沟通与调和工作的关键秘密，在笔者看，就是"象征"的"兼通"作用。

　　　临风的小草战抖着，
　　　山茶，野菊和罂粟……

　　"有意芬香我们之静寂。/我用抚慰，你用微笑，/去找寻命运之行踪，/或狂笑这世纪之运行。"如果把《弃妇》中的这类句子，与又十几年之后在昆明郊外的草房子里写成的冯至的《十四行集》相对照，就会看出某些句子间的演变瓜葛："我们赞颂那些小昆虫，/它们经过了一次交媾/或是抵御了一次危险，//便结束它们美妙的一生。"

　　　我们整个的生命在承受
　　　狂风乍起，彗星的出现。

　　不惟精神气质是相似的，甚至可以同时探查到来自波德莱尔的影响的踪迹，看到类似《应和》中的"自然是座神殿……"的那种诗意的传统。某种意义上也可以说，李金发最早领悟到了来自法

―――――――――――

①李金发：《食客与凶年·自跋》，北新书局1927年5月出版。

国的象征主义的诗歌风尚，并将这些领悟与他早年关于母语的记忆进行了杂糅，只不过更多的动力是来自于无意识。但在写出了《食客与凶年》之后，他忽然意识到了自己的价值和优势。

显然，没有李金发首创的"象征派"的实验，也就不可能有十数年之后冯至、穆旦与"中国新诗派"的那种语言与诗艺上的成熟。

然而还有一个人不能不提到，其作用也至为重要，那就是写下了《野草》的鲁迅。在出版《食客与凶年》之后的两个月，北新书局在 1927 年 7 月推出了《野草》。其中的篇章最早出自 1924 年，比李金发的诗出现得还早。当然，严格说，鲁迅的作品是被定义为"散文诗"，文体是"富有诗意的散文"，但从诗意的含量看，却可以说强于同时代的所有诗人。虽然没有证据说鲁迅受到了欧洲象征派和现代派诗歌的影响，但我们却可以非常清晰地为他找到直接的背景资源，那就是德国的存在主义哲学。

这非常重要，这意味着，鲁迅成为了同时代写作者中最前沿和最具现代性倾向的一位。在《坟》和《热风》中那些发表于 1920 年以前的早期杂文中，他即频繁地提到过尼采、叔本华，提到尼采的《查拉图斯特拉如是说》等著作①，在《随感录·五十三》中还提到了"后期印象派""立方派""未来派"的绘画②。在《野草》中，我们也不难看出其文体的来源，正是尼采式的哲学随笔，是出自《查拉图斯特拉如是说》的笔法；而且从主题看，《野草》中的"战士""复仇""死火""黑暗"等等意象，也无不是尼采笔下频繁出现的词汇。

①详见鲁迅：《文化偏至论》《随感录·四十一》，《鲁迅全集》第二卷，人民文学出版社 1981 年版，第 59 页、第 326 页。

②《鲁迅全集》第二卷，人民文学出版社 1981 年版，第 341 页。

　　……人生是多灾难的，而且常常是无意义的：一个丑角可以成为它的致命伤。

　　我将以生存的意义教给人们：那便是超人，从人类的暗云里射出来的闪电。

　　但是我隔他们还很辽远，我的心不能诉诸他们的心。他们眼中的我是在疯人与尸体之间。

　　夜是黑暗的，查拉斯图拉之路途也是黑暗的。（《续篇·七》）①

　　叛逆的猛士出于人间；他屹立着，洞见一切已改和现有的废墟和荒坟，记得一切深广和久远的苦痛，正视一切重叠淤积的凝血，深知一切已死，方生，将生和未生。他看透了造化的把戏；他将要起来使人类苏生，或者使人类灭尽……（《淡淡的血痕中》）②

　　我无法用更多篇幅来做这种对照。显然，就现代性的主题、诗意的复杂性而言，鲁迅要高于同时代的所有人。因为在他的诗中，出现了真正的"思考者"，而不止是"抒情性的主体"，出现了"无物之阵"（《这样的战士》），以及"绝望之为虚妄，正与希望相同"（《希望》），"向黑暗里彷徨于无地"（《影的告别》）……这样典型的存在主义与现代主义的主题意象。这些思想倾向几乎是直接越过了三十年代，而直抵冯至的《十四行集》。因为我们直到四

---

①尼采：《查拉斯图拉如是说》，尹溟译，文化艺术出版社 2003 年版，第 13 页。
②《鲁迅全集》第二卷，人民文学出版社 1981 年版，第 221 页。

十年代的冯至，似乎才看到了在诗歌中存在哲学的再度彰显。

但总的说，鲁迅在新诗的演化链条中属于"孤独的个体"，与实际的发生史没有产生太多联系。所以，当我们试图给予他应有地位的时候，又总是很难将其强行"嵌入"，并证明他的不可或缺的作用。因此，在这一历史中我们还必须要重视另外的重要环节，那就是作为"现代派"的戴望舒和作为左翼诗人的艾青①。

艾青和戴望舒分别在 1928 和 1932 年赴法留学，并从法国带回了与李金发相似而又不同的象征主义。这亦至为关键，因为他们为象征主义和现代主义找到了在中国本土的另外两个接口，一是接通了"当下现实"——这一点李金发完全没有做到，而艾青做到了；二是接通了中国传统的美学意蕴——李金发已注意到，但戴望舒却做得更为地道。至此，我认为现代主义在中国，算是真正落地生根，结出了果实。

艾青在法国留学期间，曾深受比利时诗人凡尔哈伦的影响，凡尔哈伦诗中对底层人群的关注，特有的苍凉原野与乡村意象，给了艾青深深的感染，并成为他归国后作品中的一种鲜明色调。某种意义上也可以说，这一因素使艾青的诗产生了一种更加接近"中国本土的现实感"。在《大堰河——我的保姆》《我爱这土地》《北方》《手推车》中，本土意象的嵌入与绽放，使得艾青成为这个年代中一颗最耀眼的新星。

不惟如此，艾青还通过《巴黎》《马赛》《太阳》等诗，将驳杂而陌生的现代城市意象引入诗歌，这在三十年代的其他诗人笔下是难得一见的。这些诗也真正孵化出了中国现代诗中的城市想象：

---

①参见孙作云《论"现代派"诗》，该文将戴望舒和艾青（包括其另一署名"莪珈"）都归入"现代派"。见《清华周刊》43 卷 1 期，1935 年 5 月 15 日。

"春药，拿破仑的铸像，酒精，凯旋门……/白痴，赌徒，淫棍……/啊，巴黎！/为了你的嫣然一笑/已使得多少人们/抛弃了/深深的爱着的他们的家园"（《巴黎》）；"当它来时，我听见/冬蛰的虫蛹转动于地下/群众在旷场上高声说话/城市从远方/用电力与钢铁召唤它……"（《太阳》）。波德莱尔式的阴郁与驳杂，现代主义者的躁动与遥想，极大地张开了这个年代诗歌的时空跨度。

艾青的意义还在于创造了一种更成熟和准确的语言，推动了三十年代诗歌象征话语的强力生长，用孙作云的话说就是，"他的诗完全不讲韵律，但读起来有一种不可遏止的力"[1]。虽然是散文化的句子，但内在的节奏和韵律却总是鲜明而又强烈。

戴望舒虽留法时间较晚，但诗歌写作起步却早[2]。留法前，已出版了包括《雨巷》在内的诗集《我底记忆》等，从苏汶为他的《望舒草》所作的序中，我至少注意到两点，一是"1925 到 1926 年，望舒学习法文，他直接地读了——魏尔仑等诸人底作品"，二是"力矫"象征派诗人的"神秘"和"看不懂"之"弊"，实现了"象征派的形式，古典派的内容"，"的确走的诗歌底正路"。[3]两年后的 1935 年，另一位批评家孙作云，更是为戴望舒量身定做了"现代派"的说法，将之当作了其代表人物，并将之前的李金发与同时期的施蛰存，都看作是他的旁证。他也强调，"中国的现代派诗只是袭取了新意象派诗的外衣，或形式，而骨子里仍是传统的意境"。可以说进一步肯定了戴望舒，强调了他对丁真正接通中西诗歌间的美学暗道所起到的关键作用。

---

①孙作云：《论"现代派"诗》，《清华周刊》43 卷 1 期，1935 年 5 月 15 日。
②见苏汶为《望舒草》所作的序，其中他说他"开始写新诗大概是在 1922 到 1924 那两年之间"。见《望舒草》，现代书局 1933 年 8 月版。
③苏汶：《望舒草·序》，现代书局 1933 年 8 月版。

从研究界的反应看，截至三十年代后期，戴望舒产生了广泛的影响力，"我不知看见多少青年诗人在模仿它，甚至窃取了他的片句只字插在自己的诗里"。孙作云据此将"新诗的发展分为三个阶段：一郭沫若时代，二闻一多时代，三戴望舒时代"①，足见其影响之大。即便是多持负面看法的左翼诗人，也难以忽视他的作用。

三十年代的诗歌呈现了放射性的局面，左翼的、绅士的、叛逆而另类的，分别构成了诗坛的左、中、右三个不同的界面，呈现了极丰富的景观。

三、历史与超历史、限定性与超越性

想依附着鹏鸟飞翔

去和宁静的星辰谈话。

1941 年，"一个冬天的下午"，在抗战最艰难的岁月里，踟蹰于昆明郊区山野间的冯至，写下了他《十四行集》中的第八首，这是其中的两句。如同屈原的《天问》，或是庄周的"梦蝶"，他那一刻所想的，全然是些上不着天下不着地的事情，"如今那旧梦却化作/远水荒山的陨石一片"。

据作者说，这是二十七首中"最早"写出，且"最生涩"的一首②。他在搁笔十多年之后重操旧业，写下了与时事完全不搭边的诗句。

我注意到，《十四行集》几乎完全是写个人处境的作品，但其

①孙作云：《论"现代派"诗》，《清华周刊》43 卷 1 期，1935 年 5 月 15 日。
②参见冯至：《十四行集·序》，1942 年明日社初版，1949 年文化生活出版社再版时收入此序。

中出现最多的人称，居然是"我们"："我们准备着深深地领受／那些意想不到的奇迹"，"我们都让它化作尘埃：／我们安排我们在这时代"，"我们站立在高高的山巅，／化身为一望无边的远景"……这在新诗诞生以来实属罕见。至于为什么，我并未完全想清楚。猜想"我们"在这里，可能是起着泛化和"矮化""我"的作用，借此将"我"变成芸芸众生，乃至天地万物中微不足道的一员。借用东坡的话说，是"寄蜉蝣于天地，渺沧海之一粟"。我甚至想，假如将陈子昂的《登幽州台歌》翻成现代汉语，亦可冠以"我们"的人称，"我们前不见古人，我们后不见来者……"并且可以将之看作是《十四行集》中的某一节，或是全部的缩写。

这是足以引人思索的，在周遭一片响彻云霄的战歌声中，这样细若游丝孤魂野鬼般的诗句，依然在诞生着。

还不是孤例。与该诗集出版的同一时期，作为西南联大外文系助教的青年诗人穆旦，也在《文聚》的1卷3期上，发表了风格相近的《诗八首》。说它们相近，是与流行诗风相对照而言的，是纯粹个人生命的，个体经验的写作。但与冯至深远的哲学趣味相比，年轻的穆旦还无暇顾及体味生存的短暂和个体的渺小，他所为之燃烧的是青春而热烈的爱情。但即便如此，在历史的冲天烈焰里，是否能够容得下一己"小我"的悲欢，也是一个巨大的问号。虽然穆旦给我们的回答，是当然可以。

　　你我底手底接触是一片草场，
　　那里有它的固执，我底惊喜。

这是《诗八首》中最著名的第三首，"你的年龄里的小小野兽……"只要稍微懂一点"隐喻"的常识，不难读懂这两句说的是什么。如同《诗经·郑风》中的《野有蔓草》一样，"草"在这里具有十分敏感和具体的身体指涉。"它的固执，我底惊喜"，也生动描摹出了恋爱中人的情感心理与身体反应。"邂逅相遇，与子皆臧"。闻一多说得直白，这"邂逅"二字分明是讲男欢女爱的，"二十一篇郑诗，差不多篇篇是讲恋爱的"，而"讲到性交的诗"，则是"《野有蔓草》和《溱洧》两篇"①。他引经据典大加诠释，无非是为了证明，这首诗中明确地讲到了身体与性爱。

不管多年后人们给予了穆旦这些诗以多高的赞誉，可以肯定的一点是，它们绝不是大时代的主流，从道德的角度看也并不"高尚"。大时代的主流是什么？是"正在为中国流血，誓死为独立自由的新中国而斗争到底"②的抗战，是田间的《假使我们不去打仗》：

　　假使我们不去打仗，

　　敌人用刺刀

　　杀死了我们，

　　还要用手指着我们骨头说：

　　"看，

　　这是奴隶！"

平心而论，在面对国破家亡的艰难时世里，田间这样的"街头诗"、战地诗是最有力量的，也最符合诗人应有的伦理立场。正像时人所指出的，"'九一八'以后，一切都趋于尖锐化，再不容

---

①闻一多：《诗经的性欲观》，见《闻一多全集》第三卷，湖北人民出版社 1993 年版，第 171 页。
②田间：《呈在大风砂里奔走的冈卫们·后记》，生活书店 1938 年 7 月版。

你伤春悲秋或作童年的回忆了。要香艳，要格律……显然是要自寻死路。现今唯一的道路是'写实'，把大时代及他的动向活生生的反映出来。我们要记起，这是产生史诗的时代了。我们需要伟大的史诗啊！"① 连一向推崇"现代派诗"的孙作云，也发出了吁请："要求这样的诗歌"："内容是健康的而不是病态的"，"意境凄婉的诗固不摈弃，但更要求粗犷的，有力的"，"表现时代的诗歌"②。

　　需要交代的一点是，穆旦在发表《诗八首》的那一刻，已然投笔从戎了，他以随军中校翻译的身份，参加了入缅甸作战的中国远征军。这本身当然比写一写口号诗更值得尊敬，但我们的问题是，假如穆旦没有这么做，或者说假如我们完全不考虑他已投身民族解放战争，有出生入死的生命实践，那么他的那些深沉而热烈的爱情诗，究竟还有没有在战争年代的自足的合法性呢？

　　"历史的诗"和"超历史的诗"，就这样彰显出来了，且有了一道清晰而又游移的分水岭。什么是历史的诗？从上述例子看，便是更靠近"现实"的诗，有集体记忆的标签与痕迹的诗，这是广义的理解；还有更特定的，那便是指抗日民族解放战争时期的写作，它包含了对于个人性和"艺术至上主义"的某种牺牲。艾青甚至为此加了"庸俗的"定语，认为新诗的某种成熟，就在于可以针对"庸俗的艺术至上主义"而"雄辩地取得胜利"，"而取得胜利的最大的条件，却是由于它能保持中国新文学之忠实于现实的战斗传统的缘故"③。从三十年代后期，到整个四十年代，我们所能够读到的大部分诗歌，都属于这一范畴。这就是"历史"本身。

　　然而，艾青也同时提到了"幼稚的叫喊"的一极，并将之与

---

① 蒲风：《五四到现在的中国诗坛鸟瞰》，《诗歌季刊》1935 年 3 月一卷 1－2 期。
② 孙作云：《论"现代派"诗》，《清华周刊》43 卷 1 期，1935 年 5 月 15 日。
③ 艾青：《北方·序》，1939 年自印，文化生活出版社 1942 年 1 月版。

"庸俗的艺术至上主义"并列为新诗的敌人。那幼稚的叫喊，便是专指那些完全牺牲了艺术要素的作品。这样的作品自然也不是我们想要的，我们想要的，是那些可以完全或部分地"超越历史"的限定性的诗歌，那些不只属于自己的时代，也可以属于一切时代的诗歌。

而艾青部分地做到了这点，除了《藏枪记》那类作品。他的《北方》《我爱这土地》，甚至《向太阳》和《火把》，都部分地获得了超历史的属性。而前面所说的冯至和穆旦的那些作品，则几乎完全无视所谓的"历史"而独立其外，仿佛是一场大轰炸的间隙，在废墟与硝烟遮覆的某个私密角落里亮起的一豆烛光，它没有照见远处的死难者，没有关注创伤和激愤的群情，而只是照亮了一个孤独的个体生命，他灵魂出窍的一个瞬间。那一刻有无垠的思索和悲哀，有自由的遥想与欢欣。那么它们有没有存在的理由呢？

几乎可以说没有答案，或者无须回答。大浪淘沙，水落石出，它们历经岁月的磨洗和尘封，居然也流传下来，且被人珍爱，这本身就是答案。

所以，当我们翻阅到历史的某些段落时，不要因为那里的艺术过于稀薄，或是调门过于高亢而感到不满足；也不要因为诗人只关注了自己的人生、个体的经验而抱以轻蔑。我们要知道，诗歌是时代的暴风雨所裹挟的软弱和虚惘之物，也必然是其附属与附庸，它屈从于某些历史的需求是自然而然的事情；同时，常态下个体的思索与写作，也必然是建立在孤单与孤独之境中，而这时他们可能、也当然可以写下，那些具有鲜明的个体处境的，类似于"谁家今夜扁舟子，何处相思明月楼"，或是"念天地之悠悠，独怆然而涕下"的诗句。

显然，从历史本身出发，我们可能会要求诗歌紧贴时事，但从艺术和美学出发，我们最终又可能会选择那些超越了时事之局限的诗。这便是文学本身的永恒命题了——"历史的和美学的"，或者说"历史的和超历史的"，恩格斯所制定的标准依然有效，我们唯有在两者间寻求一个动态而微妙的平衡而已。

1986 年，李泽厚发表了影响深远的题为《启蒙与救亡的双重变奏》的文章，分析了新文化运动与五四运动之间的历史互动关系，并就此提出了"启蒙与救亡的互相促进""救亡压倒了启蒙""转换性的创造"的三段论。文章观点持中公允，既不同意"反对新文化运动"（如蒋介石的《中国之命运》），也不同意胡适的"五四运动对新文化运动来说……是一个挫折"（见周阳山编《五四与中国》，第 391 页，台北），而认同"二者有极密切联系而视为一体"的观点。① 此文重新引发了人们对于中国现代以来历史走向的内在思考，也成为近几十年来学界一直未曾逾越的一个观照视点。假如我们将这一看法投射至新诗史的考察，也是成立的，它同样内在地解释和揭示了新诗历史的演变轨迹，即抗日救亡的出现，对于新诗历史的现代性轨迹的强力改变。而之后革命时期的诗歌美学，也因这一战争逻辑的延续，而深受影响和规限。

例子随处都是，我们就以先前曾强调"纯诗写作"的穆木天为例，在 1933 年 2 月为"中国诗歌会"会刊《新诗歌》所写的《发刊诗》里，他号召写作者们要"捉住现实"，要关注"压迫，剥削，帝国主义的屠杀，/反帝，抗日，那一切民众的高涨的情绪"，"我们要使我们的诗歌成为大众歌调，/我们自己也成为大众的一个"②。这与他先前所渴望的"最纤纤的潜在意识"，"内生命

---

① 李泽厚：《启蒙与救亡的双重变奏》，《走向未来》1986 年创刊号。
② 穆木天：《〈新诗歌〉发刊诗》，1933 年 2 月《新诗歌》发刊号。

的反射"，"一般人找不着不可知的远的世界"是多么不一样。刚刚他还在说"我们要求的是纯粹诗歌（The pure poetry），我们要住的是诗的世界"①，仅仅七年后，他的观点就发生了如此巨大的变化，他的诗也从那"苍白的钟声，衰腐的朦胧"，变成了"民谣小调鼓词儿歌"。

历史的与超历史的，这一对看似"相爱相杀"的矛盾力量的背后，是新诗百年来痛苦而强大的内力驱动的所在。在历经三十年代到七十年代的半个世纪里，新诗走过了一条巨大的弯曲之路，留下了一道道粗粝沟坎，一处处荒村野树般的荒蛮景致，当然也留下了值得记取和可堪为经典的一团一簇，与星星点点。

"让一切人成为一切人的同时代人"②，这是 1980 年代中期的代表性诗人海子，在其长诗《传说》（1984）的原序《民间主题》里所提出的诗歌理想。它的原话中大概有两层意思，一是强调"民间主题"中的永恒性，这类似于同一时期的"寻根文学运动"关注传统、民俗与民间文化的理念；二是强调诗本身功能的超时代性，即"提供一个瞬间"，以使世世代代的读者获得一个共情的可能，变成彼此没有时间距离的人。从更高层面上说，这也是一个"巴别塔神话"的重现。之所以有这样的诉求与吁请，是因为他感慨于数十年中，我们的诗歌可能过于靠近所谓"时代"，过于贴紧一个"短期的现实"，过多地关注于流动的东西了，因此也就太快地陷于过时和失效的困境。这与之前长达多年的朦胧诗的论争，关于是否"屑于""作时代的号角"的论战仍是同题，只是海子的说法绕过了那些看来并无意义的概念与界限，提出了一个更加"哲

---

①穆木天：《谭诗——寄沫若的一封信》，《创造月刊》1926 年 3 月 1 卷 1 期。
②见西川编：《海子诗全编》，上海三联书店 1997 年 2 月版，第 873 页。

学化"了的议题。

确乎，这个年代的诗人所努力做的，就是要使诗歌走出几十年的一个历史困顿，要努力续接上从1930年代后期中断了的现代性进程。作为历史的后知后觉者，我们也同样没有理由否认这一诉求的合法性，如同我们不会简单地去否定之前几十年的诗歌一样。

这就是历史本身的限定性。

四、边缘与潜流，现代性的迂回与承续

我乃旷野里独来独往的一匹狼

不是先知，没有半个字的叹息……

1964年1月22日，豪迈的旋律在神州大地回响，《人民日报》以整版篇幅，发表了贺敬之的名作《西去列车的窗口》。诗中描绘了一群来自上海的青年，在一位老军垦队员的带领下，乘着夏夜呼啸的列车，奔赴遥远的大西北，准备到边疆去奉献他们的壮丽青春。而此刻，同样是来自上海，却早已远徙海峡对岸的另一个孤单的身影，却正在台北的霓虹灯下徘徊。街市繁华，灯红酒绿，而他却感到了一丝料峭的寒意，冷风中，他脱口吟出了这首《狼之独步》："而恒以数声凄厉已极的长嗥/摇撼彼空无一物之天地，/使天地战栗如同发了疟疾；/并刮起凉风飒飒的，飒飒飒飒的：/这就是一种过瘾。"

这是1930年代上海的"现代派"成员"路易士"，如今五十一岁的纪弦，为自己所画的一幅速写式的精神肖像。它传达的那份孤独与狂狷、悲情与冷傲，无论如何也是此时的大陆诗人所难以理喻的。遍查现代新诗的历史，笔者确信，这是第一次写作者自况为

"狼",第一次以狼的口吻摇撼天地,穷究古今。这匹旷野中的"独狼",也因此而彰显了自里尔克的《豹》之后的另一种美学——增加了诙谐与俏皮的,充满了"文明的反讽"意味的一种"新的现代主义"①。

然而,若细究之,此诗并非只求嚎叫和纯然的"拉风",而是有着怀古与天问式的深意存焉。比如,我们可以从中读出其与陈子昂之间的某种神似,以及与李金发、戴望舒和冯至之间的隐含的对话与对应关系。藕断丝连,遥相呼应,这里有纪弦本人一贯的风格因素,更有普遍的和谱系的象征意味,并传达了多重含义:一、作为个体的经验,越来越趋于孤独而卑微,"主体性"降解至前所未有的高度——由"豹"矮化为了"狼";二、对"文明"的理解正沿"异化"的逻辑持续延伸,"豹"是于笼中关禁的实体,而"狼"则是在水泥丛林中逍遥的幽灵,如在无人之境;三、随着主体性的消弭,传统诗学中强调的正面"意义",正被严重怀疑和消解,"过瘾"所昭示的游戏意味,已升至"自足"之境;四、这还不同于古人所说的"理趣"之类,而纯然是一种挑战式的消解,仿佛一首摇滚,充满了与主流价值格格不入的消极分立的精神。

纪弦类似的诗还可以罗列出很多,但这已足以说明问题。

四十年代末,随旧政权败退到台湾的一批人,居然在五六十年代担当了现代性诗歌延续的主体,这也是一个文化与历史反向运行的例子。其中的原因甚多,无法一一分析,但它构成了一个有意思的现象,即"边缘"与"中心"的某种互渗、互补乃至互换。正如有学者指出的,"当代台湾诗歌是'五四'以来新诗的发展在五

---

① 见纪弦:《纪弦精品·自序》,其中有言:"我们的'新现代主义',你是谁也推他不倒,摇也摇他不动的!"人民文学出版社 1995 年 5 月版。

十年代以后向台湾的分流"；"来自大陆的诗人……所受的'五四'以来新诗的哺育，使当代台湾诗歌的发展，更密切地与'五四'以来新诗的传统沟通起来"。① 连纪弦自己也承认，"我宣扬'新现代主义'，我领导'中国新诗的再革命运动'"，"人们常说，中国新诗复兴运动的火种，是由纪弦从上海带到台湾来的……这句话，我从不否认"。② 他虽身在曹营，却明确地意识到了自己作为中国现代新诗的一个"正宗传人"的角色。

而同一时刻，因为写下一组《草木篇》而被打入另册，正在某处进行自我改造的诗人流沙河，怎么也不会想到，在彼岸的台岛会出现这样一种诗歌，更不会想到，他在历经将近二十年之后才能读到这些诗，以及读到之后产生的难以抑制的兴奋。1982年，作为"归来诗人"的流沙河，以连载形式在《星星诗刊》上登载了题为《台湾诗人十二家》的系列点评文章，其中开篇即是以《独步的狼》为题的纪弦。这是大陆的诗歌报刊首次公开和系统地介绍台湾现代诗，所引起的轰动当然也可以想见③。

显然，如何看待1950至1970年代新诗的历史，有太多难题与陷阱。其中最核心的，是如何想定历史的大逻辑。比如，从社会政治的角度看，可以认为是诗歌"走出了个人的象牙塔"，而融入了伟大的社会变革运动；但从诗歌本身的演化看，则又可以看作是偏离了新诗现代化的发展轨迹。因为七八十年代之交"新诗潮"的变革，足以证明后一逻辑的正确，否则就不需要再度变革了。假如做类比，1950年代初台湾的政治气候，也同样对诗歌写作产生了

---

①刘登瀚语，见洪子诚、刘登瀚：《中国当代新诗史》，人民文学出版社1993年版，第454页、452页。
②纪弦：《纪弦精品·自序》，人民文学出版社1995年5月版。
③该系列文章结集为《台湾诗人十二家》，由重庆出版社于1983年8月出版，首版印数即达23500册，1991年第四次印刷达36000册。

禁锢和伤害，但"现代诗运动"却成功地绕过了这一困境，而实现了新诗以来的又一场变革，并成长出了覃子豪、余光中、洛夫、哑弦、郑愁予、罗门、商禽、白萩、杨牧等一大批杰出的诗人，诞生出一大批现代诗的典范作品。直到 1980 年代，这些作品逐渐进入大陆读者视野的时候，人们才忽然发现，原来我们自己是走了一条窄路，甚至是令人遗憾的弯路。就像谢冕所痛彻地指出的，"六十年来，我们的新诗不是走着越来越宽广的道路，而是走着越来越狭窄的道路"①。

当人们重新认识到诗歌不只是一种抒情的工具，它同时还"是一种智力活动""一个智力的空间"② 的时候，显然也包含了对于 1950 到 1970 年代诗歌写作中的普遍的直白与粗糙、单一与工具化，特别是"智力活动稀薄"的一种反思。

但这一时期的"潜流写作"③，却在一定意义上补足了上述缺憾，在早于纪弦的《狼之独步》的 1962 年，一位贵州的年轻诗人就写下了一首《独唱》，虽不是孤狼的嚎叫，但也是压抑而低沉的呻吟，他宣称："我是瀑布的孤魂/一首永久离群索居的诗。/我的漂泊的歌声是梦的/游踪/我唯一的听众/是沉寂"。在由唐晓渡编纂的《在黎明的铜镜中——朦胧诗卷》里，收录了这首诗，作者是黄翔④。

显然，这位独唱者提供了不同于大时代的声音，塑造了一个具有独立意识的思索者的形象。在周遭一片合唱的喧嚣中，它构成了

---

① 谢冕：《在新的崛起面前》，《光明日报》，1980 年 5 月 7 日。
② 参见杨炼《智力的空间》，见老木编《青年诗人谈诗》，北京大学五四文学社 1985 年。
③ "潜流写作"最早为大陆诗人哑默（1942— ）提出，见《中国大陆潜流文学浅议》，载《倾向》1997 年夏，总第九期；陈思和在《中国当代文学史教程》中称之为"潜在写作"，复旦大学出版社 1999 年版；笔者自己在《中国当代先锋文学思潮论》中称之为"前朦胧诗"，江苏文艺出版社 1997 年版。
④ 唐晓渡：《在黎明的铜镜中——朦胧诗卷》，北京师范大学出版社 1993 年 10 月版。

一个弱小的，然而又不可缺少的弥补与矫正。1968 年之后，他又相继写下了《火神交响诗》系列，在《火炬之歌》里，他几乎重现了"五四"的所有主题："把真理的洪钟撞响吧——火炬说/把科学的明灯点亮吧——火炬说/把人的面目还给人吧——火炬说……"这些诗，可以说是郭沫若的《女神》、艾青的《向太阳》和《火把》主题的当代延伸，也可以说，是发出了这个年代中理性精神的强音。

另一位具有重要过渡意义的诗人是郭路生，也即食指。从精神现象学的角度看，他可谓极富有象征意义。早在青年时代，他就使用了一种典型的"双重话语"，写下了《海洋三部曲》《鱼群三部曲》《相信未来》《这是四点零八分的北京》等作品。这些诗，一方面可以看作是一个时代青年的个体疗伤之作，表达的是因叛逆而受挫的情绪，"当蜘蛛网无情地查封了我的炉台"，"当我的鲜花依偎在的别人的情怀"，"我依然固执地铺平失望的灰烬，/用美丽的雪花写下：相信未来……"但与此同时，这当然也可以看作是一个革命青年的"励志"之作；或者更直接些说，它是既接近于个体觉醒的一种启蒙话语，同时又是社会主流话语的一个"抒情变种"。所以，他跨越了不同的时代，拥有众多的读者，其作品的版本也在传抄中不断演化。还有，他个人的不幸遭际与人生创伤的投射，也使得这些具有精神样本意义的作品，生发出了巨大的感染力与广阔的可阐释空间①。

同样可以视为"双重文本"范例的，还可以举出依群（即齐云）写于 1971 年的一首《巴黎公社》。它是为纪念巴黎公社一百周年而作的"红色战歌"，但却因为使用了象征语言，而产生了

①参见笔者：《从精神分裂的方向看——论食指》，《当代作家评论》2001 年第 4 期。

"异样的美感"："奴隶的歌声嵌进仇恨的子弹／一个世纪落在棺盖上／像纷纷落下的泥土"——

> 呵，巴黎，我的圣巴黎
> 你像血滴，像花瓣
> 贴在地球蓝色的额头

显然，"红色"与"蓝色"，"革命"与"自由"，两个文本被神奇地嵌合在了一起，水乳交融，生发出了强烈的超历史与超时空属性。这个年代能够留存下来的标志性作品，大都有着这种奇异的双重属性。

也有完全特立独行的例子。"白洋淀诗群"① 的三驾马车之一，根子（岳重）写于1971年的一首《三月与末日》，就堪为这个年代一座诗歌的孤岛，一个精神的奇迹。这是他在年满十九岁时给自己的一个成人礼。像艾略特在《荒原》中开篇称"四月是残忍的月份，哺育着丁香……"一样，他称"三月是末日"，宣告"我是人，没有翅膀，却／使春天第一次失败了"。这是时令的春天，自然也是生命的春天，"时代"意义上的春天，但这即将抵近二十岁的年轻人，却以一块"古老的礁石"而自况，它"阴沉地裸露着"，不再为大海的喧闹所动，"暗褐色的心，像一块加热又冷却过／十九次的钢，安详，沉重／永远不再闪烁"。

这可以称得上是"1970年代中国的《荒原》"了。它以个体

---

① 在杨健所著的《文化大革命中的地下文学》一书中最早提出了"白洋淀诗派"的说法，见该书第104页，朝华出版社1993年版；另在1994年春夏，由《诗探索》编辑部组织了一次"白洋淀诗歌群落寻访活动"，随后在《诗探索》1994年第4期发表了宋海泉的《白洋淀琐忆》等一组文章，"白洋淀诗群"遂得以命名。

为镜，将这个年代的动荡与混乱，以充满暗示与反讽的修辞，清晰地投射出来，也因此折射出一代人精神觉醒的曙光。尤其，如果再参照他的另一首《致生活》，便更可见出他在认知时代的基础上所进行的"自我精神分析"。他将自我人格的构成，比喻为"狼"与"狗"的互为表里，"狼"是其身上的原始野性，也是独立思考的本能；而"狗"则是妥协与驯顺，是奴性与世俗化的另一属性。两者在含混而又清晰的较量中，既互相对峙，又无法分拆，由此构成了他与"生活"之间既周旋抗争，又沆瀣一气的关系。

无论如何，这都是一个重大的精神事件，在之前的二十年中，这样的诗从未出现。它标志着这个年代的诗歌，不但已有了对于时代与社会的自觉反思，也还有了清晰的以理性为基础的个体精神的反叛。

显然，如果没有台湾现代诗，没有大陆六七十年代"潜流写作"的迂回与呼应，这个年代的中国新诗，将要单调乏味得多。正是有了这两条支流与暗流的交织激荡，当代诗歌才没有完全中断其现代性的进程，并且形成了其更为丰富的立体景观。

而且在语言上，我们还应注意到，台湾现代诗也延续了李金发、戴望舒那代诗人对于对古典传统的"兼通"与"调和"的努力。在余光中等人的诗里，总是有传统意境和掌故的频繁嵌入，如《等你，在雨中》《莲的联想》《春天，遂想起》等等，在羊令野的《汉城景福宫》、郑愁予的《边塞组曲·残堡》中亦复如是。在郑愁予的名篇《错误》中，甚至出现了一个从温庭筠的《望江南》中化用而来的古老诗意，"我打江南走过/那等在季节里的容颜如莲花的开落"，"我达达的马蹄是美丽的错误/我不是归人，是个过客"，与温词中的"过尽千帆皆不是，斜晖脉脉水悠悠，肠断白蘋洲"，可谓是神似之笔。流沙河在评述余光中的《等你，在雨中》

时，曾诙谐地说道，"那位踏着红莲翩翩而来的，从南宋姜夔婉约清丽的词里步着音韵而来的，绝不会是安娜或玛丽，只能是一位中国的窈窕淑女。至于雨后荷花，蛙鼓蝉吟，细雨黄昏，更是当然的国产……"①

某种意义上，台湾现代诗在传承古典传统方面，可以说提供了与大陆诗歌不一样的经验，我们强调的是"民族形式"，而台湾现代诗注重的却是意境与神韵。

当然，也还有对现代诗传统的明显回应，比如哑弦的《红玉米》中，就分明显现着艾青《北方》中的诗意；即便是在纪弦的《一片槐树叶》中，也依稀可以看出他对于往昔的致敬与追忆。这些都越过了海峡的阻隔，与意识形态的藩篱，而实现了与新旧两个传统的续接与呼应。

至于六七十年代的"潜流"一脉，其现代性的属性与意义更是不可低估。仅以根子为例，其诗中主体性的自觉与思考深度，包括其运用复杂的象征语义的能力，也远超过了七八十年代之交的"朦胧诗"。它们以孤独而骄傲的气质，前出至历史变革的前夜，为1980年代中国的思想解放与社会变革，提供了精神的先导。从这个意义上，也可以说它们补足了这个年代主流诗歌所留下的不足与缺憾。

五、平权与精英，百年的分立与互动

　　整个玻璃工厂是一只巨大的眼珠，

　　劳动是其中最黑的部分……

①流沙河：《台湾诗人十二家》，重庆出版社1983年8月版，第31页。

　　1987 年夏，在北戴河附近举办的第七届"青春诗会"上，欧阳江河写下了一首《玻璃工厂》，成为他迄今为止重要的代表作之一。鲜有人知，这届诗会是由一家著名的生产玻璃的企业赞助的，因而参会者被要求尽量写一首"与玻璃有关的诗"。据说欧阳江河当时灵感来得急，是在一盒卷烟的包装纸上奋笔疾书，完成了密密麻麻的初稿。这件事我曾向他本人求证过，确属无疑。

　　但此诗灵感的引发，据说还有其他更"微妙"的原因，这一点恕不能交代。笔者感慨的是，一个"命题作文"竟也会产生出一篇近乎不朽的作品。在这首诗中，写作者将玻璃的诞生与语言的诞生完全熔铸到了一起："我来了，我看见，我说出。/语言和时间浑浊，泥沙俱下，一片盲目从中心散开。/同样的经验也发生在玻璃内部。/火焰的呼吸，火焰的心脏……"这样的句式，形象地诠释出了思维本身由混沌到清晰，诗意由晦暗到自明的转换过程，使它成为一首充满哲思与"玄言"意味的"元诗"。亦犹如一个海德格尔兼德里达式的思辨，其中暗含了"言与思""音与意""词与物"，甚至老子式的"有名"与"无名"、"可道"与"常道"等一系列可能的"元命题"：

　　　透明是一种神秘的、能看见波浪的语言，
　　　我在说出它的时候已经脱离了它……
　　　语言溢出，枯竭，在透明之前。

　　《玻璃工厂》标志着一种新的写作范式的成形，即诗歌与"现实"之间一向紧密的关系的脱钩。它越过了半个世纪以来诗歌的一个难题，即必须与某个具体的现实情境发生对应联系。这首诗中，工厂里"火热的劳动场景"被陡然地升华了，观念化的"现实"亦如同玻璃的前世——晦暗的石头和沙子，早已付诸烈火，变成了另一种物质。

这是 1980 年代前期即开始出现的一种趋势：从"朦胧诗"中主智的一支，杨炼与江河开始，到"第三代"中的"整体主义""非非主义""新传统主义"等派别，再到第三代的杰出代表海子，诗歌作为"一种智力活动"的趋势已逐渐成形。在部分诗人那里，民俗与文化主题热最终又指向了哲学，海子从早期的长诗《河流》《传说》，到后期的《太阳·七部书》，便是经历了这样一个演化；而欧阳江河从《悬棺》到《玻璃工厂》，也是经历了相似的轨迹，文化主题的"寻根诗歌"，变成了哲学意义上的"玄言诗歌"。

以上便是当代诗歌中"精英主义"写作范式的简单由来，这堪称是一个范本。它基于对过去年代诗歌的不满足，也基于这个年代诗人突飞猛进的思想能力，同时也基于他们作为"知识分子"的身份建构的强烈诉求。

然而，反精英的"平权主义"的写作也始终如影随形。在第三代诗人中，同时也孕育出了一批反智主义的马前卒。这并不奇怪，因为在新诗的百年历史中，从来就伴随着"反贵族化"的、平民的、普罗大众的、工农兵的、底层民众的、民粹主义的、娱乐化的种种取向。甚至白话新诗的出现本身，也是平权思想的产物。在新文化运动之初，关于新诗合法性的论争中早就看得分明，钱玄同认为两千年的文学和文字，是被"民贼"和"文妖"两种人所垄断，而唯胡适"用现代的白话"表达"自己的思想和情感，不用古语，不抄袭前人诗里说过的话"，才"当得起'新文学'这个名词"①；这与坚持"贵族文学"立场的梅觐庄与任叔永对他的讥笑，所谓"淫滥猥琐"，"去文学千里而遥"云云，可谓截然对立。在他们看来，照胡适这么做，中国诗歌直会沦落到如"南社一流"，其高贵传统将荡然休矣，"陶谢李杜……将永不复见于神州"②。

1930 年代之后，诗歌大众化的指向随抗战烽火的日渐炽烈，逐渐走上了不归之路；1950 到 1970 年代，在为工农兵服务的总要求下，诗歌一直走在浅近与直白的道路上，以至出现了中外历史上所仅见的全民性的"新民歌运动"。关于该运动的历史功过，前人早有定论，与其说它们是"群众在日常生活、劳动中的自发的创造"，不如说是"围绕当时实施的政策和流行的政治口号的命题作诗"，是"对新诗在走向上进行规范的进一步发展"。③

因此，某种意义上，自朦胧派诗人开始发育的精英意识，是对此前长期的民粹主义诗歌观的一种反拨。他们顶着重重压力和阻遏，以一种相对"秘密"和个人的高雅趣味——陌生感的隐喻，象征的语义系统，朦胧含蓄的意境，峻拔清丽的修辞……这些近于现代主义的观念与意趣，构建起了当代中国诗歌的一块高地。但这样一种格局，很快便被"第三代"诗人打破了。1984 到 1986 年，先后发育起来的"他们""莽汉主义"和"大学生诗派"，以及在报刊上流行的一种"生活流式"的写作，都明显地标立了一种反精英的平民主义倾向。最典型的文本，即韩东的《你见过大海》和《有关大雁塔》，李亚伟的《中文系》，还有于坚的《尚义街六

————————

①钱玄同：《尝试集·序》，1918 年 1 月 10 日，见胡适《尝试集》，人民文学出版社 2000 年 7 月版，第 126—131 页。

②任叔永致胡适，见《尝试集·自序》，胡适《尝试集》，第 143—144 页，人民文学出版社 2000 年 7 月版。

③洪子诚、刘登瀚：《中国当代新诗史》，人民文学出版社 1993 年 5 月版，第 166 页、163 页。

号》。它们以刻意低矮甚至粗陋的自我，展现了完全不同于朦胧派诗人之高贵主体的"普通人的想象"。

在批评家朱大可看来，这是一种类似小市民趣味的意识形态，它们和某些流行趣味一起，构成了一种看似合理的流俗化的抒情写作，以"小人物的灰色温情"，构成与现实的沆瀣一气，并完成了主体性的迅速降解。"他们在日常戏剧中心安理得地扮演低贱的角色，却坚持制造有关幸福的骗局，以慰藉怯意丛生的灵魂"。"犬儒主义哲学最终消解了诗歌至上的神话"，这一"市民意识形态的胜利……构成了对先锋诗歌运动的真正威胁，它们强大而隐秘，像尘埃一样无所不在，同时拥有亲切凡近的表情"①。

这讥讽何其犀利。但假如我们换一个角度，似乎也同样有道理。韩东针对杨炼的《大雁塔》所写下的《有关大雁塔》，针对朦胧派诗人的大海主题抒情所写的《你见过大海》，难道没有道理吗？似乎也很难一棍子打死。这些文本之所以长久地为读者所记起和谈论，还是因为其批评与讥讽是有理由和力量的，它至少说明，那些通过象征形象所建构起来的宏大而正面的意义，也都有着脆弱与虚假的一面。

然而真正称得上是具有"解构主义"性质的作品，还要数到几年后崛起的新人。1992 年，在《非非》的复刊号上，刊载了伊沙的《结结巴巴》等七首诗，接着，次年的第六七卷合刊上，又登出了他的《历史写不出的我写》等九首诗作。这些诗的出现，某种意义上也可以看作是一个事件，即当代诗歌中不只出现了"文化意义上的反精英主义诗歌"，而且还出现了"美学与文本意义上的解构主义诗歌"。

---

①朱大可：《燃烧的迷津——缅怀先锋诗歌运动》，《上海文论》1989 年第 4 期。

　　伊沙的价值正是表现在这里。他提供了一个平权主义写作的范例，之前的观念与主题解构，只能算是"有意义"，但却难说"有意思"。而他的诗与韩东比，不只是在观念上构成了解构性，更在语言层面上生成了解构性。简单说来，有这样几点：首先是对于知识话语的戏谑，如《梅花，一首失败的抒情诗》《跟祖国抒抒情》《饿死诗人》等；其次是对权威话语的戏仿，如《北风吹》《事实上》《叛国者》等；还有的是对于某种诗歌写作观念、传统形式因素的解构，如《结结巴巴》《反动十四行》等，这一类，也可以叫做"解构主义式的元写作"。其中最著名的一首是《饿死诗人》，戏仿了在海子身后出现的一股矮化和俗化了的"乡土诗热"。如同《堂·吉诃德》对骑士小说的戏仿所起到的作用一样，它也颠覆和终结了这种写作趣味。"……你们以为麦粒就是你们／为女人迸溅的泪滴吗／麦芒就像你们贴在腮帮上的／猪鬃般柔软吗／你们拥挤在流浪之路上的那一年／北方的麦子自个儿长大了……""城市中最伟大的懒汉／做了诗歌中光荣的农夫"——

　　麦子　以阳光和雨水的名义

　　我呼吁：饿死他们

　　狗日的诗人

　　首先饿死我

　　一个用墨水污染土地的帮凶

　　一个艺术世界的杂种

　　这可谓反精英主义诗歌所能够达到的极致了，再向前半步，就属越界了。不过细想，它又何尝不是另一种精英主义的出现，即具有戏谑与解构力、具有自我反思与颠覆勇气的一种写作的诞生呢？

如果历史地看，这里似乎还设置了一个对话的潜文本，那就是郑敏写于 1942 年的《金黄的稻束》①。在那首诗里，诗人把收割后田野里的一个个稻束，比作了"无数个疲倦的母亲"，她们仿佛是"黄昏路上"矗立的一座座雕像，"肩荷着那伟大的疲倦"，在一片"秋天的田里低首沉思"，最终"将成为人类的一个思想"。对照郑敏的诗，伊沙非常巧妙地借助了这一庄严的诗意，并实现了他反讽式的表达。

去精英化的写作思潮，在世纪之交达到了沸点。以 1999 年"盘峰论争"为标志，第三代登场时即埋下的伏笔终于再度浮现。声称"口语派"与"民间写作"的一批诗人，与 1990 年代以来在经典化进程中占得先机的"知识分子写作"的诗人，发生了公开的论战。这次论争始于 1999 年春夏之际召开的"盘峰诗会"②，此后一直持续了一两年。第三代内部原有的诗学分歧，由此放大为两个美学阵营的截然分立。在此背景下，又恰逢"70 后"一代的正式登台，以及网络传播媒介的迅速发育，诗歌的场域陡然扩大，发表几乎变得无门槛。尤其还有世纪之交"节日"氛围的催化作用，诗歌界遂出现了持续数年的"狂欢"局面。此后的"下半身""梨花体""垃圾派""低诗歌"，还有大量具有行为艺术色彩的诗歌现象与噱头，都成为当代诗歌的"新平权运动"的一部分。

当然，"平权主义"也只是一个混合性的说法，它有时与"精英主义"构成对立，有时则不一定。尤其是，它的反智与"反知识分子趣味"，并非是简单和鲁莽的破坏，而更多的是构成了"另

①该诗原题为《无题》，发表于《明日文艺（桂林）》1943 年 1 期，收入《诗集一九四二/一九四七》，文化生活出版社（上海）1949 年 4 月版，题目改为《金黄的稻束》。

②参见笔者：《一次真正的诗歌对话与交锋——"世纪之交：中国诗歌创作态势与理论建设研讨会"述要》，《诗探索》1999 年第 2 期；《北京文学》1999 年第 7 期。

类精英"或是"另一种知识分子写作",并不一定要归类于垃圾。真正严肃的解构主义写作,与纯然的狂欢与娱乐化写作之间,还是泾渭分明的。

平权式写作的另一个现象,是在世纪之交以后出现的"底层写作",这一现象中出现了大量来自民间的写作例证,其中的大部分显然不是精英主义的,但是有一点又必须要注意,那就是"关怀底层"本身也是一种"知识分子精神"的显现,只是,知识分子式的底层关怀,与真正来自底层的写作者的感受相比,还是隔了一层。所以,最好的例子便是一位女工出身的诗人郑小琼。

郑小琼最早的诗出现在 2005 年以前,但只有在 2005 年"底层写作"的概念①出现之后,她才逐渐引人瞩目。她不只像别的写作者那样,描画了底层劳动者艰辛与卑微的生存场景,而且通过"铁"的意象,以铁与肉身的关系,构造出了一种工业时代的文化与精神图景:即作为资本与生产线的、以逐利为驱动的生产关系,同劳动者的肉身,以及肉身所负载和象征的痛苦、疾病、乡愁、道义等等,所构成的一种对位与冲突。"模糊的不可预知的命运,这些铁/这些人,将要去哪里,这些她,这些你……在车站,工业区,她们清晰的面孔/似一块块等待图纸安排的铁,沉默着"(《铁》)。这种关系超出了一般的倾诉与宣泄,而成为类似本雅明所说的"文明的寓言"。

---

①"底层写作"在南方最早被称为"打工诗歌",2005 年由《文艺争鸣》杂志发起专题讨论,在第 2、3 两期发表多篇文章,参见蒋述卓:《现实关怀、底层意识与新人文精神——关于"打工文学现象"》;柳冬妩:《从乡村到城市的精神胎记——关于"打工诗歌"的白皮书》;张清华:《"底层生存写作"与我们时代的诗歌伦理》。

六、经典化、边界实验，以及结语

漆黑的夜里有一种笑声笑断我坟墓的木板

你可知道。这是一片埋葬老虎的土地……

这是海子的《死亡之诗（之一）》中开篇的两句，写作时间不详，应是在1986年以前。那时海子还没有明显陷入忧郁症所带来的困境，但我相信，真正能够读懂这首诗的人，不会很多；而要想诠释清楚，他所说的这只"火红的老虎"、这只"断腿的老虎"究竟是什么，更难有人敢拍着胸脯应承。

海子当然有更多广为传诵的名篇：《亚洲铜》《单翅鸟》《天鹅》《山楂树》《祖国（或以梦为马）》《四姐妹》……这些经典之作，完全可以经得起最严苛的细读，它们已成为新诗在许多方面的标高。但是，他也有着众多叫人难以捉摸的篇章，比如一旦我们要追问这首"死亡之诗"究竟写的什么，没人能够做出令人信服的解释。"正当水面上渡过一只火红的老虎/你的笑声使河流漂浮/……一块埋葬老虎的木板/被一种笑声笑断两截"。仿佛经过了编码中的再度"加密"，如若不了解具体的背景事件，没有深入研读过他的诗论，这一隐晦的故事与场景，是完全无法索解的。

可是即便了解了那些背景，就能解吗？也不一定。接下来的一首《死亡之诗（之二：采摘葵花）》，甚至加了题注"——给梵·高的小叙事：自杀过程"，但读之依然让人如坠雾中："雨夜偷牛的人/爬进了我的窗户/在我做梦的身子上/采摘葵花……"即使参照了梵·高的绘画，还有他患病与自杀的遭际，也很难用"达诂"方式给出细读。这表明，海子诗歌的另一部分，其存在的意义，确乎不在于为我们提供可以确信求解的文本，而仅在于表明他诗歌探索的最远疆界。

那自然会有人质疑，甚至予以反对。有人即据此讥嘲，认为他的读者，肯定是"在煞有介事地陶醉于一件'皇帝的新衣'"①。

这就涉及"经典化"与"边界实验"之间的关系问题。"经典化"既是历史本身的水落石出，也是一种持续不断的选择与淘汰的工作，是维持诗歌的"正常"美感与规则的标准与信念。所以，它既是指那些公认的优秀作品，也是指据此生成的观念共识；而"边界实验"呢，则是对既成观念与规则的不断打破，是挑战经典、标新立异、走出樊篱的持续过程。所以，通俗地说，这也是所谓"守正与创新"之间的关系，一个自有文学以来，就一直未裁断清楚的古老官司。

海子显然是一个典范的极端例证。他将两者的关系张大到了极致，也因此而对新诗的发展做出了贡献。

当然，这越界和探索的方式与方向，又各有不同，海子是以神秘和晦涩、智性与高蹈，而更多的写作者，则是以诙谐和解构，以粗鄙和挑战传统，以形式或观念的逾矩，以"低"和怪诞……这些显然并不都具有意义。然而，如果我们只是依据经典和正统，来对之加以排除和禁止，那么诗歌创造的空间无疑将会被压缩，诗歌发展的动力也将大大减弱。

这就像我们之前关于李金发的评价一样，假如没有他生涩的象征主义的误打误撞，就不会有戴望舒的现代主义与古典传统的圆融汇通，也不会有接下来新诗在三四十年代的一路疯长；同样，没有

①参见：《读不懂海子》，见"海子吧"贴文，未具名，https：//tieba.baidu.com/p/556879959？red _tag＝3419967660

五十年代台湾现代诗运动，没有纪弦们夸张的"横的移植"，还有大呼小叫，与之针锋相对的"蓝星"诗人们所标榜的"纵的继承"，就不会有台湾现代诗的充分发育；同理，没有八十年代中期"第三代"的爆炸式登场，没有那些五花八门的诗歌主张的蜂拥亮相，也就不会有九十年代而下诗歌写作的专业化和渐趋成熟；如果没有世纪之交以降诗界持续的喧嚣与狂欢，也就不会有如今这般丰富与纷繁的诗歌现场。

显然，这一问题对于当代诗歌至关重要。因为人们总爱动辄对异样的写作进行规训与规范，总有探索被视为亵渎、悖逆或不道德。而按照德里达的说法，现代主义的文学并非是传统意义上的"美文学"，而应该是一种"允许可以讲述一切的奇怪建制"，它应享有免受包括"道德检查"在内的诸种限制。至于为什么，德里达说，"'20世纪现代主义的、或至少是非传统文本'，都具有一个共同点，即它们都写于文学的一种危机经验之中"，是"对所谓'文学的末日'十分敏感的文本"。这意味着，现代主义的写作，每一次都面对着"写作的尽头"，面对着经验的极端化和极限化，即"文学将死"的现实，写作者必须通过额外地"制造事件以供讲述"，并以此来引人瞩目，拯救文学的某种末日处境。这就是他所说的"文学行动"①的时代。

这段话稍加解释，其实谈论的仍是"经典化观念"与文学的"边界探索"之间的矛盾关系。"美文学"是人们关于文学的一般看法，是指经典的历程，而"允许可以讲述一切"，则是不断突破规范，是指向关于艺术的一切越界的权利和可能。无疑，这是一个关于"现代主义""当代诗歌"或者"诗歌的当代性"问题的方

---

①参见德里达：《文学行动》，赵兴国等译，中国社会科学出版社1998年3月版，第5—9页。

法论，也是我们观照新诗历史，动态地考察其变革进程的一个必要角度。

而且，对所谓正统和经典的看法，也是一个不断变化的范畴。昨天还属于异端的，今天就变成了正统，今天还被视为不合法的，未来就会被认为是常态。当年关于"朦胧诗"的讨论，曾何等剑拔弩张，在有些正统理论家看来，一群在艺术上表现了小小叛逆冲动的年轻人，不是要把诗歌送到"雾失楼台，月迷津渡"的风月场上、温柔乡里，而是向着经典和正统的一方，"扔出了决斗的白手套"。有人干脆用"社会主义，还是现代主义"① 这样的奇怪逻辑，来从政治上宣判他们的死刑，仿佛现代主义是资本主义的专利。殊不知在西方，现代主义的早期流派"达达主义""未来主义"，反而曾与左翼思潮和国际共运有着密切的联系。事实表明，当年那些被视为异端的作品，早已变成了当代诗歌中的经典，甚至在今天，人们或许已感觉到了类似《回答》《一代人》《致橡树》《神女峰》等作品的过于"正典化"了，从严格的艺术代际看，他们或许尚不能构成"现代主义"的诸种要件。

还有问题的另一面，即所有"越界"或边界实验，也都有个"高点"与"低点"的问题，不能因为都属"探索"，都走得远，就可以混为一谈。类似海子那样的探索，自然是高点，因为他是新诗诞生以来真正从"哲学本体"的角度来考虑诗和诗歌写作的人，他不只写出了抒情意义上的诗，还尝试写出"本体"的形而上意义的诗，作为真理和宗教的诗，作为"道"与"元一"的诗。而且这一切还与他的"一次性行动"，与他的生命人格实践的投射与

① 郑伯农：《社会主义，还是现代主义》，《诗刊》1983 年第 6 期；《当代文艺思潮》1983 年第 10 期。

加入，牢牢地交融嵌合在了一起，使得这一"再造巴别塔"式的努力，获得了精神现象学的意义。

另一些写作，似乎难以判断其边界实验的"高"与"低"。比如西川写于 2004 年的《小老儿》，整首诗是以"歌谣加摇滚"的方式写成的，共 12 节，每节都相当于一段"贯口"，如一阵风，语义一任飘忽滑行。仿佛是刻意挑战人们关于诗歌的常识，它不止在形式上矮化和消解了"诗"的一切规则意义，也让人难以确定其写作的观念与意图。这个诗中的"小老儿"仿佛是一个实体，也仿佛是一个游魂，仿佛是一种流行的病毒，又仿佛就是你我自身，含混其词地说，它可能就是一种到处传染的文明病：

> 小老儿小。小老儿老。小老儿一个小孩一抹脸变成一个老头。小老儿拍手。小老儿伸懒腰。小老儿到我们中间。小老儿走到东。小老儿走到西。小老儿穿过阴影。小老儿变成阴影。小老儿被绊倒。小老儿也绊倒别人。小老儿紧跟一阵小风。小老儿抓住小风的辫子。小老儿跟小风学会打喷嚏。小老儿传染得树木也打喷嚏。石头也打喷嚏。小老儿走进药店。小老儿一边打喷嚏一边砸药店。小老儿欢天喜地。小老儿无所事事。小老儿迷迷糊糊。小老儿得意忘形。小老儿吃不了兜着走。有人不在乎小老儿，小老儿给他颜色看……

此是诗的第一节。西川曾解释说，该首诗的灵感得自 2003 年的一场"非典"（SARS）疫情，他将期间的一些世相与感受嵌入了其中。这算是供我们解读此诗的一个参照，但假如没有这个提示，该诗将几乎是一个哑谜。整首诗读下来，只能说，它就是一个德里达意义上的"非传统文本"。

　　欧阳江河写于 2012 年的长诗《凤凰》，也可以看作是一个例子。这首诗问世后引起巨大反响，也有较多质疑。作为艺术家徐冰的《凤凰》的互文作品，它刻意将装置艺术的特点，如嵌入、插接、并置等手段也运用其中，形成了所谓"词与物"的一种裸露关系。因为徐冰的装置艺术《凤凰》，是由工业时代的各种废料和垃圾制作而成，它刻意吊装在北京东三环最繁华的"CBD"街区，在摩天大楼玻璃幕墙的背景上，在夜晚光电技术的映射下，显得五彩斑斓金碧辉煌，是一个神话般的制作；但在白天的光线下再近看细读，就会发现它由一堆废旧金属与塑料垃圾连缀而成。

　　这就把现代文明的形与质、内与外、载体与意义之间的分裂的属性，完全地彰显了出来，而欧阳江河的诗正是准确地匹配了这一装置的属性，也刻意裸露了语言、词和意义本身的复杂关系。他几乎是将所有的表达都变成了词语的镶嵌与堆积，让他们成为完全脱离主体与情感的"干燥的词"。这种写作牺牲了传统诗歌写作中"主体性的统一"，而变成了一个对于"词的仓库"的展示：

掏出一个小本，把史诗的大部头

写成笔记体：词的仓库，被掏空了。

　　如何看待这样的尝试，文本本身的自行而刻意的分裂，有批评家的思考和发问也很有启示："当徐冰的凤凰呈现的是一种'掏空'的艺术的时候，当以垃圾和施工的废弃物组装成的是一个'虚无'的存在物的时候，'史诗的大部头'是否只能在一个'小本'上'写成笔记体'？在一个一切都被掏空的匮乏的时代，如果说徐冰和欧阳江河都在'写'各自的神话与史诗，本身是否是一个悖论的判断？在大写的主体匮乏的时代，史诗究竟何为？"①

这样的发问，确乎准确地指出了《凤凰》这类文本的悖论，它们在实现并张开了自身构造的同时，也标立了其文本内部的缺憾与虚无。而这，既是它力量的极限，也是创造的尽头。

与此对照，世纪之交以来的另一些越界和探索，便显得不那么高大上了，所有的狂欢与爆炸，自曝与裸奔，尽管也乘借了诗歌平权主义潮流的东风，造设了百般花样，但真正在文本方面的贡献却没有那么多。以至于，我必须小心翼翼，审慎地避免写下他们的名字，以免对读者的判断产生误导。

至此，关于百年新诗的道路，以及所涉及的若干核心问题的梳理，大概可以作结了。我意识到，这部《百年中国新诗编年》的意义，以及它所包含的潜台词，或许可以部分地彰显了。一百年，作为人生当然近乎是极限，但作为一个民族语言的创造物，她还是如此地年轻，还在生长和发育的路上。

在回顾的过程中，我不断地使用望远镜，以试图将整体的线条看得更清晰一些，但同时又不得不使用放大镜，以对准那些经典的或具有标志意义的文本，以使我的讨论能够立足。这是一个艰难而愉快的过程，一个迷惘而又不断发现的过程。

我希望，每一个读者也有类似的体验。

是为序。

2021 年 7 月 25 日，北京清河居

---

① 吴晓东：《"搭建一个古瓷般的思想废墟"——评欧阳江河的〈凤凰〉》，见欧阳江河《凤凰》，牛津大学出版社 2012 年版，第 41 页。

序

马春花

　　1917 年，胡适在当时的新文学阵地《新青年》第 2 卷第 6 号发表了总题为《白话诗八首》的白话文诗歌，正式拉开了中国现代新诗的帷幕。但现代新诗的开端却至少要推到 1916 年，胡适《尝试集》中开篇的几首就明确表明写作时间是 1916 年。① 而在胡适创作这些白话新诗之前，晚清夏曾佑、谭嗣同、黄遵宪等的"诗界革命"之后，到底有无别种白话新诗的尝试，目前尚无定论。现在文学史达成共识的是朱自清在《新文学大系·诗集》导言中断定的"胡适之氏是第一个'尝试'新诗的人"②。

　　新诗在一个多世纪前的出现，一方面是遵循了诗歌自身发展的内在逻辑，所谓"一时代有一时代的文学"，古典诗歌相对僵化的形式已经无法适应新的表达要求，无法适应处于"千年变局"中的中国现实了，黄遵宪等的"诗界革命"就可以看成是古典诗歌嬗变链条中的一环。但是"白话诗"对"白话"这一语言形式的强调，及其所标举的"新"与"现代"的特征，则显然与这群现代知识分子对一个未来与现代中国的渴望和想象息息相关。新诗对

---

　　①分别为：《蝴蝶》（1916 年 8 月 23 日）、《赠朱经农》（1916 年 8 月 31 日）、《中秋》（1916 年 9 月 11 日）、《江上》（1916 年 11 月 1 日）、《黄克强先生哀辞》（1916 年 11 月 9 日）、《十二月五夜月》（1916 年 12 月 5 日）、《沁园春》（1916 年 12 月 17 日）。参见胡适：《尝试集》，人民文学出版社 2000 年 7 月版。

　　②朱自清：《中国新文学大系·诗集·导言》，上海良友图书印刷公司 1935 年 10 月版。

新的语言与形式规则的渴望，对书写新事物与抒发新情感的诉求，同社会思想的自由与解放、西方现代诗歌理论与思潮的影响紧密相连。可以说，没有对科学与民主的渴望，没有种种现代思潮的激荡，没有对未来中国的建设热情，就不会有新诗的出现。

第一个十年中新诗创作的开拓者们，有一些其实是很难被称之为"诗人"的，他们的"尝试"与其说是出于对缪斯女神的热爱，不如说是出于对一种与未来中国想象相关的新思想的新载体的祈盼。第一个十年尤其是一开始的很多新诗，往往耽溺于叙述，沉迷于说理，语言稚拙，意象单薄，欧化文法与旧体诗词夹杂，这些缺点（特点）与此不无关联。

以胡适、刘半农、沈尹默、康白情等人为代表的尝试诗人，努力挣脱了自幼年起就浸淫其中的传统中国诗词的影响，他们喜欢如实摹写具体生活场景或自然景物，追求一种平实晓畅的散文化诗风，这既是对旧体诗词贵族化传统的反拨，也是五四文学平民化思潮的体现，他们的白话诗构成了中国现代新诗的最初形态。不过"尝试诗人"的这种诗歌探求，若脱离了当时的历史文化语境，很多很难再得到今天读者的认同。就拿胡适的《孔丘》来说，"知其不可而为之，亦不知老之将至。认得这个真孔丘，一部《论语》都可废"，这句子实在没有多少诗意与哲理可言。《蝴蝶》稍好些，"两个黄蝴蝶，双双飞上天。不知为什么，一个忽飞还。剩下那一个，孤单怪可怜；也无心上天，天上太孤单"[①]，虽然还是简单浅显，但"蝴蝶"的意象还是增加了些许诗趣，有那么一点点素朴之美。

新诗的起点虽然稚拙，但发展很快，不过短短几年，重在写实

---

① 胡适：《蝴蝶》，《新青年》，1917 年第 2 卷第 6 号。

的白话诗就被一种更具有艺术表现力的清新自然的抒情诗所代替。1920 年代初，出现了四个"专心致志做情诗"①的青年诗人：潘漠华、汪静之、冯雪峰、应修人，他们在杭州西子湖畔以或凄苦、或天真、或明快、或清新的风格徘徊吟咏，给早期新诗带来了一股甜蜜的春风。湖畔诗人之外，另一个重要的抒情诗人是冯至。1927 年，他的第一部诗集《昨日之歌》出版，收入 1921 年至 1926 年创作的诗歌 52 首，除四首叙事长诗外，其余全为抒情短诗。他的诗风格幽婉，意象独特，音韵柔美，节奏舒缓，抒情中自有一种沉思之美，《雨夜》《迟迟》等篇已初具"哲理抒情化"的倾向。另外，值得一提的是"小诗体"，它受日本短歌、俳句与泰戈尔《飞鸟集》的影响，以"简短的形式表现刹那的情绪和感触"②，体现了当时以理说诗的风气，冰心的《繁星》和《春水》、宗白华的《流云小诗》是小诗的代表。但正像成仿吾在《诗之防御战》中所批评的，由于小诗的诗形所限，很难真正达到抒情的效果，反而容易陷入"刹那主义"和"轻浮"之中，小诗不久就被其他形式的尝试所取代。

　　成仿吾对小诗的批评，主要还是立足于"抒情方式"而言的，在他看来，能够对中国现代新诗发展的歧路进行反拨的，是以郭沫若为代表的"浪漫诗派"。浪漫诗派与小诗运动几乎同时出现，但它更强调情感的激昂、个性的张扬与纯粹直观的抒情方式。《天狗》《凤凰涅槃》《太阳礼赞》《立在地球边上放号》等选择具有现代意味的诗歌意象，表达了五四时期强烈的个人主义精神、破坏与创造的勇气、对自由意志和生命力的追求。郭沫若的诗歌，提供

---

① 朱自清：《中国新文学大系·诗集·导言》，上海良友图书印刷公司 1935 年 10 月版。
② 周作人：《论小诗》，《晨报副刊》，1922 年 6 月 30 日。

了一种与传统诗人和同时代诗人几乎完全不同的诗歌意象、韵律节奏、美学风格甚至哲学观念，朱自清认为，"看自然作神、作朋友，郭氏诗是第一回，至于动的很反抗的精神，在静的、忍耐的文明里，不用说，更是没有过的"①。郭沫若的《女神》创造出了一种与"新文化"真正相匹配的"动"的诗歌形象，为新诗的发展和艺术想象力提供了多种可能性。《女神》被看成是中国现代新诗的奠基之作，在某种程度上也算是现代新诗史的一座高峰。但浪漫诗派这种以内在情绪的涨落为基点的抒情方式，以情感的喷发为主要特色的喊叫出来的诗歌，同时也极容易陷入空洞无物、毫无节制的"滥情主义"之中。

　　为了应对浪漫派诗人的情感泛滥与早期诗歌的"散文化倾向"，1920 年代中期渐次鹊起的"新月派"诗人提出了一系列矫正主张，提倡"理智节制情感"的美学原则，认为诗歌应该具有"非个人化"倾向。② 为了矫正诗歌的"散文化倾向"，闻一多认为诗歌应具有和谐、均齐的审美特征，并提出了"三美"（音乐美、绘画美、建筑美）、"四大元素"（幻象、感情、音节、绘藻）等主张，③ 成为前期新月派诗人创作的理论基础。正是在这些诗歌理论的引导下，闻一多、徐志摩、孙大雨、刘梦苇、朱湘等人的诗歌在形式和内容、理智和情感中都达到了相对的平衡，使新诗获得了更多的美学内涵与形式因素。"新月派"诗人大都受英美浪漫主义诗歌的影响，同时又能将中国传统的诗歌格律进行现代转化，既有理

---

①朱自清：《中国新文学大系·诗集·导言》，上海良友图书印刷公司 1935 年 10 月版。
②梁实秋在《文学的纪律》中指出："理性是最高的节制机关"，"情感和想象都要向理性低首"；饶孟侃在《新诗话（二）情绪与格律》中指出："感情不是一定该被诅咒的，伟大的文学者所致致力的是怎样把感情放在理性的鞭绳之下"；孙大雨在《诗歌底格律》中指出："情感泛滥、理智微弱的重大原因，恐怕就是这形式方面的大缺陷——没有整齐的节奏，没有音组，因而毋须有任何结构"。为此，提倡格律，"以理性节制情感"成为新月成员共同的创作原则。
③见闻一多：《诗的格律》，《晨报副刊：诗刊》，1926 年第 7 期。

论上的阐释，又有实践中的探索，再加上对独特艺术个性的强调，使新月派诗歌成就卓然：闻一多的繁丽幽玄、徐志摩的潇洒空灵、朱湘的凄苦平静……这样，自新月派之后，中国新诗进入一个理论和实践的自觉时期。

几乎与此同时，以1925年李金发的诗集《微雨》的出版为标志，"象征诗派"以独特的姿态登上中国诗坛。"象征诗派"诗人李金发、王独清、穆木天等人受西方象征派诗人的影响，将"诗的贵族化"发展到了极端，不但强调"纯诗"的诗歌观念，同时反对胡适所提出的"作诗如作文"，认为应该要求诗与散文的纯粹的分界，"把纯粹的表现的世界给了诗作领域，人间生活则让给散文担当"，诗应有不同于散文的思维方式和表现方式，强调"暗示""朦胧"与"独语"。① 象征派的出现，使新诗真正呈现出一种诗歌所特有的陌生感与异质性因素。

总体而言，第一个十年的新诗有几个方面值得注意：

一、新诗的出现，它的语言和形式上的变革，不能仅仅在诗歌领域内来探讨，而应放在"新"文化与"新"中国的政治文化视野中来看。胡适尝试新诗之时，就自觉地将"练习白话韵文"与"新国"和传统的"文言诗国"对应起来②，可以说，没有对"新国"的想象与呼唤，胡适应该也不会去"尝试"写作新诗。从这一角度看，尽管胡适的很多白话诗，实在过于平易通俗，缺乏必要的诗味，但却是他，终于翻开了新的一页，给了新诗以诞生的契机与理由。而且，每当新诗发展到过于繁复华丽、精巧细致或晦涩幽暗之时，"尝试诗人"们客观写实的手法、单纯朴素的情感及其表

---

①见穆木天：《谭诗——寄沫若的一封信》，《创造月刊》，1926年第1卷第1期。
②见胡适：《五年八月四日答任叔永书》，见《尝试集》，人民文学出版社2000年7月版，第1页。

达方式，就会魂兮归来补救缺弊。

二、考察第一个十年的新诗，既要在一个世界的视野中，看到新诗创作者们在中西的跨域交流中所受到的西方现代诗歌理论思潮及其实践的影响，比如英美浪漫主义诗歌之于新月诗人、法国象征诗派的波德莱尔之于李金发；同时也应该将新诗的发展纳入中国本土文化语境中来考察，即便是在反传统的五四新文化氛围之中，传统也从来都是新诗创作者们的一个自觉或不自觉的文化资源，比如闻一多《律诗的研究》对于中国诗歌民族传统的研究，他的新诗创作对李贺风格的继承，朱湘《草莽集》对中国古典诗词传统的吸取等。其实，以复古为革新，一直也是中国文学传统之一。

三、新诗在第一个十年发展迅速，从胡适的《尝试集》（1920年）到郭沫若的《女神》（1921年），从冰心的《繁星》《春水》（1923年）到李金发的《微雨》（1925年）、《为幸福而歌》（1926年），也不过短短几年，新诗在意象选择、抒情方式与美学追求等方面就发生了极大的变化。总体而言，新诗在第一个十年就奠定了它的基本发展格局和发展形态，并汇入一个诗歌发展的世界潮流之中。作为百年新诗的源头和初始，第一个十年的诗歌对后来的诗歌创作产生了深远的影响，后来的诗歌潮流不管如何变幻，总有其初始的影子。

最后谈谈本卷诗歌的编选情况。在朱自清的《中国新文学大系·诗集》之后的任何编选，似乎都有些狗尾续貂之意。朱自清的现场感与诗学眼光，是后来的编者所不能及的。不过，相比于大系以及现有的一些诗歌选集，该选本在这几个方面有所偏重：一、所选诗歌基本从最早发表的原刊物而非从各个版本中的诗歌选集中搜寻，既尽量求得资料的准确性，也试图最大限度地保留其最初发表时的原貌；二、增选了一些大系没有选入的诗作，增选了文学史上较少提及的一些诗人的诗作；三、有意增选了一些女诗人诗作，以期能够尽量保留新诗发轫初期女性的声音。

因诗集按编年体编排，再加之第一个十年的不少诗作在最初发表与收入诗集时有所差别，在比照方面花了大量时间，而且从着手工作到最后计划出版，五年已过，收录与编排标准一再调整，每次校对几乎是从头再来，个中烦难，不足为外人道也。这本诗集的编选，虽尽心尽力，但因本人学术重心不在诗歌，平时研究也不以资料见长，再加之能力有限，疏漏之处，恳请大家谅解。最后，感谢我的几届研究生，他们是陈强、史秀东、宿懿、郝心舒和王璠。感谢他们付出的辛劳。

目 录

1920 年

1921 年

1925 年

1916^年

兵操

佚名

操操操
中国男儿
个个身体好

保种保国兼自保
全赖武士道

不怕枪与炮
身临前敌耻遁逃

兵力日强
外侮自少
国势愈增高

选自《香如丛刊》，1916 年第 7 期

春游

佚名

淑气转洪钧

万象又回春

春光正明媚

郊外好游行

看桃花如醉

柳绿迎风颜色新

芳塘波荡漾

堤边碧草如铺茵

公子垂鞭至

玉勒金羁往返频

佳人来拾翠

小蛮靴子态轻盈

那及他冠者五六

童子六七人

及时风浴养天真

行乐趁良辰

选自《香如丛刊》，1916 年第 7 期

秋游

佚名

大火昨西流

容易又新秋

风光正飒爽

郊外去遨游

看晚山滴翠

暮云如罗颜色幽

蓼花红满岸

白蘋洲上雁声遒

渔父垂竿钓

绿蓑青蒻在江头

农人收获早

红莲黑秬满田畴

愧吾侪间暇无事

啸侣又命俦

岁月须知不易留

忙将学业求

选自《香如丛刊》，1916 年第 7 期

1917年

病中得冬秀书

胡适

一

病中得他书，不满八行纸，全无要紧话，颇使我欢喜。

二

我不认得他，他不认得我，我总常念他，这是为什么？
岂不因我们，分定长相亲，由分生情意，所以非路人？
海外"土生子"，生不识故里，终有故乡情，其理亦如此。

三

岂不爱自由？此意无人晓：情愿不自由，也是自由了。

　　六年一月十六日

　　选自《尝试集》，上海亚东图书馆1920年版

孔丘

胡适

知其不可而为之，亦不知老之将至。

认得这个真孔丘，一部《论语》都可废。

五年七月二十九日

选自《新青年》第 2 卷第 6 号（1917 年 2 月 1 日）

朋友

胡适

　　此诗天怜为韵，还单为韵，故用西诗写法，高低一格以别之。

两个黄蝴蝶，双双飞上天。
　　不知为什么，一个忽飞还。
剩下那一个，孤单怪可怜；
　　也无心上天，天上太孤单。

五年八月二十三日

选自《新青年》第 2 卷第 6 号（1917 年 2 月 1 日）

他

胡适

　　思祖国也。民国五年九月作。

你心里爱他，莫说不爱他。

要看你爱他，且等人害他。

倘有人害他，你如何对他。

倘有人爱他，又如何待他。

五年九月六日

选自《新青年》第 2 卷第 6 号（1917 年 2 月 1 日）

生查子

胡适

前度月来时，

仔细思量过。

今度月重来，

独自临江坐。

风打没遮楼，

月照无眠我。

从来没见他，

梦也如何做。

六年三月六日

选自《新青年》第 3 卷第 4 号（1917 年 6 月 1 日）

1918年

人力车夫

胡适

"车子！车子！"

车来如飞。

客看车夫，忽然中心酸悲。

客问车夫，"你今年几岁？拉车拉了多少时？"

车夫答客，"今年十六，拉过三年车了，你老别多疑。"

客告车夫，"你年纪太小，我不坐你车，我坐你车，我心惨凄。"

车夫告客，"我半日没有生意，我又寒又饥，

你老的好心肠，饱不了我的饿肚皮。

我年纪小拉车，警察还不管，你老又是谁？"

客人点头上车说，"拉到内务部西！"

六年十一月九夜

选自《新青年》第 4 卷第 1 号（1918 年 1 月 15 日）

鸽子

胡适

云淡天高，好一片晚秋天气！

有一群鸽子，在空中游戏。

看他们，三三两两，

回环来往，

夷犹如意，——

忽地里，翻身映日，白羽衬青天，鲜明无比！

选自《新青年》第 4 卷第 1 号（1918 年 1 月 15 日）

一念

胡适

　　今年在北京，住在竹竿巷。有一天，忽然由竹竿巷想到竹竿尖。竹竿尖乃是吾家村后的一座最高山的名字。因此便做了这首诗。

我笑你绕太阳的地球，

一日夜只打得一个回旋；

我笑你绕地球的月亮儿，

总不会永远团圆；

我笑你千千万万大大小小的星球，

总跳不出自己的轨道线；

我笑你一秒钟走五十万里的无线电，

总比不上我区区的心头一念。

我这心头一念：

才从竹竿巷，忽到竹竿尖，

忽在赫贞江上，忽到凯约湖边；

我若真个害刻骨的相思，

便一分钟绕遍地球三千万转！

选自《新青年》第 4 卷第 1 号（1918 年 1 月 15 日）

相隔一层纸

刘半农

屋子里拢着炉火，

老爷吩咐开窗买水果，

说"天气不冷火太热，

别任他烤坏了我。"

屋子外躲着一个叫花子，

咬紧了牙齿对着北风呼"要死！"

可怜屋外与屋里，

相隔只有一层薄纸！

选自《新青年》第 4 卷第 1 号（1918 年 1 月 15 日）

月夜

沈尹默

霜风呼呼的吹着，

月光明明的照着。

我和一株顶高的树并排立着，

却没有靠着。

选自《新青年》第 4 卷第 1 号（1918 年 1 月 15 日）

人力车夫

沈尹默

日光淡淡，白云悠悠，风吹薄冰，河水不流。

出门去，雇人力车。街上行人，往来狠多；车马纷纷，不知干些什么？

人力车上人，个个穿棉衣，个个袖手坐，还觉风吹来，身上冷不过。

车夫单衣已破，他却汗珠儿颗颗往下堕。

选自《新青年》第 4 卷第 1 号（1918 年 1 月 15 日）

大雪

沈尹默

小雪封地，大雪封河。

封河无行船，封地无余粮。

无行船，乘冰床；无余粮，当奈何？

选自《新青年》第 4 卷第 2 号（1918 年 2 月 15 日）

丁巳除夕歌（一名《他与我》）

陈独秀

古往今来忽有我。

　　岁岁年年都遇见他。

明年我已四十岁。

　　他的年纪不知是几何？

我是谁？

　　人人是我都非我。

他是谁？

　　人人见他不识他。

他何为？

　　令人痛苦令人乐。

我何为？

　　拿笔方作除夕歌。

除夕歌，歌除夕；

　　几人嬉笑几人泣：

富人乐洋洋，

　　吃肉穿绸不费力。

穷人昼夜忙，

　　屋漏被破无衣食。

长夜孤灯愁断肠。

团圆恩爱甜如蜜。

满地干戈血肉飞，

孤儿寡妇无人恤。

烛酒香花供灶神

灶神那为人出力。

磕头放炮接财神，

财神不管年关急。

年关急，将奈何；

自有我身便有他。

他本非有意作威福，

我自设网罗自折磨。

转眼春来，还去否？

忽来忽去何奔波。

人生是梦。

日月如梭。

我有千言万语说不出，

十年不作除夕歌。

世界之大大如斗，

装满悲欢装不了他。

万人如海北京城，

谁知道有人愁似我？

选自《新青年》第 4 卷第 3 号（1918 年 3 月 15 日）

新婚杂诗

胡适

一

十三年没见面的相思，于今完结。

把一桩桩伤心旧事，从头细说。

你莫说你对不住我，

　　我也不说我对不住你，——

　　且牢牢记取这十二月三十夜的中天明月！

二

回首十四年前，

　　初春冷雨，

　　中村箫鼓，

　　有个人来看女婿：

匆匆别后，便轻将爱女相许

只恨我十年作客，归来迟暮；

到如今，待双双登堂拜母，

　　只剩得荒草新坟，斜阳凄楚！

最伤心，不堪重听，灯前人诉，阿母临终语！

三

与新妇自江村回，至杨桃岭上望江村庙首诸村，及其此诸三。

重山叠嶂，

　　都似一重重奔涛东向！

山脚下几个村乡，

　　百年来多少兴亡，

　　不堪回想！

更何须回想！——

想十万万年前，这多少山这都不过是大海里一些儿微波暗浪！

四

记得那年，

　　你家办了嫁妆，

　　我家备了新房，

只不曾捉到我这个新郎！

这十年来，

　　换了几朝帝王，

　　看了多少世态炎凉！

　　锈了你嫁奁中的刀剪，

　　改了你多少嫁衣新样；——

　　更老了你和我人儿一双！

只有那十年陈的爆竹，越陈偏越响！

（吾自订婚仪，本不用爆竹。以其为十年前所办，故不忍弃。）

五

十几年的相思，刚才完结；

没满月的夫妻，又匆匆分别。

昨夜灯前絮语，全不管天上月圆月缺。

今宵别后，便觉得这窗前明月，格外清圆，格外亲切。

你该笑我，饱尝了作客情怀，别离滋味，还逃不了这个时节！

　　　　　选自《新青年》第 4 卷第 4 号（1918 年 4 月 15 日）

灵魂

刘半农

一

灵魂像飞鸟，世界像树枝；

魂在世界中，鸟啼枝上时。

二

一旦起罡风，毁却这世界；

枝断鸟还飞，半点无牵挂！

　　　　　选自《新青年》第 4 卷第 4 号（1918 年 4 月 15 日）

春水

俞平伯

一

五九与六九，抬头见杨柳。
风吹冰消散，河水绿如酒。
双鹅拍拍水中游，众人缓缓桥上走，
都说"春来了，真是好气候。"

二

过桥听儿啼，牙牙复牙牙。
妇坐桥边儿在抱，向人讨钱叫"阿爷!"

三

说道："住京西，家中有田地。
去年决了滹沱口，丈夫两男相继死；
弄得家破人又离，剩下半岁小孩儿。"

四

催车快些走，不愿再多听。

日光照河水，清且明！

选自《新青年》第 4 卷第 5 号（1918 年 5 月 15 日）

梦

鲁迅

很多的梦，趁黄昏起哄。

前梦才挤却大前梦时，后梦又赶走了前梦。

　　去的前梦黑如墨，在的后梦墨一般黑。

　　去的在的仿佛都说，"看我真好颜色。"

颜色许好，暗里不知；

而且不知道，说话的是谁？

暗里不知，身热头痛。

你来你来！明日的梦。

选自《新青年》第 4 卷 5 号（1918 年 5 月 15 日）

爱之神

鲁迅

一个小娃子，展开翅子在空中，

一手搭箭，一手张弓，

不知怎么一下，一箭射着前胸。

"小娃子先生，谢你胡乱栽培！

但得告诉我：我应该爱谁？"

娃子着慌，摇头说，"唉！

你是还有心胸的人，竟也说这宗话。

你应该爱谁，我怎么知道。

总之我的箭是放过了！

你要是爱谁，便没命的去爱他；

你要是谁也不爱，也可以没命的去自己死掉。"

选自《新青年》第 4 卷 5 号（1918 年 5 月 15 日）

桃花

鲁迅

春雨过了，太阳又很好，随便走到园中。

桃花开在园西，李花开在园东。

我说："好极了！桃花红，李花白。"

（没说，桃花不及李花白。）

桃花可是生气了，满面涨作"杨妃红"。

好小子！真了得！竟能气红了面孔。

我的话可并没得罪你，你怎的便涨红了面孔！

唉！花有花道理，我不懂。

选自《新青年》第 4 卷 5 号（1918 年 5 月 15 日）

人与时

鲁迅

一人说，将来胜过现在。

一人说，现在远不及从前。

一人说，什么？

时道，你们都侮辱我的现在。

　从前好的，自己回去。

　将来好的，跟我前去。

　这说什么的，

　我不和你说什么。

选自《新青年》第 5 卷第 1 号（1918 年 7 月 15 日）

四月二十五夜

胡适

吹了灯儿，卷开窗幕，放进月光满地。

对着这般月色，教我要睡也如何睡。

我待要起来，遮着窗儿，推出月光，又觉得有点对他月亮儿不起。

我整日里讲王充仲长统阿里士多德爱比苦拉斯……几乎全忘了我
　自己。

多谢你殷勤好月，提起我过来哀怨，过来情思。

我就千思万想，直到月落天明，也甘心愿意。

怕明夜云密遮天，风狂打屋，何处能寻你？

选自《新青年》第 5 卷第 1 号（1918 年 7 月 15 日）

三弦

沈尹默

中午时候，

火一样的太阳，

没法去遮拦，

让他直晒着长街上。

静悄悄少人行路；

只有悠悠风来，吹动路旁杨树。

谁家破大门里，半院子绿茸茸细草，

都浮着闪闪的金光。

旁边有一段低低土墙，

挡住了个弹三弦的人，

却不能隔断那三弦鼓荡的声浪。

门外坐着一个穿破衣裳的老年人，

双手抱着头，他不声不响。

选自《新青年》第 5 卷第 2 号（1918 年 8 月 15 日）

游丝

常惠

一天，我到新世界上了那最高的一层楼。

夜已深了，楼上清静得很，没有别的人影。

往外面看去，灯光稀少，也听不见车马的声音。

一点濛濛的月亮，照在这最高楼的旗杆顶上；

沾着一缕游丝，那一头通得远远的，沾在天坛顶上

有个飞薄的东西，像铜元一样大，

在那游丝上，滚过来，——滚过去，——只是不定。

选自《新青年》第 5 卷第 2 号（1918 年 8 月 15 日）

"人家说我发了痴"

陈衡哲

　　一九一八年六月的上旬，潘萨女子大学举行第五十三次的卒业礼。其时我适在病院中。有一天，正取着一张校中的半周刊，看他预告卒业的盛礼，和五十年前的老学生回来团叙的快乐新闻，忽然房门开了，走进一个七十余岁的老太婆，手舞脚蹈的向我说话。我仔细听了他一点多钟，心中十分难过。因此把便他话中的要点写了

出来，作为那个半周刊的背影。

一九一八年六月中旬，衡哲

哈哈！人家说我发了痴，把我关在这里。

我五十年前，也在潘萨读书。因此特地跑来，看我小姊妹的卒业礼。

我的家在林肯，离开此地共是一千五百里。

你可曾见过痴子么？

　　痴子见人便打，见物便踢。

我若是痴子，

　　你看呀——我便要这样的把你痛击！

我方才讲的什么？

哦！我记得了。

我不是讲到林肯吗？

我在林肯的时候，我的老同学约我到此后，在一个院子里居住。

我便立刻写信给校中的执事，报名注册。

岂知到了此地，册上名也没有，更不要说起我们的住处。

这还是小事。

我的同学忽然病了，他们便叫我作他的看护妇。

可怜我车子里几天的辛苦。

　　那晚又是一夜没睡。

明天医生便来，

　　说我发了痴，

　　把我送到这里。

他们又打电报给我的儿子，

　　说我智识没有了，叫他立刻就来。

我儿子他在林肯的西方一千里，离开此地共是二千五百里。

可怜那个电报定要把他吓死。

况且他又如何能立刻赶到这里？

哈哈！你要睡去了吗？

我可该走了。

我们在月亮的那面再见吧。

哦！你可知道这个金匙是什么？

我不瞒你说，

我年轻的时候，可也不算是一个平庸的人哩。

这也不必提起。

记得我前天离开林肯的时候，有无数的亲戚朋友，围绕了我的车子，

说，"你东去潘萨真是福气。

你须把各种的新闻，一一牢记。

回来我们可要细细的问你。"

我说，"这个自然。"

那里晓得我的大新闻，

就是说我自己忽然变了一个痴子！

明天我回去了，

少不得要说几句谎话。

不然，岂不要被他们笑死。

哈哈！人家说我发了痴，把我关在这里。

选自《新青年》第 5 卷第 3 号（1918 年 9 月 15 日）

山中即景

李大钊

一

是自然的美，是美的自然——
绝无人迹处，空山响流泉。

二

云在青山外，人在白云内。
云飞人自还，尚有青山在。

选自《新青年》第 5 卷第 3 号（1918 年 9 月 15 日）

真

沈兼士

我来香山已三月，领略风景不曾厌倦之。
人言"山惟草树与泉石，未加雕饰何新奇？"
我言"草香树色冷泉丑石都自有真趣，妙处恰如白话诗。"

选自《新青年》第 5 卷第 3 号（1918 年 9 月 15 日）

诗

沈兼士

香山早起作，寄城里的朋友们。

天刚明，披了衣，拄了杖，
　散步到石桥旁，
　坐在个石头上，
　受他山水的供养。
静悄悄地，领略些带露的草香，
　听一阵迎风的松响，
　赤脚临水，洗脱了肮脏。
　这时候，自然的乐趣，
　同那活泼泼的小孩子一样。
一忽尔，山头上吐出了太阳，
　金闪闪的光，照得北京城隐约可望。
　一般都是太阳照的地方，
　何以城里那样烦热，
　乡下这样清凉？

　　选自《新青年》第 5 卷第 4 号（1918 年 10 月 15 日）

1919年

冬夜之公园

俞平伯

"哑！哑！哑！"
队队的归鸦，相和相答。
淡茫茫的冷月，
衬着那翠叠叠的浓林，
越显得枝柯老态如画。

两行柏树，夹着蜿蜒石路，
竟不见半个人影。
抬头看月色，
似烟似雾朦胧的罩着。
远近几星灯火，
忽黄忽白不定的闪烁：——
格外觉得清冷。

鸦都睡了；满园悄悄无声。
惟有一个，突地里惊醒，
这枝飞到那枝，
不知为甚的叫得这般凄紧！
听他仿佛说道，
"归呀！归呀！"

选自《新潮》第 1 卷第 2 号（1919 年 2 月 1 日）

春雨

叶绍钧

霏霏的几天春雨，登楼远望，烟树迷离。

那洋泾港畔的平田，早披上绿绒衣。

　　还记去年初夏，看农夫插秧在那里：

　　还记稻穗经风，宛如大海碧浪无边际：

　　还记农夫割了串串黄金穗，舂做粒粒珍珠米：

　　——这都是眼前的事体！

霏霏的几天春雨，平田又披上了绿绒衣。

转眼间如箭光阴，又到麦秋天气。

稻哩！麦哩！轮流更替，同在一块田里。

　　是不绝的生机，是无穷的地利！

　　　　选自《新潮》第 1 卷第 2 号（1919 年 2 月 1 日）

小河

周作人

　　有人问我这诗是什么体，连自己也回答不出。法国波特来尔（Baudelaire）提倡起来的散文诗，略略相像，不过他是用散文格式，现在却一行一行的分写了。内容大致仿那欧洲的俗歌；俗歌本来最要叶韵，现在却无韵。或者算不得诗，也未可知；但这是没有什么关系。

一条小河，稳稳的向前流动。
经过的地方，两面全是乌黑的土，
生满了红的花，碧绿的叶，黄的实。

一个农夫背了锄来，在小河中间筑起一道堰。
下流干了；上流的水，被堰拦着，下来不得：
不得前进，又不能退回，水只在堰前乱转。
水要保他的生命，总须流动，便只在堰前乱转。
堰下的土，逐渐淘去，成了深潭。
水也不怨这堰——便只是想流动，
想同从前一般，稳稳的向前流动。

一日农夫又来，土堰外筑起一道石堰。
土堰坍了；水冲着坚固的石堰，还只是乱转。

堰外田里的稻，听着水声，皱眉说道，——
"我是一株稻，是一株可怜的小草，
我喜欢水来润泽我，
却怕他在我身上流过。
小河的水是我的好朋友，
他曾经稳稳的流过我面前，
我对他点头，他向我微笑。
我愿他能够放出了石堰，
仍然稳稳的流着，

向我们微笑；

曲曲折折的尽量向前流着，

经过的两面地方，都变成一片锦绣。

他本是我的好朋友，——

只怕他如今不认识我了；

他在地底里呻吟，

听去虽然微细，却又如何可怕！

这不像我朋友平日的声音，

——被轻风揽着走上沙滩来时，

快活的声音。

我只怕他这回出来的时候，

不认识从前的朋友了，

便在我身上大踏步过去：

我所以正在这里忧虑。"

　　田边的桑树，也摇头说，——

"我生的高，能望见那小河，——

他是我的好朋友，

他送清水给我喝，

使我能生肥绿的叶，紫红的桑葚。

他从前清澈的颜色，

现在变了青黑；

又是终年挣扎，脸上添出许多痉挛的皱纹。

他只向下钻，早没工夫对了我的点头微笑。

堰下的潭，深过了我的根了。

我生在小河旁边，

夏天晒不枯我的枝条，

冬天冻不坏我的根，

如今只怕我的好朋友，

将我带倒在沙滩上，

拌着他卷来的水草。

我可怜我的好朋友，

但实在也为我自己着急。"

田里的草和虾蟆，听了两个的话，

也都叹气，各有他们自己的心事，

水只在堰前乱转；

坚固的石堰，还是一毫不摇动。

筑堰的人，不知到那里去了？

八年一月二十四日

选自《新青年》第 6 卷第 2 号（1919 年 2 月 15 日）

"除夕"入香山

罗家伦

阴风飒飒，寒日茫茫，

　静悄悄的香山寺下，没有别一个游人。

只剩得半座空山，同我窸呀窣呀的脚步儿相和相应。

野草凋零，模糊了几条旧径；

　颓垣下的残雪——

　　高低历乱——

　　装点出几处新坟。

缓缓的向前去，忽听得呼拍拍的一声，

　　知是一个小小的山鸟惊人。

鸟呀！我客里游山，何忍来惊动你。

鸟独无声，栖在枝上，

　　只见那被残雪洗过的松枝，又清又冷。

　　八年一月三十一日

　　选自《新潮》第 1 卷第 3 号（1919 年 3 月 1 日）

先生和听差

康白情

听差的手和脚，是先生们的手和脚；

　　先生们的事，就是听差的事。

东屋子的先生叫加煤；

　　西屋子的先生叫淘米；

　　南屋子的先生叫送信到邮政局；

　　北屋子的先生又叫扫地。

听差忙乱了一会儿。

　　西屋子的先生可不乐意了，——

　　　"听差！淘米呢？

　　闹的干么去了！"

听差回说：

　“加着煤呢！
　一会儿就去。”
“加煤是事：淘米不是事？
　真不是东西！
　干不了就去罢！”
有软软的声儿说，
　“两只脚！……两只手！……
　不要也只索去！”
“去么？——你去！
　我有钱买得了鬼挑担！
　你去！你去！……”
停了一会儿，只听见厨里淅呀淅呀的米响，——再
　没听见一些些儿人的声气。

选自《新潮》第1卷第3号（1919年3月1日）

微明

周作人

醉了回来，倒头便睡，
瞢腾里不知过了多少时刻。
一觉醒时，——看四面全然昏黑，
只有窗纸上，现出微白。
　不知这是黄昏呢？还是黎明？
　静听窗外树上的声息，

不知是夜乌呢？还是离巢小鸟的叫声？

无论如何，醒了便只得披衣坐起，

看这微明究竟是什么，

睁眼只望着窗纸。

一月二十三日

选自《新青年》第 6 卷第 3 号（1919 年 3 月 15 日）

北风

周作人

好大的北风，

便在去年大寒时候；

也不曾有这么大的风。

我向北走，只见满路灰尘，

隐约有几个人影；

但觉这风沙也颇可赏玩，

也是四时里一种风景。

北风在空中呜呜的叫，

马路旁发芽的杨柳，

当着风不住的动摇：

这猛烈的北风，

也正是将来的春天的先兆。

二月十八日

选自《新青年》第 6 卷第 3 号（1919 年 3 月 15 日）

牛

康白情

草儿在前，
鞭儿在后。
那喘吁吁的耕牛，
正担着犁鸢，
眕着白眼，
带水拖泥，
在那里"一东二冬"的走。

"呼！——呼！……"
"牛呀，你不要叹气，
快犁快犁，
我把草儿给你。"

"呼！——呼！……"
"牛呀，快犁快犁。
你还要叹气，
我把鞭儿抽你。"

牛呵！——
人呵！
草儿在前，

鞭儿在后。

选自《新潮》第 1 卷第 4 号（1919 年 4 月 1 日）

窗外

康白情

窗外的闲月
　　紧恋着窗内蜜也似的相思。
相思都恼了，
　　他还涎着脸儿在墙上相窥。

回头月也恼了，
　　一抽身儿就没了。
月倒没了；
　　相思倒觉着舍不得了。

八年二月九日
选自《新潮》第 1 卷第 4 号（1919 年 4 月 1 日）

春水船

俞平伯

太阳当顶，晌午的时分，
春光寻遍了海滨。

微风吹来，

聒碎零乱，又清又脆的一阵，

呀！原来是鸟——小鸟的歌声。

我独自闲步沿着河边，

看丝丝缕缕层层叠叠，

浪纹如织，

反荡着阳光闪烁，

辨不出高低和远近，

只觉得一片黄金般的颜色。

对岸的店铺人家，

来往的帆墙，

和那不尽的树林房舍，

摆列一线，——

都浸在暖洋洋的空气里面。

我只管朝前走：

想在心头；看在眼里；

细尝那春天的好滋味。

对面来个纤人

拉着个单桅的船徐徐移去。

双橹插在舷唇。

皱而开纹，活活水流不住。

船头晒着破网。

渔人坐在板上

把刀劈竹拍拍的响。

船口立个小孩，又憨又蠢，

不知为什么

笑迷迷痴看那黄波浪。

破旧的船；

褴褛的他俩。

但这种"浮家泛宅"的生涯

偏是新鲜，——干净，——自由，

和可爱的春光一样。

归途望

远近的高楼，

密重重的帘幕。——

尽低着头呆呆的想。

选自《新潮》第 1 卷第 4 号（1919 年 4 月 1 日）

他

鲁迅

一

"知了"不要叫了，

他在房中睡着；

"知了"叫了，刻刻心头记着。

太阳去了，"知了"住了，——还没有见他，

待打门叫他，——锈铁链子系着。

二

秋风起了，

快吹开那家窗幕。

开了窗幕，会望见他的双靥。

窗幕开了，——一望全是粉墙，

白吹下许多枯叶。

三

大雪下了，扫出路寻他；

这路连到山上，山上都是松柏，

他是花一般，这里如何住得！

不如回去寻去他，——阿！回来还是我家。

选自《新青年》第 6 卷第 4 号（1919 年 4 月 15 日）

咱们一伙儿

傅斯年

春天杏花开了，

一场大风吹光。

夏天荷花开了，

一阵大雨打光。

秋天栀子开了，

十几天的连阴雨把他淋光。

冬天梅花开了，

显他那又老又少的胜利在大雪地上。

杏花，荷花，栀子，梅花，——

你败了，我开。

咱们的总名叫"花"，

咱们一伙儿。

太阳出了，月亮落了。

星星出了，太阳落了。

月亮出了，星星落了。

阴天都不出，偏有鬼火照照。

太阳，月亮，星星，鬼火，——

咱们轮流照着，

叫他大小有个光，

咱们一伙儿。

选自《新潮》第 1 卷第 5 号（1919 年 5 月 1 日）

前倨后恭

傅斯年

耶稣活着，世人使他流血遭劫。
耶稣死了，世人说，"耶稣救我们出劫。"
多少生前吃人脚根底下尘土的人
死后竖起铜像；
又有多少活妖魔，
过上些年，变做死神灵。

这不算奇怪，
这是页页历史上所见的"前倨后恭"——
这是人的天性。
倨也不由他，恭也不由他，——
你该报他。
向你倨你也不削一块肉，向你恭你也不长一块肉。
况且终竟他要向着你变的，理他呢！

譬如一个母亲的几个儿子，
总是怨望他母亲。
不成器的不消说了，看他母亲勤勤恳恳只是多事：
成器的又怨他帮助他们的力量不足。
一旦母亲死了，他们反而想念不置。
活着的时候他们爱他，怨他，离不了他，又要离他；

死了以后，只剩了爱他，离不了他。

其实生前的怨他仍旧是爱他。

他们想念你，你还是你。

他们不想念你，你还是你。

就是他们永世的忘了你，或者永世的骂你，你还是你。

任凭你力量怎样单薄，

效果怎样微细，

一生怎样苦恼。

命运怎样不济，

你终是人类向着"人性"上走的无尽长阶上一个石级。

"人性"要向你微微的笑。

这微微一笑之中，证明你的普遍而又不灭的价值。

选自《新潮》第 1 卷第 5 号（1919 年 5 月 1 日）

鸟

陈衡哲

狂风急雨，

打得我好苦！

　打翻了我的破巢，

　淋湿了我美丽的毛羽。

我扑折了翅膀，

　睁破了眼珠，

也找不到一个栖身的场所！

窗里一只笼鸟，

倚靠着金漆的阑干，

侧着眼只是对我看。

我不知道他还是忧愁，还是喜欢？

明天一早，

风雨停了。

煦煦的阳光，

　照着那鲜嫩的绿草。

我和我的同心朋友，

　双双的随意飞去；

忽见那笼里的同胞，

　正扑着双翼在那里昏昏的飞绕：——

要想撞破那雕笼，

好出来重做一个自由的飞鸟。

他见了我们，

　忽然止了飞，

　对着我们不住的悲啼。

他好像是说：

"我若出了牢笼，

不管他天西地东，

也不管他恶雨狂风，

我定要飞他一个海阔天空！

直飞到精疲力竭，水尽山穷，

我便请那狂风，

把我的羽毛肌骨，

一丝丝的都吹散在自由的空气中！"

选自《新青年》第 6 卷第 5 号（1919 年 5 月）

一颗星儿

胡适

我喜欢你这颗顶大的星儿。

可惜我叫不出你的名字。

我只记得，每月月圆时，月光遮盖了满天星，总不能遮住你。

今朝风雨后，闷沉沉的天气，

我望遍天边，寻不见一点半半光明，——

回转头来，

只有你在那杨柳高头，依旧亮晶晶地！

八年四月二十五夜

选自《新青年》第 6 卷第 5 号（1919 年 5 月）

散伍归来的吉普色①

陈衡哲

漫漫的长路，

明明的星光，

指着那无尽无边的森林，

说："这是你原来的家乡！"

四年来血污了双手，

恨黑了良心，

更被那炮火枪烟，

迷盲了这两双清明的眼睛。

此刻回到家来，

好教我羞愧得无地藏身。

家乡张开了两臂，

笑迎着我说：

"归来了呀！

这里有如银的雨丝，

如锦的雪霞；

更有那人儿，

———————————

①吉普色（Gypsy）乃是欧洲的一种游民，最初是从印度进来的，和中国的逃荒的相像，没有一定的家乡。他们过的生活是一种漂泊的生活。有些人唱歌度日，有些人也会靠点小手艺谋生，有些妇人替人看相算命过日子。

怀着真醇的爱情，

在那里眼巴巴的望你回家。"

我低着头不敢回答，

眼望着我手上的血迹。

家乡会意，

便笑着向我说；

"那血，我已把他洗去了，

这是你自己复活的新血！"

选自《新青年》第 6 卷第 5 号（1919 年 5 月）

偏是

王志瑞

我原不想见他，

偏是梦里见着！

既然梦里见着，

偏是夜鸟叫着！

夜鸟干我甚事，

偏是闹得我睡不着！

睡不着也罢了，

偏是那月亮儿又淡淡的照着！

选自《时事新编》（1919 年 9 月 20 日）

送客黄浦

康白情

一

送客黄浦：

我们都攀着缆，——风吹着我们的衣裳，——

站在没遮栏的船楼边上。

黑沉沉的夜色，

迷离了山光水晕，就星火也难辨白。

谁放浮镫？——仿佛是一叶轻舟。

却怎么不闻桡响？

今夜的黄浦，

明日的九江。

船呵！我知道你不问前途，

尽着奔那逆流的方向！

这中间充满了别意，

但我们只是初次相见。

二

送客黄浦：

我们都攀着缆，——风吹着我们的衣裳，——

站在没遮栏的船楼边上。

看看凉月丽空，

才显出淡妆的世界。

我想世界上只有光。

只有花，

只有爱！

我们都谈着——

谈到日本二十年来的戏剧，

也谈到"日本的光，的花，的爱"的须磨子。

我们都相互的看着，

只是寿昌有所思，

他不曾看着我，

也不曾看着别的那一个。

这中间充满了别意，

但我们只是初次相见。

三

送客黄浦：

我们都攀着缆，——风吹着我们的衣裳，——

站在没遮栏的船楼边上。

四周的人籁都寂了，

只有她缠绵的孤月，

尽照着那碧澄澄的风波

碰着船毗里绷垅的响。

我知道人的素心，

水的素心，

月的素心———一样。

我愿水送客行，

月伴我们归去。

这中间充满了别意，

但我们只是初次相见。

八年七月十八日，上海

选自《新潮》第 2 卷第 1 号（1919 年 10 月 1 日）

乐观

胡适

八年八月三十日夜的感想，九月二十八夜补作。

（一）

"这棵大树很可恶，

　他碍着我的路！

来！

快把他砍倒了，

　连树根也掘去！———

哈哈！好了！"

（二）

大树被砍做柴烧，
树根不久也烂完了。
砍树的人狠得意，
他觉得很平安了。

（三）

但是那树还有许多种子，——
很小的种子，包在有刺的壳里，——
　　上面盖着枯叶，
　　叶上堆着白雪，
狠小的东西，谁也不注意。

（四）

雪消了，
枯叶被春风吹跑了。
　　那有刺的壳都裂开了，
每个上面长出两瓣嫩叶，
笑迷迷的，好像是说：
　　"我们又来了！"

（五）

过了许多年，
坝上田边，都是大树了。
　辛苦的工人在树下乘凉，
　聪明的小鸟在树上歌唱，
那砍树的人那里去了？

选自《新青年》第 6 卷第 6 号（1919 年 11 月 1 日）

"有趣" 和 "怕"

沈兼士

月色朦朦，竹影重重，鉴池水声淙淙，我在池边，弄水捉月。
扑通！跌下水里去，拍手笑说："有趣！有趣！"
今夜我在清如许，临水看月，仿佛二十年前的境地。
却怕跳跳奔奔的小阿观做我当初有趣的事。

选自《新青年》第 6 卷第 6 号（1919 年 11 月 1 日）

烟

刘半农

一蓬黑黑的烟，从烟突中徐徐喷出。
趁着风平夜静，
    把他稳稳托着，愈飘愈远。
他从头至尾，有一里多长，停留不动；
    像有人拿了规笔，在太空中画了条墨线。
甲说："我恨他；玷污了干净的天。"
乙说："我爱他；没有这点缀，
    只是呆板的天，有何意趣？"
他两人斤斤辩论，
    天是没有耳朵，烟也不曾听见。

选自《新青年》第 6 卷第 6 号（1919 年 11 月 1 日）

画家

周作人

可惜我并非画家，
不能将一枝毛笔，
写出许多情景。——

两个赤脚的小儿，
立在溪边滩上，
打架完了，
还同筑烂泥的小堰。

车外整天的秋雨，
靠窗望见许多圆笠，——
男的女的都在水田里，
赶忙着分种碧绿的稻秧。

小胡同口，
放着一副菜担，——
满担是青的红的萝卜，
白的菜，紫的茄子，
卖菜的人立着慢慢的叫卖。

初寒的早晨，
马路旁边，靠着沟口，
一个黄衣服蓬头的人，
坐着睡觉，——
屈了身子，几乎叠作两折。
看他背后的曲线，
历历的显出生活的困倦。
……
这种种平凡的真实的印象，
永久鲜明的留在心上；

可惜我并非画家，

不能用，这枝毛笔，

将他明白写出。

选自《新青年》第 6 卷第 6 号（1919 年 11 月 1 日）

欢迎独秀出狱

李大钊

（一）

你今出狱了，

我们很欢喜！

他们的强权和威力，

终竟战不胜真理。

什么监狱什么死，

都不能屈服了你；

因为你拥护真理，

所以真理拥护你。

（二）

你今出狱了，

我们很欢喜！

相别才有几十日，

这里有了许多更易：

从前我们的"双眼"忽然丧失，

我们的报便缺了光明，减了价值；

如今"双眼"的光明复启，

却不见了你和我们手创的报纸！

可是你不必感慨，不必叹惜，

我们现在有了很多的化身，同时奋起：

好像花草的种子，

被风吹散在遍地。

（三）

你今出狱了，

我们很欢喜！

有许多的好青年，

已经实行了你那句言语：

"出了研究室便入监狱，

出了监狱便入研究室。"

他们都入了监狱，

监狱便成了研究室；

你便久住在监狱里，

也不须愁着孤寂没有伴侣。

选自《新青年》第 6 卷第 6 号（1919 年 11 月 1 日）

D！——

刘半农

D！——

我已八十多天看不见你。

人家说，这是别离，是悲惨的别离。

那何尝是？

我们的友谊，若不是泛泛的"仁兄""愚弟"，

那就凭他怎么着，你还照旧的天天见我，我也照旧的天天见你。

威权幽禁了你，还没有幽禁了我，

更幽禁不了无数的同志，无数的后来兄弟。

记着！这都是一个"人"身上的五官百体。

Y——说过：

　　"只须世上留得一颗橘子的子，

　　就不怕他天天吃橘子的肉，

　　剥橘子的皮！"

D！——

你安心着，我就把这句话来安慰你。

D！——

我那一天不看见你？

那一天不看见那"优待室"中，闷闷的坐着你？

你向我说：

　　"威权已瞎了我的眼，聋了我的耳。

我现在昏昏沉沉，不知道世间有了些什么事体，世界
　　还成了个什么东西？

但是我没有听见北京城里放大炮，料来还没有什么人，
　　捧了谁的孩子做皇帝！

我又知道我和这"优待室"，还依然存在，料来哈雷
　　彗星，还没有奋出威权，毁灭这不堪的大地！

只有一件事可以安慰的，

　　就是我还有一个心，始终依附着我这可怜的，残废的
　　躯体！"

我说，

D! ——

我与你，又何尝有什么两样？

所不同的——

只是夜间你睡觉，多几个臭虫耗子，吵得你心烦身痒；

日间你开眼，多看见几个可怜朋友，为了八元一月，穿那套
　　黄色衣裳！

这都可以恕得，

　　"他们做的事，他们不知道"，

不值得放在心上。

若说是聋，是瞽，是残废，我与你完全一样

我便走到天边，也听不见什么好声音，看不见什么好景象。

那"自由""解放"的好名词，只在报纸上露着一露，"威权逊炮"
　　中响着一响。

千万斤的压力，不依然在我头上？

手铐脚镣，不依然在我手上脚上？

听！

我摇一摇头，头上有些什么，响得"声调铿锵"！

D！——

唯其是这样，所以我们的责任是这样。

暂且离开了 D——，回头说些故事，请大家想想：

朋友们！

一天是极热极闷的天气，太阳落了，大家走出屋子，到街上乘凉。

清快啊！

往来不绝的车马，人人身上，都平分着一份的凉气，一份的月光。

偏是一个所在，阴森森的黑漆门旁，

站着几个"似人"，穿着粗厚的衣服，掮着笨重的枪。

暗暗淡淡一星灯火，照着他枪头，闪出几丝冰冷的光！

朋友！

就是这样！

你若要知道门里是如何景象，先问你自己在什么地方？

你若承认这世界是人的世界，便是捣碎了你的心，也该留

　　一些死灰的感想！

朋友！

　　"上帝说，'要有光'，就有了光"，

这种荒唐话，谁要他遗留在世上？

你们听我说：

要有光，应该自己做工，自己造光——

要造太阳的光，不要造萤火的光。

要知道怎样的造光，且看我的朋友

D！——

他造光的方法是怎样?

D! ——

我不向你多说话了;

若要说下去,便是千言万语也说不清。

你现在牺牲着,我就请你定着心牺牲;

并且唱一章"牺牲的赞歌"给你听——

　　牺牲的神! 牺牲的神!

　　你是救济人类的福星!

　　奋斗与你结合着,

　　才能造成我们的人生!

　　超度我们的灵魂!

　　我们天天奋斗——

　　奋斗胜了,一壁得幸福,一壁是牺牲了体力精神;

　　不幸败了,牺牲了幸福,还保存了我们人格上的光明。

　　无论怎样,总得牺牲。

　　牺牲的神! 牺牲的神!

　　我不拜耶稣经上的"神",不拜古印度人的"晨",

　　只在黑夜中远远的仰望着你,

　　笑眯眯,亮晶晶!

　　亚门!

选自《新青年》第 6 卷第 6 号(1919 年 11 月 1 日)

方入水的船

汪敬熙

船！你入了水了！

我做几句诗来祝你：——

我不愿，

你在无边的海里平平安安的走！

越平安，越无生趣。

我愿，

你永远在风浪里冲着往前走！

冲破了浪，便往前进；

冲不破，便沉在海底，

却也可鼓舞后来的船的勇气，

却也可使后来的船知道，

应寻别的方法儿走。

走！走！

永远在危险困苦里向前走！

选自《新潮》第 2 卷第 2 号（1919 年 12 月 1 日）

去年八月十五

周无

一

园子里的人渐渐的少起来了。

满河的白雾和灰白色的月光溟濛模糊的混合起来。

眼前的东西都漫漫的改变起来。

声音也寂静起来。

但是她和我还是在河边上立着。

二

白雾散开，现出了一个又圆满又莹澈的月亮。

他只在那波浪中，忽长忽扁的荡来漾去，一声儿也不作响。

一只小船摇摆着过去。

船篷和摇船的人都淡淡的蒙着一层绿霜似的月色。

河上的船，一一放出灯光，总明明暗暗的闪烁，

显出他们还在水里摇着。

摇船的小姑娘把着桡，弄着暗涨的潮水，望着月隐隐的唱。

但是她和我是在河边上立着。

三

园子里的灯全明了。

她头上的那一个，照着我们的影子，很长的上了草地。

路上的黄叶慢慢走动，

都到了她的脚边商量着聚在一处，——不动。

我想我应该说甚么给她？说甚么给她？

她说的那些，我应该怎么答她？

忽来一阵风，吹了她些发到脸上；我想替她掠到鬓上。……

四

去年前年又前年的今天，都渺渺茫茫的记不大起。

明年后年以至年年的今天，我却永久也不会忘记。

记得甚么？

园子么？月亮么？摇船的小姑娘么？

选自《少年中国》第 1 卷第 6 期（1919 年 12 月 15 日）

1920 年

答半农的 D——诗

陈独秀

不知什么是我？不知什么是你？

到底谁是半农？忘记了谁是 D？

什么顷间，什么八十多天，什么八十多年，都不是时间上重大
　　问题。

什么生死，什么别离，什么出禁与自由空气，什么地狱与优待
　　室，什么好身手，什么残废的躯体，都不是空间上重大
　　问题。

重大问题是什么？

仿佛过去的人，现在的人，未来的人，近边的人，远方的人，
　　都同时说道：

在永续不断的时间中，永续常住的空间中，一点一点画上创造
　　的痕迹；

在这些痕迹中，可以指出那是我，那是你，什么是半农，什么
　　是 D。

弟兄们！姊妹们！

那里有什么威权？不过几个顽皮的小弟兄弄把戏。

他们一旦成了人，自然会明白，自然向他们戏弄过的人赔礼。

那时我们答道：好兄弟，这算什么，何必客气！

他们虽然糊涂，我们又何尝彻底！

当真彻底地人，只看见可怜的弟兄，不看见可恨的仇敌。

提枪杀害弟兄的弟兄，自然大家恨他；

懒惰依靠弟兄的弟兄，自然大家怨他；

抱着祖宗牌向黑暗方面走的弟兄，自然大家气他；

损人利已还要说假话的弟兄，自然大家骂他；

奉劝心地明白的姊妹弟兄们，不要恨他、怨他、气他、骂他，
只要倾出满腔同情的热泪，做他们成人底洗礼。

受过洗礼的弟兄，自然会放下枪，放下祖宗牌，自然会和作工
的不说假话的弟兄，一同走向光明里。

弟兄们！姊妹们！

我们对于世上同类的姊妹弟兄，都不可彼界此疆，怨张怪李。

我们的说话大不相同，穿的衣服很不一致，有些弟兄底容貌更
是稀奇，各信各的神，各有各的皮气；但这自然会哭会笑的
同情心，会我们连成一气。

连成一气，何等平安、亲密！

为什么彼界此疆，怨张怪李？

大家见了面，握着手，没有不客气，平安、亲密，

两下不见面，便要听恶魔底教唆，彼此打破头颅，流血满地！

流血满地，不止一次，他们造成了平安、亲密，在那里？

我们全家底姊妹弟兄，本来一团和气；

忽然出来几位老头儿，把我们分做亲疏贵贱，内外高低；

不幸又出来几条大汉，把一些姊妹弟兄团在一处，举起铁棍，
划出疆界，拦阻别的同胞来到这里；

更不幸又出来一班好事的先生，写出牛毛似的条规，教我们团
在一处的弟兄，天天为铜钱淘气；

我们为什么要这样分离，失了和气？

不管他说什么言语，着什么衣裳，不管他容貌怎样奇怪，脾气
　　怎样乖强；表面不管他身上套着什么镣锁，不管他肩上背着
　　什么刀枪，那枪头上闪出怎样的冷光，肮脏的皮肉里深藏着
　　自然会哭会笑的同情心，都是一样。

只要懂得老头儿说话荒唐，

只要不附和那量小的大汉，

只要不去理会好事的先生底文章，

这些障碍去了，我们会哭会笑的心情，自然会渐渐地发展

自然会回复本来的一团和气，百世同堂。

怎地去障碍，怎地叫他快快发展，

全凭你和我创造的痕迹底力量。

我不会做屋，我的弟兄们造给我住；

我不会缝衣，我的衣是姊妹们做的；

我不会种田，弟兄们做米给我吃；

我走路太慢，弟兄们造了车船把我送到远方；

我不会书画，许多弟兄姊妹们写了画了挂在我的壁上；

有时倦了，姊妹们便弹琴唱歌叫我舒畅，

有时病了，弟兄们便替我开下药方；

倘若没有他们，我要受何等苦况！

为了感谢他们的恩情，我的会哭会笑底心情，更觉得暗地里
　　增长。

什么是神？他有这般力量？

有人说：神底恩情、力量、更大，他能赐你光明！

当真！当真！

天上没了星星！

风号，雨淋，

黑暗包着世界，何等凄清！

为了光明，去求真神；

见了光明，心更不宁。

辞别真神，回到故处，

爱我的、我爱的姊妹弟兄们，还在背着太阳那黑暗的方面
　　受苦，

他们不能和我同来，我便到那里和他们同住。

十一月十五日

选自《新青年》第7卷第2号（1920年1月1日）

新年

朱自清

夜幕沉沉，

笼着大地。

新年天半飞来，

啊，好美丽，鲜红的两翅！

伊口中衔着黄澄澄的金粒，

未来的种子。

伊翅子拍拍的声音，

惊破了寂寞。

他们血一般的光

照彻了夜幕，

幕中人醒，

看见新年好乐！

新年交给他们，

那颗圆的金粒。

　　伊说："快好好的种起来，这是你们生命的秘密！"

　　选自《北京大学学生周刊》第1号（1920年1月4日）

八年的末日

王统照

（一）

狂呼的朔风。

汹涌的波浪。

便将八年的末日，凄惨惨的打去！

满怀的惆怅，不忍得与你分离！

只割断了情丝，也省得牵肠挂肚。

重重叠叠的三百六十五日，

便葬送尽了人间世。

（二）

多少的喜乐悲欢。

多少的离合生死。

到了今天，也算个小小的结束！

但愿从此后——

增进了世界的光明，加多了万物的福利。

人类是：——

爱！

美！

快乐！

拨去了浓浓的愁云惨雾。

年年此日——是一个结束！

是一个欢喜的结束！

（三）

希望不是空花吗？

有没有成熟的果子？

我守着红热的火炉：

只有索思，

只有感念。

只想到明年的末日！

和世界永久的末日！

选自《曙光》第1卷第3号（1920年1月）

炉中煤

郭沫若

啊，我年青的女郎！
我不辜负你的殷勤，
你也不要辜负了我的思量。
我为我心爱的人儿
燃到了这般模样！

啊，我年青的女郎！
你该知道了我的前身？
你该不嫌我黑奴鲁莽？
要我这黑奴的胸中，
才有火一样的心肠。

啊，我年青的女郎！
我想我的前身
原本是有用的栋梁，
我活埋在地底多年，
到今朝才得重见天光。

啊，我年青的女郎！
我自从重见天光，
我常常思念我的故乡，

我为我心爱的人儿

燃到了这般模样！

1920 年一二月间作

选自《女神》，泰东图书局 1921 年 8 月 5 日版

航海归来

陆志韦

老弟呀，向前不到一箭路，

这几天恶浪头山样高，

也算经过了一番辛苦。

前面是我们家山的影子。

月轮正挂在桃树背后，

一斑斑射到港口的亭子。

记得那一年春风来得早，

催醒了一涧羞涩的桃花。

妈就说天公这样好那样好。

又是那一天茅亭顶上，

低着眼望海上来的燕子；

什么事都不曾挂在心上。

老天忽然随着桃花醒了！

天边有隐隐的两片白帆。

那一刻这航海的生涯定了。

这几年看尽江山飘尽海，

早知道益近家乡心益苦，

那我又何苦来！我又何苦来！

九年一月

选自陆志韦诗集《渡河》，亚东图书馆 1923 年 7 月出版

满月的光

朱自清

好一片白茫茫的月光，

静悄悄躺在地上！

　枯树们的疏影

　荡漾出他们的伶俐模样。

仿佛她所照临，

都在这边伶伶俐俐的荡漾；

　一色内外清莹，

　再不见丝毫翳障。

月啊！我愿永永浸在你光明的海里，

长是和你一般雪亮！

选自《北京大学学生周刊》第 5 号（1920 年 2 月 1 日）

春晓

玄庐

登高一望平原。

　一片鹅黄色的油菜花，衬着碧绿的菜叶，铺到天边。

深蓝的天，擎起一朵红云、一轮红日，现出春景新鲜。

软软的风，吹得人好爽快也，不费半文钱。

远远的几个农夫，锄头起，秧种落；耜麦地，做秧田。

春光呀！朝气呀！他也不管我偷闲——我那里舍得偷闲。

选自《星期评论（上海 1919）》第 40 期（1920 年 3 月 7 日）

南京

左舜生

一

南京

我要和你小别了！

我和你两年的恋爱，

多谢你送给我许多自然的美：

莫愁湖边的柳，

复城桥上的月，

古道的台城，

暮色的钟山，

柳啊，

月啊，

我愿你永永恋着你的湖，

照着你的桥，

我要和你小别了。

二

南京

我要和你小别了！

我和你两年的恋爱，

多谢你送给我许多亲爱的朋友：

有的似雨花台畔的石，

有的似扬子江上的水，

有的叫我不能忘记，

有的拖住我的脚了。

让你系着，

让你拖住，

我要和你小别了。

三

南京

我要和你小别了！

我和你两年的爱恋，

多谢你送给我许多亲爱的烦恼；

你把烦恼完全交付给我了，

我要和你小别了。

选自《少年中国》第 1 卷第 9 期（1920 年 3 月 15 日）

疑问

康白情

一

燕子！

回来了？

你还是去年底那一个么？

二

花瓣儿在潭里；

人在镜里；

她在我底心里。

只愁我在不在她底心里？

三

滴滴琴泉。

听听他滴的是什么调子？

四

这么黄的菜花！

这么快活的蝴蝶！

却为什么我总这么——说不出？

五

绿油油的韭畦中，

锄着几个蓝褂儿的庄稼汉。

知道他们是否也有了这些个疑问？

十一月，北京

选自《新潮》第 2 卷第 3 号（1920 年 2 月）

别她

俞平伯

八年十二月去国作

厌她的，如今恋她了；

怨她的，想她了；

恨她的，爱她了。

碎的，病的，龌龊的她，

怎么不叫人恨，叫人怨，叫人厌。

我的她，我们的她；

碎了——怎不补她；

病了——怎不救她

龌龊了——怎不洗她

这不是你的事吗？

我说些什么好！

想躲掉吗？怕痛苦吗？

我怎敢！

我想——我想她是我的，我是她的；

爱我便爱她，救我便救她。

安安的坐，酣酣的睡；

懦夫！醉汉！

我该这样待我吗？

我该这样为她待我吗？

我背着行李上了我的路。

走！走！快走！！

许许多多的人已经——正在把他们的她治活了。

寻呀！找呀！找他们去！

虽然——漆黑面的大洋，银白发的高山，

把她的可怜可爱可恨可念的颜色——朦胧朦胧——隔开我的视线。

但是爱她恋她想她的心，越把脚跟儿似风轮的催快。

迢迢的路途，直向前头去。

回头！呸！！

有这一天，总有的：

瘦削的手，把碎片片的她，补整了；

灰白的脑，把病恹恹的她，救醒了；

鲜红的血，把黑越越的她，洗净了。

看啊！——心中眼中将来的她！

我去了，我远去了！

朋友！你们大家……

选自《新潮》第 2 卷第 3 号（1920 年 2 月）

爱情

陈建雷

倘若你是一条清幽的水，

我便化做一尾鱼，

随着你东西的游。

　　倘若你是一枝美丽的花，

我便化做一只蜂，

围住你嗡嗡的叫。

　　即使你不爱我，

我终是爱你；

　　我情愿你不爱我，

将你当作一种信仰。

　　选自《新人》第 1 卷第 4 期（1920 年 8 月 18 日）

鸭绿江以东

康白情

鸭绿江以东不是殷家底旧土了！

但滔滔的江水还尽管绿着。

江之东是尚白的，

却也有些种药的在这里穿着蓝褂儿。

江之西是尚蓝的，

却也有些挑菜的在那里飘着白带儿。

甚么东西江水，可以割断人间底爱么？

鸭绿江以东不是殷家底旧土了。

但我也不愿她还是他底旧土，

让她就是她自己底旧土好了！

好秀丽哟，这些层层叠叠曲曲折折的峦嶂！

还有平平的溪水，就回绕他们懒懒地流着。

遍山野都是小松；

遍田坎都是青菜；

遍家屋都放着鸡豚，

——装点成了太平的景象。

天之所以助她么？

还是所以误她邪？

回望故乡，——

蔚蓝的天空远映着，

甚么高山大河，都迷在飞絮似的白云里了。

路远了，

路远了，

也听不出青秧田上底杜鹃声，

只有这满山红着底杜鹃花还拟得出几分乡味儿。

呀！我最爱你杜鹃花，

爱你的红，

爱你底红好像是血染成的！

呀哈！"溅我黄儿千斗血，

染红世界自由花！"

——朱家郭解底侠风那里去了？

但我相信这个还终归睡在我们底骨子里的。

但滔滔的江水还尽管绿着。

哦，好兄弟，好姊妹，

你们去照照你们底面孔！

看呵！

去年的稻桩还在田里。

顶着甕儿底妇人正去井边汲水。

土里躬着的庄稼汉儿正把锄头儿薅草。

唉！我可爱的老百姓们，这几年底收成好么？

上了田租，剩下的怎么样了？

你们所希望底子女们读书得怎么样了，——我可爱的老百姓们？

噫！那里底杜鹃声？

"还我蜀来！还我蜀来！"

望帝之魂怎么也飞到这里来了？

"还我蜀来！还我蜀来！"……

哦，好兄弟，好姊妹，

鸭绿江以东不是殷家底旧土了，

但我也不愿她还是他底旧土。

起哟！起哟！……

一九二〇，五，一，南满铁路车中

选自《新潮》第2卷第5号（1920年9月1日）

读大白的《对镜》

玄庐

七月三十日底《觉悟》载大白一篇《对镜》，结句说"一拳打得镜子破"。哈哈，大白这一拳是不是真个打在镜子上，且不管他；可是读者读到这一句，就像对顶门受了这一拳似的。我因此做了这首诗还问大白。

一

镜中一个我，
　镜外一个我，
打破了这镜，
　我不见了我。
破镜碎纷纷，
　生出纷纷我。

二

我把我打破，
　一切镜无我。
我把我打破，
　还有破的我。
破的我也破，
　不知多少我。

选自《民国日报·觉悟》第 9 卷第 20 期（1920 年 9 月 20 日）

时计

夏丏尊

灯下独坐，

窗外唧唧的虫声，

门外轧轧的车声，

一齐夹杂在万籁里。

在这万籁中，

最亲切，最惯听的，

算是我怀中底时计。

时计！

我心脏鼓动七十次的时候，

你也随着鼓动六十次。

自然也不见得全如我心，

但是除了你，

哪里再去找一个心心相印的！

时计！

你随我多年了！

多年来的悲欢，

都瞒不过你；

你也一一默证着！

你是我生活底目击者！

将来还要目击着我底死！

　　　九，九，二十四，于长沙

　　选自《民国日报·觉悟》第 9 卷第 30 期（1920 年 9 月 30 日）

时间底教训

闻一多

太阳射上床，惊走了梦魂，

昨日底烦恼忘了，今日底还没来呢。

啊！这样肥饱的鹑声，

稻林里撞挤出来——来到我心房酿蜜，

还把我的，万物底蜜心，

融合作一团快乐——生命底唯一真义。

此刻时间望我尽笑，

我便合掌向他祈祷："赐我无尽期！"

可怕！那笑还是冷笑；

那里？他把眉尖锁起，居然生了气。

"地得！地得！"听那壁上的钟声，

果同快马狂蹄一般的奔腾。

蹄声还仿佛吼着：

"尽管多多创造快乐去填满时间，

那可活活缚着时间来陪着快乐？"

选自《清华周刊》第 193 期（1920 年 10 月 8 日）

夜工

孙俍工

现在全是夜统治这世界——

　　那边工厂里机器的声音，

　　还在那里轰隆……轰隆……

　　从很高的空中放出一道红白的火光，

　　一般工人还未曾睡！

现在全是夜统治这世界——

　　乌云重重地密布，

　　从乌云缝里透出来的几点星光，

　　和那东方将下雨的电光———一阵一阵地闪，

　　很殷勤地放射！

现在全是夜统治这世界——

　　在这个空间的这个时候，

　　房子里壁缝的虫声，

　　唽唎……唽唎……

好似帮助未睡的苦工，

唱……"最后的胜利！"

十三，九，一九二〇，于长沙

选自《民国日报·觉悟》第 10 卷第 11 期（1920 年 10 月 11 日）

月

陈德征

月儿高；

穷民攀不到！

搏搏大地都照遍，

没窗茅屋月光少！

月儿好；

难把灾民照。

照起灾民不得了，

树皮草根都嚼到！

月儿缺；

强盗借你来作恶：

放了一把火，

烧了几间屋；

不当便罢，

当了谁也命难活！

那强盗也，

都要论功行赏享他们底横福！

月儿圆；

月儿圆来人不圆！

小百姓狠命的保命；

大老官却不费心思地来挖算。

小百姓底身不死；

大老官底计不完。

月儿呀！

你也应替可怜的人盘一盘。

月儿说：

"我也常常缺，

我却不怕缺，

缺了又不缺，

几见我底工夫足！"

月儿似乎又说：

"无知的人哪！

没有墨黑的云，

显不出我底光明；

那钱塘江上的潮，

却是一种好精神！

你们应当做做样，

把这世界连底翻一翻，

叫他先混而后清！"

选自《民国日报·觉悟》第10卷第11期（1920年10月11日）

慈姑的盆

周作人

　　绿盆里种下几颗慈姑，
长出青青的小叶。
秋寒来了，叶都枯了，
只脏了一盆的水。
清冷的水里，荡漾着两三根，
飘带似的暗绿的水草。
时常有可爱的黄雀，
在落日里飞来，
蘸了水悄悄地洗澡。

选自《新青年》第8卷第4号（1920年12月1日）

儿歌

周作人

　　小孩儿，你为什么哭？
你要泥人儿么？

你要布老虎么？

也不要泥人儿，

也不要布老虎；

对面杨柳树上的三只黑老鸹，

哇儿哇儿的飞去了。

选自《新青年》第 8 卷第 4 号（1920 年 12 月 1 日）

十五娘

玄庐

（一）

菜子黄，

百花香，

软软的春风，吹得锄头技痒；

把隔年的稻根泥，一块块翻过来晒太阳，

不问晴和雨，

箬帽蓑衣大家有分忙，

偏是他，闲得两只手没处放！

（二）

"看了几分蚕，

赊了几担桑，

我只顾得自己个人忙。

有的是田、地和山、荡。

他都要忙也哪里许他忙？——

坐吃山空总是没个好下场。

昨天听人说'哪里的地方招垦荒。'"

（三）

"五十"高兴极了，

三脚两步，慌慌张张：

"喂，十五娘，

咱们底人家做成了；

我要张罗着出门去，你替我相帮！"

就在这霎时间欢喜和悲伤在渠俩底心窝中横冲直撞。

（四）

一夜没睡，

补缀了些破衣裳，

一针一欢喜，

一线一悲伤，

密密地从针里穿过线里引出，

默默地"祝他归时，不再穿这衣裳，

更不要丢掉这衣裳！"

（五）

此刻都不会哭，

怎么渠俩底眼泡皮都像胡桃样？

一张破席卷了半床旧被胎，

跳上埠船，像煞没介事儿一样。

他抬起头来，伊便低下头去，

像是全世界底固结性形成渠俩底状况。

他恨不得上说一声"不去"，——

船儿已经过村梢头，只听见船头水响。

（六）

一个邮夫东问西问"十五娘"。

伊接到信却一字不识，

仿佛蚂蚁爬在热锅上，

"测字先生，你替我详详！

这不是我家'五……'他来的信么？"

测字先生很郑重地说：

"你要给我铜板一双，他平安到了一个地方！"

（七）

"信该到了？

茧该摘了？

桑叶债该还了？

伊该不哭了？"

四周围异地风光，

包围着他一个人底凝想。——

就是要不想也只是想这个"不想"。

（八）

月光照着纺车响，

门前河水微风漾，

一缕情丝依着棉纱不断的纺。

邻家嫂嫂太多情，

说道"十五娘你也太辛苦了，

明朝再作何妨。"

伊便停住摇车，然而这从来不断过的情丝，一直牵伊到

　枕上、梦中，还是乌乌，接着纺。

不过从接信后的十五娘，

只是勤奋，只是快慰，只是默默地想。

（九）

本来两想合一想，

料不到勇猛的"五十"一朝陷落在环境底铁蒺藜上。

工作乏了他也——不是，

瘟疫染了他也——不是，

掘地底机器，居然也妒嫉他来，

把勇猛的五十榨成了肉酱，

无意识的工作中正在凝想底人儿，这样收场。

但只是粉碎了他底身躯，倒完成了他和伊相合的一个

　爱底想。

　　（十）

才了蚕桑，

卖掉茧来纺纱织布做衣裳。

一件又一件，单的夹的棉的，

堆满一床，压满一箱，

伊单估着堆头也觉得心花放。

"五十啊！

你再迟回来几年每天得试新衣裳？

为什么从那一回后再不听见邮差问'十五娘'。"

　　（十一）

明月照着冻河水，

尖风刺着小屋霜。

满抱着希望的独眠人睡在合欢床上，

有时笑醒，有时哭醒，有经验的梦也不问来的地方。

破瓦棱里透进一路月光，

照着伊那甜蜜的梦，同时也照着一片膏腴垦殖场。

选自《民国日报·觉悟》第 12 卷第 21 期（1920 年 12 月 21 日）

风来……

孙俍工

风来被风吹！

雨来被雨湿！

风雨无情，

何处回避！

啊呀，可怜的你——

　　一个活泼光辉的你，

　　却消磨成了奄奄一息！

啊，自然护卫你！

　　却又损害你！

你——竟成了一个被损害者。

但——东方红日眼见着滚滚地上来了。

你底光辉，你底活泼，

若能够存在一点，

自然……哪能压迫你！

选自《民国日报·觉悟》第 12 卷第 30 期（1920 年 12 月 30 日）

湖上

胡适

九年八月二四日夜游后湖——即玄武湖，——主人王伯秋要我
作诗，我竟做不出诗来，只好写一时所见，作了这首小诗。

水上一个萤火，

水里一个萤火，

平排着，

轻轻地，

打我们的船边飞过。

他们俩儿越飞越近，

渐渐地并作了一个。

选自《尝试集》，上海东亚图书馆 1920 年版

假面具

蔡客遥

来的，去的，

都是表现着文质彬彬的面貌。

我相信你都是要面目的，

不得不带这假面具。

玲珑活泼的小孩子，

这最好玩的假面具，

你怎不曾把他带在面上？

我劝你永久保存你的天真，

人世就不会黑暗了。

选自《学生文艺丛刊（再版）》第1卷第10期（1925年3月）

战败后的黄昏

朱秉钧

月色清凄，

霜露遍地；

小溪的旁边，

迷离的天海下，

空留下一个落伍而苟生的我，

支颐暗嘘唏。

风声不住地飒沥着，

泉声不住地呜咽着，

法尊名贱的笳鼓不住地催动着，

吾的心弦只有不住地颤动着。

最惨凄的那普慈的月儿，

斜映着尸首的面庞，

反射出死后的余光，

回想到四野的磷火，

也许是死海中的银波；

细听那遍地的天籁，

也许是精魂的悲歌；

忽觉得满襟水滴，

是汗？是露？也许是生命的泉源？

我只有迷离模糊。

但恨那为什么今夜黄昏别样长。

选自《学生文艺丛刊（再版）》第 1 卷第 9 期（1925 年 3 月）

1921^年

梦与诗

胡适

都是平常经验，

都是平常影像，

偶然涌到梦中来。

变幻出多少新奇花样！

都是平常情感，

都是平常言语，

偶然碰着个诗人，

变幻出多少新奇诗句！

醉过方知酒浓，

爱过方知情重：——

你不能做我的诗，

正如我不能做你的梦。

九，一〇，一〇

选自《新青年》第 8 卷第 5 号（1921 年 1 月 1 日）

到省议会旁听

冯雪峰

（一）

好高屋呀！

门首还站着七八个——

手持长枪，身挂刺刀——

很正直立着的比我们高贵的人们。

我记得我乡里的那座城隍庙宇了，

为什么会移到此地来呢？

（二）

尚未开会，

阅报室中稍坐一下罢。

好多报纸呀！——三张。

好多戏单呀！——七张。

还有呀！大世界的什么单——四张。

（三）

上边坐着的那位是议长。

是呀！真真像一个猫；

但老鼠们为什么不逃呢？

也许猫同鼠讲和了——

共同分着食物罢。

（四）

鸦片烟早已禁止了，

为什么他们都像乌烟鬼呢？

（五）

他们底意见真多啊！

六七个一齐发言。

他们真自尊而尊人啊！

击桌骂，蹬足叫，

侮辱别人的言词，直可与流氓比赛！

（六）

我又记得在小学校的时候的事来了……

有一天我们只有半数人到班，

——还有几个迟到。

今天他们一百五十个也有七十多人

不到——也有迟二点钟的到。

但是——不呀！

我们到班后就不能说一句或动一下，

不像他们能够自由行走自由谈笑呀！

我们睡觉——教师便敲我们底头，

他们睡觉——是能够安安逸逸地自由呀！

（七）

铃摇了，

回去吃饭罢。

　　十一·十九　杭州

　　选自《民国日报·觉悟》第 1 卷第 22 期（1921 年 11 月 22 日）

冬日晚景

吴若膺

　　风呀，冷呀，寂寞呀，

我还深夜的在窗前望着，

　　惧怕哟！疑团哟！

都因我一时的妄想和愁烦，

我底心在胸膛里跳的更加快了，

然而我望着在天心里的那日头却是死了，

一片朦胧的光在灰色的月下，

高的矮的树影儿——

照在银白色的地上，

我底影儿却照在透明的玻璃上，

　　那是真正的我么？还是幻影呢？

　　看不见了，一团黑云过来了，

稀薄的露，银白的雪，奥秘的影儿，

都被彼一齐遮盖了，

　　这是何等的惨酷哟！

　　一阵的忧愁，一阵的凝想，

　　一种神秘的哭泣，一种不平的叹息，

都从心里直来到口边，

　　哦！不要烦闷了，

快快开着眼儿，摸着路儿，去黑暗里寻找哟！

　　　一九二〇，十二，十九，在法国蒙达利女校

　　　选自《民国日报·觉悟》第 2 卷第 15 期（1921 年 2 月 15 日）

雨夜失眠

毛飞

像有人哭泣！

像有人敲门！

是谁呀？

　软了脚的旅客？

　迷了心的恋人？

不是！

　没爹娘的儿女？

　没室家的浪人？

也不是！

　呵！呵！呵！

是雨，是风，

来敲我底大门。

洋蜡烛，

还剩下半枝，——点着。

旧棉被，

像泼了冷水，——盖着。

夜深了！

脑子像是开夜车，

客人拥挤；

想睡，不成！

　　选自《民国日报·平民》第 39 期（1921 年 2 月 19 日）

感觉

叶绍钧

一个牙齿坏了作痛，

使你周身都感不安。

一条腿没有伸舒服，

使你不能稳稳地眠。

可怜堕落的灵魂！

选自《小说月报》第 12 卷第 3 号（1921 年 3 月 10 日）

赠 X 君

张闻天

（一）

我别转头来，我只无心地看了你，

　为什么我就心中狂跳？

　眼中作烧？

我把我底眼光离开了你，

　但我底脑筋中，

　已刻画了你那不可磨灭的小照。

我把你这小照，

深深藏在我的心中；

　愿把我底眼泪，

　来供养着你。

世界无尽期，

此情何可灭。

（二）

这灰冷的人生，——
偶然记起了你，

　　不知道为什么，

　　那无名的荒岛上，

　　也激起了一股春之暖气。

这惨淡的世界上，
因为有了你，

　　惨淡中，

　　也带有一点儿甜滋味。

咳！世界即使有尽期，
你底倩影，
终不可灭！

　　一九二一，三，一三

　　选自《民国日报·觉悟》第 3 卷第 14 期（1921 年 3 月 14 日）

小舟

肖舫

垂丝一般的杨柳，拂着小舟底舵；

明镜一般的碧波，浸着小舟底身：

　小舟摇摆全身，想向前走，

　却被柳丝儿挽住了。

晓风来了，

　将柔丝吹起，又将鳞波劈开，——

一幅绮丽繁复的画图蓦地里就在面前涌现，

舟早趁势儿，

　沐浴在"光华复旦"的公园前的微漾里了。

远地里仿佛有人在舟中歌道：

　杨柳情深，晓风意厚；

　你俩这爱，亘古不休！

　我去也，……重会在后！

　　一九二一年三月廿八日，在杭州

　　选自《民国日报·觉悟》第 3 卷第 31 期（1921 年 3 月 31 日）

问愁

胡怀琛

愁呵！我问你：

春光过完了！

你跟着春来，为什么不跟着春去？

我有密打尺，量不出你有多少深浅；

我有显微镜，寻不出你躲在何处。

只觉我底心窝儿，牢牢地被你占住。

碧油油的芳草，白濛濛的柳絮，都是你底化身么？

为什么对景关情，我便要将你提起？

选自《民国日报·觉悟》第 5 卷第 24 期（1921 年 5 月 24 日）

心中事

胡怀琛

我要将我心中事，说给你知道。

你要将你心中事，说给我知道。

费了几番工夫，打了几个草稿。——

到底从哪儿说起？

还是各闷在心里，不知等到甚时发表！

选自《民国日报·觉悟》第 5 卷第 24 期（1921 年 5 月 24 日）

为什么

刘大白

有我，

为什么？

真？

假？

我思，

我在？

怎不容疑？

我岂例外？

胡猜，

哑谜。

本不　迷

从何猜起？

不是迷，

疑团一个，

为什么？

这疑团打不破。

为什么这疑团打不破？

　　　一九二一，六，一七，在杭州

　　　选自《民国日报·觉悟》第 6 卷第 19 期（1921 年 6 月 19 日）

为什么

肖舫

天天呆坐，

夜夜愁苦，

为什么竟打不破这个闷葫芦？

前有荆棘，

后有猛虎，

哪里来的干净土？

提起阔刀大斧，

斩去荆棘缚住虎：

用尽生平力，才见光明路。

为什么徘徊踌躇，独自怨苦？

残月西沉，

晓风拂面：

娇小的黄鹂儿蹈着朝露未干的树枝，

尽量提着清脆的歌喉声声唱念，

似乎道：不经过了可怕的昏夜，

怎显得出这"熹微"曙光的分外鲜艳！

选自《民国日报·觉悟》第 6 卷第 19 期（1921 年 6 月 19 日）

一个小农家的暮

刘半农

她在灶下煮饭，

新砍的山柴，

必必剥剥的响。

灶门里嫣红的火光，

闪着她嫣红的脸，

闪红了她青布的衣裳。

他含着个十年的烟斗，

慢慢的从田里回来；

屋角里挂去了锄头，

便坐在稻床上，

调弄着只亲人的狗。

他还踱到栏里去，

看一看他的牛；

回头向她说：

"怎样了——

我们新酿的酒？"

门对面青山的顶上

松树的尖头，

已露出了半轮的月亮。

孩子们在场上

看着月，

还数着天上的星：

"一，二，三，四……"

"五，八，六，两……"

他们数，

他们唱：

"地上人多心不平，

天上星多月不亮。"

　　一九二一，二，七，伦敦

　　选自《新青年》第 9 卷第 4 号（1921 年 8 月 1 日）

霁月

郭沫若

淡淡地，幽光

浸洗着海上的森林。

森林中寥寂深深，

还滴着黄昏时分的新雨。

云母面就了般的白杨行道

坦坦地在我面前导引，

引我向沉默的海边徐行。

一阵阵的暗香和我亲吻。

我身上觉着轻寒，

你偏那样地云衣重裹，

你团圞无缺的明月哟，

请借件缟素的衣裳给我。

我眼中莫有睡眠，

你偏那样地雾帷深锁。

你渊默无声的银海哟，

请提起你幽渺的波音和我。

选自《女神》，泰东图书局 1921 年 8 月 5 日版

立在地球边上放号

郭沫若

无数的白云正在空中怒涌，

啊啊！好幅壮丽的北冰洋的情景哟！

无限的太平洋提起他全身的力量来要把地球推倒。

啊啊！我眼前来了的滚滚的洪涛哟！

啊啊！不断的毁坏，不断的创造，不断的努力哟！

啊啊！力哟！力哟！

力的绘画，力的舞蹈，力的音乐，力的诗歌，力的律吕哟！

选自《女神》，泰东图书局 1921 年 8 月 5 日版

凤凰涅槃

郭沫若

序曲

除夕将近的空中，
飞来飞去的一对凤凰，
唱着哀哀的歌声飞去，
衔着枝枝的香木飞来，
飞来在丹穴山上。

山右有枯槁了的梧桐，
山左有消歇了的醴泉，
山前有浩茫茫的大海，
山后有阴莽莽的平原，
山上是寒风凛冽的冰天。

天色昏黄了，
香木集高了，
凤已飞倦了，
凰已飞倦了，
他们的死期将近了。

凤啄香木，

一星星的火点迸飞。

凰扇火星，

一缕缕的香烟上腾，

凤又啄，

凰又扇，

山上的香烟弥散，

山上的火光弥满。

夜色已深了，

香木已燃了，

凤已啄倦了，

凰已扇倦了，

他们的死期已近了！

啊啊！

哀哀的凤凰！

凤起舞，低昂！

凰唱歌，悲壮！

凤又舞，

凰又唱，

一群的凡鸟，

自天外飞来观葬。

凤歌

即即！即即！即即！

即即！即即！即即！

茫茫的宇宙，冷酷如铁！

茫茫的宇宙，黑暗如漆！

茫茫的宇宙，腥秽如血！

宇宙呀，宇宙，

你为什么存在？

你自从哪儿来？

你坐在哪儿在？

你是个有限大的空球？

你是个无限大的整块？

你若是有限大的空球，

那拥抱着你的空间

他从哪儿来？

你的外边还有些什么存在？

你若是无限大的整块，

这被你拥抱着的空间

他从哪儿来？

你的当中为什么又有生命存在？

你到底还是个有生命的交流？

你到底还是个无生命的机械？

昂头我问天，

天徒矜高，莫有点儿知识。

低头我问地，

地已死了，莫有点儿呼吸。

伸头我问海，

海正扬声而呜咽。

啊啊！

生在这个阴秽的世界当中，

便是把金钢石的宝刀也会生锈！

宇宙啊，宇宙，

我要努力地把你诅咒：

你脓血污秽着的屠场呀！

你悲哀充塞着的囚牢呀！

你群鬼叫号着的坟墓呀！

你群魔跳梁着的地狱呀！

你到底为什么存在？

我们飞向西方，

西方同是一座屠场。

我们飞向东方，

东方同是一座囚牢。

我们飞向南方，

南方同是一座坟墓。

我们飞向北方，

北方同是一座地狱。

我们生在这样个世界当中，

只好学着海洋哀哭。

凰歌

足足！足足！足足！

足足！足足！足足！

五百年来的眼泪倾泻如瀑。

五百年来的眼泪淋漓如烛。

流不尽的眼泪，

洗不净的污浊，

浇不熄的情炎，

荡不去的羞辱，

我们这缥缈的浮生，

到底要向哪儿安宿？

啊啊！

我们这缥缈的浮生

好像那大海里的孤舟。

左也是溟漫，

右也是溟漫，

前不见灯台，

后不见海岸，

帆已破，

樯已断，

楫已飘流，

柁已腐烂，

倦了的舟子只是在舟中呻唤，

怒了的海涛还是在海中泛滥。

啊啊!

我们这缥缈的浮生。

好像这黑夜里的酣梦。

前也是睡眠,

后也是睡眠,

来得如飘风,

去得如轻烟,

来如风,

去如烟,

眠在后,

睡在前,

我们只是这睡眠当中的

一刹那的风烟。

啊啊

有什么意思?

有什么意思?

痴!痴!痴!

只剩些悲哀,烦恼,寂寥,哀败,

环绕着我们活动着的死尸,

贯串着我们活动着的死尸。

啊啊

我们年青时候的新鲜哪儿去了

我们青年时候的甘美哪儿去了？

我们青年时候的光华哪儿去了？

我们年青时候的欢爱哪儿去了？

去了！去了！去了！

一切都已去了，

一切都要去了。

我们也要去了，

你们也要去了，

悲哀呀！烦恼呀！寂寥呀！衰败呀！

凤凰同歌

啊啊！

火光熊熊了。

香气蓬蓬了。

时期已到了。

死期已到了。

身外的一切！

身内的一切！

一切的一切！

请了！请了！

群鸟歌

岩鹰

哈哈，凤凰！凤凰！
你们枉为这禽中的灵长！
你们死了吗？你们死了吗？
从今后该我为空界的霸王！

孔雀

哈哈，凤凰！凤凰！
你们枉为这禽中的灵长！
你们死了吗？你们死了吗？
从今后请看我花翎上的威光！

鸱枭

哈哈，凤凰！凤凰！
你们枉为这禽中的灵长！
你们死了吗？你们死了吗？
哦！是哪儿来的鼠肉的馨香！

家鸽

哈哈，凤凰！凤凰！
你们枉为这禽中的灵长！
你们死了吗？你们死了吗？
从今后请看我们驯良百姓的安康！

鹦鹉

哈哈，凤凰！凤凰！
你们枉为这禽中的灵长！
你们死了吗？你们死了吗？
从今后请听我们雄辩家的主张！

白鹤

哈哈，凤凰！凤凰！
你们枉为这禽中的灵长！
你们死了吗？你们死了吗？
从今后请看我们高蹈派的徜徉！

凤凰更生歌

鸡鸣

听潮涨了
听潮涨了，
死了的光明更生了。

春潮张了，
春潮涨了
死了的宇宙更生了。

生潮涨了，

生潮涨了，

死了的凤凰更生了。

    凤凰和鸣

我们更生了。

我们更生了。

一切的一，更生了。

一的一切，更生了。

我们便是他，他们便是我。

我中也有你，你中也有我。

我便是你，

你便是我。

    火便是凰。

凤便是火。

翱翔！翱翔！

欢唱！欢唱！

我们新鲜，我们净朗，

我们华美，我们芬芳，

一切的一，芬芳。

一的一切，芬芳。

芬芳便是你，芬芳便是我。

芬芳便是他，芬芳便是火。

火便是你。

火便是我。

火便是他。

火便是火。

翱翔！翱翔！

欢唱！欢唱

我们热诚，我们挚爱。

我们欢乐，我们和谐。

一切的一，和谐。

一的一切，和谐。

和谐便是你，和谐便是我。

和谐便是他，和谐便是火。

　　　火便是你。

火便是我。

火便是他。

火便是火。

翱翔！翱翔！

欢唱！欢唱！

我们生动，我们自由，

我们雄浑，我们悠久。

一切的一，悠久。

一的一切，悠久。

悠久便是你，悠久便是我。

悠久便是他，悠久便是火。

火便是你。

火便是我。

火便是他。

火便是火。

翱翔！翱翔！

欢唱！欢唱！

我们欢唱，我们翱翔。

我们翱翔，我们欢唱。

一切的一，常在欢唱。

一的一切，常在欢唱。

是你在欢唱？是我在欢唱？

是他在欢唱？是火在欢唱？

欢唱在欢唱！

欢唱在欢唱！

只有欢唱！

只有欢唱！

欢唱！

　欢唱！

　　欢唱！

选自郭沫若著《女神》，泰东图书局 1921 年 8 月 5 日版

天狗

郭沫若

我是一条天狗呀！

我把月来吞了，

我把日来吞了，

我把一切的星球来吞了，

我把全宇宙来吞了。

我便是我了！

我是月底光，

我是日底光，

我是一切星球底光，

我是 X 光线底光，

我是全宇宙底 Energy 底总量！

我飞奔，

我狂叫，

我燃烧。

我如烈火一样地燃烧！

我如大海一样地狂叫！

我如电气一样地飞跑！

我飞跑，

我飞跑，

我飞跑，

我剥我的皮，

我食我的肉，

我吸我的血，

我啮我的心肝，

我在我神经上飞跑，

我在我脊髓上飞跑，

我在我脑筋上飞跑。

我便是我呀!
我的我要爆了!

选自郭沫若著《女神》,泰东图书局 1921 年 8 月 5 日版

太阳礼赞

郭沫若

青沉沉的大海,波涛汹涌着,潮向东方。
光芒万丈地,将要出现了哟——新生的太阳!

天海中的云岛都已笑得来火一样地鲜明!
我恨不得,把我眼前的障碍一概划平!

出现了哟!出现了哟!耿晶晶地白灼的圆光!
从我两眸中有无限道的金丝向着太阳放,

太阳哟!我背立在大海边头紧觑着你。
太阳哟!你不把我照得个通明,我不回去!

太阳哟!你请永远照在我的面前,不使退转!
太阳哟!我眼光背开了你时,四面都是黑暗!

太阳哟！你请把我全部的生命照成道鲜红的血流！

太阳哟！你请把我全部的诗歌照成些金色的浮沤！

太阳哟！我心海中的云岛也已笑得来火一样地鲜明了！

太阳哟！你请永远倾听着，倾听着，我心海中的怒涛！

选自《女神》，泰东图书局 1921 年 8 月 5 日版

人间

朱自清

那蓝褂儿，草鞋儿，

赤了腿，敞着胸的朋友

挑副空的箩担来了。

他远远见着——

见了歧路中彷徨的我；

他亲亲热热地招呼：

"你到那里？"

我意外地听他，

迫切地答他时，

他殷勤勤指点我；

他有黑而干燥的面庞，

灰色凝滞的眼光，

和那天然的粗涩的声调。

从这些里，

我接触着他纯白的真心。

但是，我们并不曾相识。

伊穿的紫袄儿，

系的黑裙儿，

走在伊母亲后面。

伊伶俐的身材，

停匀的脚步，

和那白色的脸儿，

端庄，沉静，又和蔼，

又庄严的脸儿：

在我车子过时，

一闪地都收入我眼底。

那时伊用了融融的眼波

随意地看我；

我回过头时，

伊还在看我——

真的，伊再三看我。

从伊双眼里，

我接触了伊烂漫的真心。

但是，我们并不曾相识。

选自《小说月报》第 12 卷第 8 号（1921 年 8 月 10 日）

病中的诗（节选）

周作人

二、过去的生命

　　这过去的我的三个月的生命，那里去了？
没有了，永远的走过去了。
我亲自听见他沉沉的，缓缓的，一步一步的，
在我床头走过去了。
我坐起来，拿了一支笔，在纸上乱点，
想将他按在纸上，留下一些痕迹，——
但是一行也不能写，
一行也不能写。
我仍是睡在床上，
亲自听他沉沉的，缓缓的，一步一步的
在我床头走过去了。

　　四月四日在病院中

五、苍蝇

　　我们说爱，
爱一切众生，
但是我——却觉得不能全爱。

我能爱狼和大蛇，

能爱在林野背景里的猪。

我不能爱那苍蝇。

我憎恶他们，我诅咒他们。

大小一切的苍蝇们，

美与生命的破坏者，

中国人的好朋友的苍蝇们呵！

我诅咒你的全灭，

用了人力以外的

最黑最黑的魔术的力。

四月十八日

选自《新青年》第9卷第5号（1921年9月1日）

喝呀！初梨！

田汉

（一）

葡萄酒的色，像血一样的红啊！

我们这几年全然过的苍白色的生活喝几杯散散寒吧！

初梨，喝呀！喝呀！你不喝，不辜负这样红的血吗？

（二）

葡萄酒的香，像肉一样的香啊。

我们受干枯的理智的束缚也受够了，

喝几杯出出气吧！

初梨，喝呀！喝呀！你不喝，不辜负这样香的肉吗？

（三）

葡萄酒的味，像人生一样的甜美啊。

我们这二十多年的中间也尝了不少的酸苦，

喝几杯尝尝新吧！

初梨，喝啊！喝呀！你不喝，不辜负这样甜美的人生吗？

十月三十晚和李初梨同饮于小石川（CoHe LiLy）里做的

选自《民国日报·平民》第 63 号（1921 年 8 月 6 日）

无名的哀诗

俞平伯

1

一个抬轿子的人，

于新秋的好早晨，

忽然间睡着不醒。

这原极寻常，

一个人底事更寻常啊！

好身份的人们

尚且脚接着脚的走了；

何况你——真像猫狗一般的死。

2

从纸上给我们的报告，

至少三个零位以上的数目：——

在饥饿底鞭子下黄着脸的，

在兵士们底弹子下淌着血的，

在疫鬼底爪子下露着骨头的；

所谓上帝底儿子，不幸的兄弟们，

竟这样断送光荣的一生！——

也一晃眼的过去了，

还当这是很小小的一个数。

3

至于像你这样好福气的：

当然没有人哭，

没有人怜惜；

更谁来追悼你!

只说死是该的!

我反在这里叽咕着不休，

颠倒陪些没来由的眼泪。

人家怎不说是痴子?

只是两三个月过的快，

痴的我呢，还是痴着。

这么，那么一回事，

仿佛打上牢牢不可灭的印子，

既洗刷也不掉；

今天——我做无名的诗，

来吊这无名的你！

    4

酒糟的鼻子，酒糟的脸，

抬着你同样的人，喘吁吁的走：

在街上，在水边，

也在高高的山上。

毒热的火龙烤着头，

哪里有你底伞？

刺骨的霜雪没着脚踝，

哪里有你底鞋子？

说你原是抬轿的；

怕道生来就如此，

你又何妨坐坐轿子！

再若说有渺渺冥冥，

触不着听不到看不见的运命爷，

他来管着这些个；

叫我打那说话的人底脸。

5

废话不消说了，

你底一生的确做了轿夫。

我唠唠叨叨讲我底梦，

你未必能来听见。

时间底机轮又无从使他倒旋。

不知是谁决定的；

但决定了的事，

谁咒诅也有甚用处?

看你流了大半世的汗，

跑了大半世的腿，

挣些银的铜的纸的片子，

来支持你做牛做马的生涯。

终久——生命也跑掉了，

生涯也结了！

艰辛以外，恐怕未见还有别的！

6

那么！世上，

你同时底同伴们所说的：

美善和爱底人生，

像花底开着，水底流着；

有古今来底诗人——

神底自然底颂扬者——

流着涎尽去羡着；

歪着眼尽去赏玩着。

在可怜惜的你底一生里，

又显出怎样一个颜色呢？

只有光，只有花，只有爱吗？

我想不见得如此吧！

我想你毕生，

决没工夫去感受这些奇迹；

告诉你也摇着头的不懂；

懂了也摇着头的不信啊！

7

人生底样子，

在谁们心里，现出谁们底神气。

爱他，怒他，漠然对他；

随着你我解释他底意义。

他东一块西一块的在世间，

生来没有整个儿的自己。

"你底就是我底"①

把旧瓶装进了新酒哩！

————————

①此语见《儒林外史》第十二回。

8

尽着我胡想吧！

拿一壶烧酒，

噇得朦胧醉了，

也能得到他底辛苦底安慰；

比较我们心灵上底狂喜，

可当真减少了一些？

他诚然是飘摇着，

在"狗的生活"里挨着活着；

但所谓"有所为"的人们，

怕道就清清切切地，

跨着生命上底步履。

况且"生"底电火一撤，

世界上固然不见了他，

几时见了我们？

抬轿子的和坐轿子的，

一样——真真的一样，

长上青草了！

一堆儿去了！

9

"你莫再絮烦，

看看这不是已把不自然底结果，

完完全全的转了过来。

这一出绝妙的把戏,

在老式的舞台上续续串着。

经验的人也太多了,数不尽了,

可惜,他们现在不能告诉你。

但是不要忙呵!

迟早来了,总可以看见的;

你可莫再烦絮!"

九,十二,六,在杭州

选自《新潮》第 3 卷第 1 号（1921 年 10 月 1 日）

怅惘

朱自清

只如今我像失了什么,

原来伊不见了!

伊的美在沉默底深处藏着,

我这两日便在伊沉默里浸着。

沉默随伊去了,

教我茫茫何所归呢?

但是伊的影子却深深的印在我心坎里了!

原来伊不见了,

只如今我像失了什么!

选自《新潮》第 3 卷第 1 号（1921 年 10 月 1 日）

海滨

汪静之

数不尽的淡黄沙，

平斜斜地堆着。

我在沙上踱着，

沙在我的脚背上松松地盖着；

我把他们当被褥，

躺着，想睡不睡的装睡着。

沙儿细软如沙发，

我睡得说不出的舒服。

哦！我是睡在自然之慈母的摇篮里，

她还唱着睡眠之歌慰我安睡呢！

听呵！

　　溅溅潺潺澎澎湃湃和和曷曷极复杂的浪声

　　洋洋地装满了我的耳鼓了，那不是自然的

　　美妙音乐？

沙上有美丽的石块与螺壳，

我弄着她们游戏。

望去水天一片，

谁也分不出那是天那是水。

涌——涌——涌——

海浪一阵阵起起伏伏地涌着又退着。

太阳要归去了；

云没有遮住他时，他还用红橙橙的脸儿回头瞧着。

他想捉住浪头，

但是终于捉不住呦！

浪儿张开他的手腕，

一叠一叠滚滚地拥挤着，

搂着沙儿怪亲密地吻着。

刚刚吻了一下，

却被风推他回去了。

他不忍去而去

似乎怒吼起来了。

呀！他又刚惐惐地势汹汹地赶来了！

他抱着那靠近沙边的石塔，

更亲密地用力接吻了。

他爬上那多角形的灰色小石塔了。

雪花似的浪花碎了——喷散着。

笑了，他快乐得大声笑了。

但是风又把他推回去了。

海浪呀！

你歇歇罢！

你已经留给伊了——

你的爱的痕迹统统留给伊了。

你如此永续的忙着，

也不觉得倦么？

二一，四，二四，午后四时，于舟山群岛之普陀岛

选自《新潮》第 3 卷第 1 号（1921 年 10 月 1 日）

希望

胡适

我从山中来，带得兰花草。种在小园中，希望开花好。
一日望三回，望到花时过。急坏看花人，苞也无一个！
眼见秋天到，移花供在家；明年春风回，祝汝满盆花！

　　十，十，四
　　选自《晨报附刊》（1921 年 10 月 12 日）

微雨

沈松泉

一丝丝的微雨，
是否生之泪珠？
细弱的雨声呵！
正是宇宙的叹息，悲诉。

泪流如许，
流遍了一处处。
一丝丝，一声声，
总流，说不尽生之悲苦。

流不完的微雨，

尽流向哪里去？

诉不尽的悲苦，

也只得永受咒诅。

生命是已睡熟了，

这宇宙早被黑暗占据。

惟有微雨，

尚在絮语，诉苦。

一九二一，十，十七夜，上海

选自《民国日报·平民》第 75 期（1921 年 10 月 29 日）

是谁把？

刘大白

是谁把心里相思，

种成红豆？

待我来碾豆成尘，

看还有相思没有？

是谁把空中明月，

捻得如钩？

待我来抟钩作镜，

看永久团圆能否？

　　一九二一，一一，三，在杭州

　　选自《民国日报·觉悟》第 11 卷第 17 期（1921 年 11 月 17 日）

病的诗人

冰心

诗人病了——

诗人的情绪

更适合于诗了，

然而诗人写不出。

菊花的影儿在地，

藤椅儿背着阳光，

书落在地上了，

不想拾起来，

只任他微风吹卷。

窗儿开着，

帘儿扬着，

人儿无聊，

只有：

　　书是旧的，

　　花是新的。

镜里照着的，

是清瘦的腿儿；

手里拿着的，

是沉重的笔儿。

凝涩的诗意，

却含着清新；

憔悴的诗人，

却感着愉快。

诗人病了——

诗人的情绪

更适合于诗了，

然而诗人写不出！

选自《晨报附刊》（1921 年 11 月 27 日）

迷路

伊贞

我自己走，

已见着点光明了，

你一定要来帮忙！

你帮忙也好，

谁知我竟迷路。

你领我走罢,

我的前途都靠你了。

为甚么领我到这黑暗里来了,

你竟撒手?

有意呢;

还是无意?

害我呢;

还是要试看我自拔之力?

因为你从前爱我,

料想不至于害我!

你从前有意,

后来无意;

你看,我自拔有力无力?

还让我自己走吧!

我走,我快走!

我又找着旧路了!

选自《女子周刊》第 50 期（1921 年 11 月 28 日）

诗的女神

冰心

她在窗外低低的立着呢!

帘儿吹动了——

窗内，

窗外，

在这一刹那顷，

忽地都成了无边的静寂。

看呵，

是这般的；

满蕴着温柔，

微带着忧愁，

欲语又停留。

夜已深了，

人已静了，

屋里只有花和我，

请进来罢！

只这般的凝立着么？

量我怎配迎接你，

诗的女神呵！

还求你只这般的，

经过无数深思的人的窗外。

十二，九，一九二一

选自《晨报附刊》（1921 年 12 月 24 日）

洪水时代

郭沫若

一

我望着那月下的海波，
想到了上古时代的洪水，
想到了一个浪漫的奇观，
使我的中心如醉。
那时节，茫茫的大地之上
汇成了一片汪洋；
只剩下几朵荒山
好象是海洲一样。

那时节，鱼在山腰游戏，
树在水中飘摇，
孑遗的人类
全都逃避在山椒。

二

我看见，涂山之上
徘徊着两个女郎：
一个抱着初生的婴儿，

一个扶着抱儿的来往。

她们头上的散发，

她们身上的白衣，

同在月下迷离，

同在风中飘举。

抱儿的，对着皎皎的月轮

歌唱出清越的高音；

月儿在分外扬辉，

四山都生起了回应。

　　　　三

等待行人兮不归，

滔滔洪水兮几时消退？

不见净土兮已满十年，

不见行人兮已满周岁。

儿生在抱兮儿爱号啕，

不见行人兮我心寂寥。

夜不能寐兮在此徘徊，

行人何处兮今宵？——

唉，消去吧，洪水呀！

归来吧，我的爱人呀！

你若不肯早归来，

我愿成为那水底的鱼虾！

四

远远有三人的英雄

乘在只独木舟上，

他们是椎髻、裸身，

在和激涨着潮流接仗。

伯益在舟前撑篙，

后稷在舟后摇艄，

夏禹手执斧斤，

立在舟之中腰。

他有时在斫伐林树，

他有时在开凿山岩。

他们在奋涌着原人的力意

想把地上的狂涛驱回大海！

五

伯益道："好悲切的歌声！

那怕是涂山上的夫人？"

后稷道："我们摇船去吧，

去安慰她耿耿的忧心！"

夏禹，只把手中的斤斧暂停，

笑说道："那只是虚无的幻影！

宇宙便是我的住家，

我还有甚么个私有的家庭。

我手要胖到心，

我的脚要胖到顶，

我若不把洪水治平，

我怎奈天下的苍生？"

　　　六

哦，皎皎的月轮

早被稠云遮了，

浪漫的幻景

在我眼前闭了。

我坐在岸上的舟中，

思慕着古代的英雄，

他那刚毅的精神

好像是近代的劳工。

你伟大的开拓者哟，

你永远是人类的夸耀！

你未来的开拓者哟，

如今是第二次的洪水时代了！

十年十二月八日作

选自《学艺》第 3 卷第 8 号（1922 年 1 月 30 日）

又见一种青的野花

陆志韦

我把你们当做相思子，

在你们中间划一个圆寿字，

　　愿我心爱的人，

　　永永远远青春。

我把你们当做莫忘我，

对你们唱一百个定情歌，

　　愿我心爱的人，

　　听见一声两声。

我又把你们当做蓍草，

活不了的时候向你们拜祷。

　　我情愿丢了灵魂

　　我一个心爱的人

　　　十年三月三十日

　　　选自《渡河》，上海亚东图书馆 1923 年 1 月版

1922年

我们俩

刘半农

好凄冷的风雨啊！

我们俩紧紧的肩并着肩，手携着手，

向着前面的不可知，不住的冲走。

可怜我们全身都已湿透了，

而且冰也似的冷了，

不冷的只是相并的肩，相携的手了。

二一，八，一二

选自《诗》第 1 卷第 1 号（1922 年 1 月 1 日）

蕙的风

汪静之

是那里吹来

这蕙花的风——

温馨的蕙花的风？

蕙花深锁在园里，

伊满怀着幽怨。

伊的幽香潜出园外，

去招伊所爱的蝶儿。

雅洁的蝶儿，
薰在蕙风里：
他陶醉了；
想去寻着伊呢。

他怎寻得到被禁锢的伊呢？
他只迷在伊的风里，
隐忍着悲惨而甜蜜的伤心，
醺醺地翩翩地飞着。

　　一九二一，九，三　于杭州第一师校

　　选自《诗》第 1 卷第 1 号（1922 年 1 月 1 日）

繁星

冰心

一

繁星闪烁着——
　　深蓝的太空，
　　何曾听得见他们对语？
沉默中，
　　微光里，

他们深深的互相颂赞了。

二一

窗外的琴弦拨动了，
　我的心呵！
怎只深深的绕在余音里！
是无限的树声，
　是无限的月明。

一三一

大海呵，
　那一颗星没有光？
　那一朵花没有香？
　那一次我的思潮里
　　没有你波涛的清响？

　　选自《繁星》，商务印书馆（1923 年 1 月版）

水手

刘延陵

（一）

月在天上，

船在海上，

他两只手捧住面孔，

躲在摆舵的黑暗地方。

（二）

他怕见月儿眨眼，

　　海儿微笑，

引他看水天接处的故乡。

但他却终归想到

石榴花开得鲜明的井旁，

那人儿正架竹子，

晒他的青布衣裳。

选自《诗》第 1 卷第 1 号（1922 年 1 月 1 日）

夕阳与蔷薇

刘延陵

1

橙红的落日

已经要跑到树梢之下。

他还把半个脸儿露在树底顶上，

看住一朵大而白的蔷薇。

2

他俩厮守了一天，

有时默默无言地对着，

有时他在上面一步两步徘徊着，

她在下面吟叹似地摇摆着；

无声的，云儿草儿所不能了解的言语

替他俩传达了多少柔微的悲哀。

如今，他却要离她而去了。

3

他看住她，

一步步向后倒退着跑，

她雪一般的脸上，

笼罩着一层淡淡的黄金，——

这是他临别所赠的爱哟。

4

夜从东方赶来，

他只得向树梢之下退去。

树儿遮住了他的眼光了，

她的脸立刻苍白得同石膏的造像一般，

簌簌地抖颤起来。

一会儿细碎闪烁的金光

又像筛下的一般落在她底脸上，——

他又从树叶儿的空隙里看见她了。

5

于是拥护着她的成墙的绿叶

一齐沙沙沙沙地摇摆鼓噪起来：

"哦！

皇帝这般眷恋我们的后呀！"

选自《诗》第 1 卷第 1 号（1922 年 1 月 1 日）

跟随者

徐玉诺

烦恼是一条长蛇。

我走路时看见了他的尾巴，

割草时看见了他

红色黑斑的腰部，

当我睡觉时看见他的头了。

烦恼又是红线一般无数小蛇，

麻一般的普遍在田野庄村间。

开眼是他，

闭眼也是他了。

啊！

他什么东西都不是！

他只是恩惠我的跟随者，

他很尽职，

一刻不离的跟着我。

　　　选自《诗》第 1 卷第 1 号（1922 年 1 月 1 日）

稻香

潘漠华

稻香弥漫的田野，

伊飘飘的走来。

摘了一朵美丽的草花赠我。

我当时模糊的受了。

现在呢，却很悔呵！

为什么那时不说句话谢谢伊呢？

使得眼前人已不见了，

想谢也无从谢起！

　　　十一，一，五

　　　选自《晨报附刊》（1922 年 4 月 6 日）

废园

朱湘

有风时白杨萧萧着，

没风时白杨也萧萧着——

萧萧外园里更不听见什么。

野花悄悄地发了，

野花悄悄地谢了——

悄悄外园里更没有什么。

　　　　选自《小说月报》第 13 卷第 1 号（1922 年 1 月 10 日）

海边

郑振铎

（一）

青青的云天，罩住绿绿的海水。

几只白鸥东西飞；无量银涛相拥挤。

我们同到黄沙底岸边，鸥和波都向我们笑语。

来呀！同来游戏！这是我们的天地。

（二）

青青的云天，罩住绿绿的海水。

白鸥们都来这里，浪花们都来游戏。

我们会盖沙房给你住，会请贝壳哥哥殿着你。

来呀！同来游戏！这是我们的天地。

选自《儿童世界（上海 1922）》第 1 卷第 4 期（1922 年 1 月 28 日）

自从

朱自清

一

自从撒旦摘了"人间底花"，

上帝时常叹息，

又时常哀哭，

所以才有风雨了。

因为只要真实的东西，

撒旦他丢给人们

那朦胧的花影；

便是狂醉里，幻想中，

睡梦边，风魔时，

和我们同在的了。

　　　　二

也有芳草们连天绿着，

槐荫们夹道遮了；

也有葡萄们揝手笑着，

梅花们冒雪开了。

便是风，也温温可爱啊；

便是雨，也楚楚可怜啊。

但我们——

我们被掠夺的，

从我们心上

失去了"人间底花"，

却凭什么和他们相见，

凭什么和他们相见呢？

我们眼睁睁望着；

他们也眼巴巴瞧着。

"接触着么？"

"无这力啊！"

望的够倦了，

瞧的也漠然了；

隔膜这样成就，

我们便失了他们了！

三

"找我们的花去罢！"

都上了人生底旅路。

我清早和太阳出去，

跟着那模糊的影子，

也将寻我所要的。

夜幕下时，

我又和月亮出去，

和星星出去；

没有星星，

我便提了灯笼出去。

我寻了二十三年，

只有影子，

只有影子呵！

近，近，近，——眼前！

远，远，远，——天边！

唇也焦了；

足也烧了；

心也摇摇了；

我流泪如喷泉，

伸手如乞丐：

我要我所寻的，

却寻着我所不要的！——

因为谁能从撒旦手里，

夺回那已失的花呢?

四

可是——

都跃跃跃跃地要了,

都急急急急地寻了!

得不着是同然;

却彼此遮掩着,

讪笑着,又诅咒着:

像轻烟笼了月明一般,

疑云幂了人们底真心了。

于是歆慕开始了;

嫉妒也开始了;

觊觎和劫夺都开始了!

我们终于彼此摆手!

我们终于彼此摆手!

我们的地母,

那"白发苍苍,悲悲惨惨"的地母呵,

却合了掌给我们祝福了;

伊只有徒然的祝福了!——

清泪从伊干瘪的眼眶里,

像瀑布般流浮;

那便是一条条的川流了。

五

痴的尽管默着，

乖的终要问呵：

"倘然'人间底花'再临于我，

那必在什么时候呢？"

告诉你聪明的人们：

直到他俩底心

都给悲哀压碎了，

满天雨横风狂，

满地洪流泛滥底时候，

世界将全是撒旦底国土，

全是睡和死底安息；

那时我们的花

便将如锦绣一般，

开在我们的眼前了！

　　二一，一〇

　　选自《诗》第 1 卷第 2 号（1922 年 2 月 20 日）

黑夜

叶绍钧

　　便是太阳光，也自有他

烛照所及的极限吧?

惟有黑暗是广大而无边。

我竭力睁开了眼睛,

但是,看见些什么呢?

二二,二,二

选自《诗》第 1 卷第 2 号(1922 年 2 月 20 日)

梦歌

陈南士

一万颗星在天上;

一万颗星在海里。

我的梦坐上沙棠之舟,

在无边的夜海漂去。

沉郁的天风吹过长空;

汩汩的波音吻着船底;

这样幽森的海中,

一个孤舟漂向何处?

梦,把白日的世界完全忘了,

低唱着凄紧的夜之恋歌。

沙棠的舟漂啊,漂啊,

漂着在一个快乐之岛。

那里美丽的月光浸着绿树,

年青的男女践着细菌舞蹈。

树上满唱着娇音的小鸟；

树下满开着芬芳的花朵。

欢乐之神向着梦招手：

"来啊，饮我们的青春之酒！

我们有的是花，是光，是爱，——

世界一切之喜悦都为我们所有。

生命好比水莲叶上一粒露珠；

何必再向无边之海漂流？"

但沙棠的舟已漂过了，

梦向着欢乐之神微笑。

梦，把白日的世界完全忘了，

低唱着凄紧的夜之恋歌。

沙棠的舟漂啊，漂啊，

漂着在一个忧愁之岛。

那里黑暗的雾四面密布；

阴惨的风长年吹过。

悲哀的人们，把泪咽住在碎裂的心里，

永远听着丧钟敲破。

忧愁之神向着梦招手：

"来啊，织我们的泪珠之罗！

爱的泉是易涸的；花是不长在的；

生命的实在不过是止水的一个波！

听啊！丧钟不是正响着么？

不如来在这阴影里住着！"

但沙棠的舟自己漂过了，

梦向着忧愁之神摇首。

梦，把白日的世界完全忘了，

低唱着凄紧的夜之恋歌。

沙棠的舟漂啊，漂啊，

永远的无留恋的漂着！

但是夜之海要有生命了：

潜鳞逐着波势跳舞；

白鸥带着星光飞掠。

于是晨风吹向夜海，

梦像残星一样没落。

选自《诗》第 1 卷第 2 号（1922 年 2 月 20 日）

孤山听雨

俞平伯

记八月一日之游

云依依的在我们头上，

小桦儿却早懒懒散散地傍着岸了。

小青哟，和靖哟，

且不要萦住游客们底凭吊；

上那放鹤亭边，

看葛岭底晨妆去罢。

苍苍可滴的姿容，

少一个初阳些微晕她。

让我们都去默着，

幽甜到不可说了呢。

晓色更沉沉了，

看云生远山，

听雨来远天，

飒飒的三两点雨，

先打上了荷叶，

一切都从静默中叫醒来。

皱面的湖纹，

半蹙着眉尖样的，

偶然间添了——

花喇喇银珠儿那番迸跳。

是繁弦？是急鼓？

比碎玉声多几分清悄？

凉随着雨生了，

闷因着雷破了，

翠叠的屏风烟雾似的朦胧了。

有湿风到我们底衣襟上，

点点滴滴的哨呀！

来时的划子横在渡头。

好个风风雨雨。

清冷冷的湖面。

看他一领蓑衣，

把没篷子的打鱼船，

划到藕花外去。

雷声殷殷的送着，

雨丝断了，近山绿了：

只留恋的莽苍云气，

正盘旋在西泠以外，

极目的几点螺黛里。

一九二一，八，五，杭州

选自《冬夜》，上海亚东图书馆 1922 年 3 月版

离家

潘漠华

我底衫袖破了，

我母亲坐着替我补缀。

伊针针引着纱线，

却将伊底悲苦也缝了进去。

我底头发太散乱了，

姊姊说这样出外去不大好看，

也要惹人家底讨厌；

伊拿了头梳来替我梳理，

后来却也将伊底悲苦梳了进去

　　我们离家上了旅路，

走到夕阳傍山红的时候，

哥哥说我走得太迟迟了，

将要走不尽预定的行程；

他伸手牵着我走

但他底悲苦

又从他微微颤跳的手掌心传给我了

　　现在，就是碧草红云的现在啊！

离家已有六百多里路。

母亲底悲苦，从衣缝里出来；

姊姊底悲苦，从头发里出来；

哥哥底悲苦，从手掌心里出来；

他们结成一个缜密的悲苦的网，

将我整个网着在那儿了！

　　杭州，一九二二，三，一

　　选自《湖畔》，湖畔诗社 1922 年 3 月版

朝气

康白情

窗纸白了。
镜匣儿亮了。
老头子也起来了；
小孩子也起来了；
娘们儿也起来了。
好云霞呦！
好露水呦！

肩头肩锄头；
背的背背篓；
提的提篓篓——
一伙儿上坡去。

石块儿也搬开了，
乱草也斩尽了，
所有荒芜的都开转来了。
挖上些窝窝，
种下些麦子。

把把的麦花，
蓬蓬的麦子。

看的也有了；

吃的也有了。

1920 年 2 月 4 日，津浦铁路车上

选自《草儿》，上海亚东图书馆 1922 年 3 月版

江南

康白情

一

只是雪不大了，

颜色还染得鲜艳。

赭白的山，

油碧的水，

佛头青的胡豆。

橘儿担着；

驴儿赶着；

蓝袄儿穿着；

板桥儿给他们过着。

二

赤的是枫叶，

黄的是茨叶，

白成一片的是落叶。

坡下一个绿衣绿帽的邮差

撑着一把绿伞——走着。

坡上踞着一个老婆子，

围着一块蓝围腰，

侉侉地吹得柴响。

　　三

柳桩上拴着两条大水牛。

茅屋都铺得不现草色了。

一个很轻巧的老姑娘

端着一个撮箕，

蒙着一张花帕子。

背后十来只小鹅

都张着些红嘴，

跟着她，叫着。

颜色还染得鲜艳，

只是雪不大了。

　　二月四日，津浦铁路车上

　　选自《草儿》，上海亚东图书馆 1922 年 3 月版

凄然

俞平伯

　　今年九月十四日我同长环到苏州，买舟去游寒山寺。虽时值秋半，而因江南阴雨兼旬，故秋意已颇深矣。且是日雨意未消，游者阒然；瞻眺之余，顿感寥廓！人在废殿颓垣间，得闻清钟，尤动凄怆怀恋之思，低回不能自已。夫寒山一荒寺耳，而摇荡性灵至于如此，岂非情缘境生，而境随情感耶？此诗之成，殆吾之结习使然。

那里有寒山！
那里有拾得！
那里去追寻诗人们底魂魄！
只凭着七七八八，廓廓落落，
将倒未倒的破屋，
粘住失意的游踪。
三两番的低回踟躇。

明艳的凤仙花，
喜欢开到荒凉的野寺；
那带路的姑娘，
又想染红她底指甲，
向花丛去掐了一握。
他俩只随随便便的，
似乎就此可以过去了；

但这如何能，在不可聊赖的情怀？

有剥落披离的粉墙，

欹斜宛转的游廊，

蹭蹬的陂陀路，

有风尘色的游人一双。

萧萧条条的树梢头，

迎那西风碎响。

他们可也有悲摇落的心肠？

镗然起了，

嗡然远了，

渐殷然散了；

枫桥镇上底人，

寒山寺里底僧，

九月秋风下痴着的我们，

都跟了沉凝的声音依依荡颤。

是寒山寺底钟么？

是旧时寒山寺底钟声么？

　　　选自《冬夜》，上海亚东图书馆 1922 年 3 月版

花影

冯雪峰

花影瘦在架下，

人影瘦在墙里，

是三月的末日了，

独有个黄莺在枝上鸣着。

西湖，1922，桃花谢时

选自《湖畔》，湖畔诗社 1922 年 3 月版

隐痛

潘漠华

我心底深处，

开着一朵罪恶的花，

从来没有给人看见过，

我日日用忏悔的泪洒伊。

月光满了田野，

我四看寂寥无人，

我捧出那朵花，轻轻地，

给伊浴在月底凄清的光里。

选自《湖畔》，湖畔诗社 1922 年 3 月版

游子

潘漠华

破落的茅舍里，

住着和爱的家

母亲坐在柴堆上缝衣——

　　哥哥摔荡摔荡的手，

　　弟弟沿着桌圈跑的脚，

　　父亲看顾着的微笑：

都缕缕抽出快活的丝来，

穿在母亲缝衣的针上。

浮浪的游子，

在舍前草地上息息力，

徐徐起身抹着泪走过去了。

　　父亲干枯的眼睛，

　　母亲没奈何的满刺的安慰，

　　兄弟姊妹底对哭，

　　那人儿底青布衫：

　　一切，一切在迷漠的记忆里

　　葬着的悲哀的影，

　　都在他深寂，冰冷的心坎里，

滚成明莹的圆珠，

穿在那缝衣妇人底线上。

十二，二，二一，杭州

选自《诗》第 1 卷第 3 号（1922 年 3 月 15 日）

独自

朱自清

白云漫了太阳；

青山环拥着正睡底时候，

牛乳般雾露遮遮掩掩，

像轻纱似的，

幂了新嫁娘底面。

默然在窗儿口，

上不见只鸟儿，

下不见个影儿，

只剩飘飘的清风，

只剩悠悠的远钟。

眼底是靡人间了，

耳根是靡人间了；

故乡的她，独灵迹似的，

蓦蓦然涌上我的心头来了！

二二，二，二二，台州

选自《诗》第 1 卷第 3 号（1922 年 3 月 15 日）

厌憎

郑振铎

在拥挤的车中，

到处见不整齐的灰色兵丁。

我凝视他们的粗率而无知的脸，

宽恕与同情，屡次闪耀在我的心上。

但他们的骚扰与强暴与顽狡的表现，

竟使我全心浸 在极强烈的 厌憎之渊面 不能自拔了。

我究竟是一个偏狭的人呀！

三，六，津浦归途

选自《晨报附刊》（1922 年 3 月 12 日）

竹

刘延陵

几千竿竹子

拥挤地立在一方田里，

碧青的，

鲜绿的，——

这是生命底光，

青春底吻所留的润泽呀。

他们自自在在地随风摇摆着，

轻轻巧巧地互相安慰抚摩着，

各把肩上一片片日光

相与推让移卸着。

这又不是从和谐的生活里，

流出来的无声的音乐么？

选自《诗》第 1 卷第 3 号（1922 年 3 月 15 日）

盆中的蒲花

王统照

盆中的蒲花开了：

颤颤的紫穗，正在风中摇动。

碧润的细叶的影，映在疏疏的帘上，却变成长的淡痕。

放学的童子归来，

扇着满脸的汗珠，

用惊爱与不踌躇的决定的面色，勇猛地摘去一朵。

五月的阳光照着，

可爱的蒲草，也并没一些的嫌恶。

帘痕动处：

跳跃的童子去了，

断了灵魂的蒲花，却委弃在地。

弱的；被遗弃的，并没有一句怨语。

蒲叶仍然的碧绿，

日光仍然的暖丽，

一个小的花苞，又从嫩嫩地根上抽出！

　　　　选自《诗》第 1 卷第 3 号（1922 年 3 月 15 日）

静夜

成仿吾

　　　　一

死一般的静夜！

我好像在空中浮起，

渺渺茫茫的。

我全身的热血，

不住的低声潜跃，

我的四肢微微的战着。

　　　　二

我漂着，

我听见大自然的音乐。

徐徐的，清清的，

我跟着他的音波，

我把他轻轻吻着，

我也飞起轻轻的。

选自《创造季刊》第 1 卷第 1 期（1922 年 3 月 15 日）

天上的市街（十月二十四日夜）

郭沫若

远处的街灯明了，
好像闪着无数的明星。
天上的明星现了，
好像点着无数的街灯。

我想那缥缈的空中，
定然有美丽的街市。
街市上陈列的一些物品，
定然是世上没有的珍奇。

你看，那浅浅的天河，
定然是不甚宽广。
我想那隔河的牛女，
定能够骑着牛儿来往。

我想他们此刻，
定然在天街闲游。
不信。请看那朵流星，

那怕是他们提着灯笼在走。

选自《创造季刊》第 1 卷第 1 期（1922 年 3 月 15 日）

南风——十月十日

郭沫若

南风自海上吹来，
松林中斜标出几株烟霭。
三五白帕蒙头的青衣女人，
殷勤勤地在焚扫针骸。

好幅典雅的画图，
引诱着我的步儿延伫，
令我回想到人类的幼年，
那恬淡无为的泰古。

选自《创造季刊》第 1 卷第 1 期（1922 年 3 月 15 日）

晚泛

王怡庵

（一）

血一样底云霞，

在我面前展开；

金光灿烂的的大江，

在我脚下流动，

两岸的花柳，

都着了淡黄底彩色——

要走了的火球，

美容满面，

在放他最后的光明。

火球走远了

天际底血，也被他吸去了，

江水仍旧的流动，

远远地却泛了些银色。

啊！白玉一样底月轮，

刚在那东林闲步，

却被晚风送到了天中，

好一片的光明哟！

　　　（二）

白玉一样的云霞，

在我面前展开，

水银泛澜的大江，

在我脚下流动，

两岸的花柳，

都着了雪白的银色，

她披了件缟素衣裳，

飘飘飖飖地，

正吐她艳丽的辉光，

我们的船儿，

正望着月轮泛去，

我披襟危坐，

清风拂拂，吹起了我的衣裳，

我的心琴，

正唱着睡眠之歌，

四围底月光，

早把我灵魂融化了！

选自《创造季刊》第 1 卷第 1 期（1922 年 3 月 15 日）

伊远了

陈学乾

我徘徊于鹅黄的菜花中间，

一个蝴蝶飞来，

撞在我底颊上，

惊惶地去了。

过去，

和伊携手，

但伊已远了!

选自《诗》第 1 卷第 3 号（1922 年 3 月 15 日）

微雨中的山游

王统照

当我们正下山来；

槭槭的树声，已在静中响了，

迷濛如飞丝的细雨，也织在淡云之下。

羊声曼长地在山头叫着

拾松子的妇人，也疲倦的回来。

我们行着，只是慢慢地走在碎石的斜坡上面。

看啊!

疏林中春末的翠影，

为将落的日光微耀。

纷披的叶子，被雨丝洗濯着，更见清丽。

四围的大气，都似在雪中浴过。

向回望高塔的铎铃，似乎轻松的摇动，

但是声太弱了，

我们却再听不见它说的甚么。

漫空中如画成的奇丽的景色，

越显得出自然的微妙。

斜飞鲜翼的燕子斜飞地从雨中掠过。

他们也知道春去了吗?

下望啊!
烟雾弥漫的都城已经都埋在暗光布满的云幕里。

羊群已归去了,
拾松子的妇人大约是已回了她的茅屋。
我们也来在山前的平坡里,
听了音乐般的雨中的流泉声,
只恋恋地不忍走去!

选自《诗》第 1 卷第 3 号(1922 年 3 月 15 日)

散后

梁宗岱

幽梦里我和伊并肩默默的伫立,
在月明如洗的园中,
听蔷薇滴着香露,
清月颤着银波。

一九二二,三
选自《晚祷》,商务印书馆 1924 年 12 月版

狂

叶善枝

披散着头发，赤着脚，

在太阳底下高唱：

唱那火山口里喷出来的歌儿。

披散着头发，赤着脚，

在月光底下低吟：

吟那梧桐叶上滴出来的句子。

选自《诗》第 1 卷第 4 号（1922 年 4 月 15 日）

花影

王统照

花影瘦在架下，

人影瘦在墙里，

是三月的末日了，

独有个黄莺在枝上啼着。

选自《诗》第 1 卷第 4 号（1922 年 4 月 15 日）

矛盾

郭绍虞

1

大概自高而下的流水总没有不带玲琮的声音，
但是多少亦挟有泥沙呀！

2

理性在拒的方面指导，
感情在迎的方面沸腾。
矛盾的现象中
忽忽地飞过了"人生之箭"了。

选自《诗》第 1 卷第 4 号（1922 年 4 月 15 日）

归来

陈乃棠

鹅黄的小花，
探头在茸茸的细草之上，

是招蝴蝶归来呀！

选自《诗》第 1 卷第 4 号（1922 年 4 月 15 日）

江边

郭绍虞

云在天上，
人在地上，
影在水上，
影在云上。

选自《诗》第 1 卷第 4 号（1922 年 4 月 15 日）

努力歌

胡适

（《努力周报》的发刊词）

"这种情形是不会长久的。"
朋友，你错了。
除非你和我不许他长久，
他是会长久的。

"这种事要有人做。"
朋友，你又错了。
你应该说，
"我不做，等谁来做？"

天下无不可为的事。
直到你和我——自命好人的——
也都说"不可为"，
那才真是不可为了。

阻力吗？
他是黑暗里的一个鬼；
你大胆走上前去，
他就没有了。

朋友们，
我们唱个努力歌：

　"不怕阻力！
　不怕武力！
　只怕不努力！
　努力！努力！"

　"阻力少了！
　武力倒了！
　中国再造了！

努力！努力！"

选自《晨报附刊》（1922 年 5 月 9 日）

别后

应修人

不要怨这忍不长久的泪儿呀！

只怨相见时的温存，

太温存了。

惘惘地到车站，

强笑着上火车；

去了，

我去了！

背转脸儿来，

看到蜜橘儿在筐里：

这神秘的一霎时呵，

把再也忍不住的泪儿，

暴涌了！

恋别时忍下的泪，

分手时忍下的泪，

并在看到橘儿时，

和盘暴涌了！

谁再为我轻剥橘皮呢？

谁衔橘瓣儿送到我底嘴唇边呢？

哦！更有谁呢，

把手帕儿轻揩我底脸儿呢？

少流些吧，泪儿呵！

没有玉软的手儿熨帖你了！

你也知道伤心吗，

叫你少流些，偏偏愈流愈多了？

唵！

约我荷花开时来，

流不尽的泪儿哟，

请溉在荷花催伊早些开吧！

会面是那样迟迟；

别离又这样匆匆！

六天的相见，

要说是在梦中呢，

怎么别后的凄凉，

谁正正坐在眼前呢？

一九二二，四，六，夜，杭沪车上

选自《晨报附刊》（1922 年 5 月 10 日）

南来诗钞 津浦车中杂诗

胡思永

低低的小山，

落了叶的树林，

红色的小屋宇，

都往后去了，

我却前进了。

长途的旅路，

原是苦事，

只有忍耐着罢。

倚着铁栏假寐，

原是想避免烦嚣，

但不久却真睡着了。

张开了睡眼看看窗外，

除了黑漫漫的，别的什么也看不见了。

十一，一，十四，上午，津浦车中作

选自《努力周报》第 7 期（1922 年 6 月 18 日）

蜜蜂

邓拙园

"蜜蜂儿！"我说，

"飞去又飞来，

为谁作蜜，你太辛苦了！"

"辛苦点儿吧，"蜂说，

"只要蜜作成，

自己吃也好，给人吃也好！"

二二，六，五，北京

选自《晨报附刊》（1922 年 10 月 30 日）

一个惨痛的印象

陈醉云

天气既热，

我得了休息，

就趁暇去看一位朋友。

这位朋友，

是在丝厂里边办事的；

谈了一会儿，

便叫他陪我去参观。

刚踏进了缫丝间，

我的呼吸骤然不畅，

几乎晕倒在地上。

再睁眼看时，

只见一所玻璃屋顶的房子，

挤着几百人在里面工作，

似火般的太阳，

毫无遮蔽地向下直灼；

水锅中热汽

又一阵阵的蒸发；

汗气和腐蛹的臭气，

更占尽空间弥漫着。

有许多女工带来待乳的小孩，

都躺在地上，

张着口，

好像离水的鱼儿，

只有微弱的出气，

而没有进气。

伊们面上身上都水淋淋的，

也不知是汗呢，还是泪？

这种情形，

简直是犯罪而受蒸灼的惨刑，

哪里是什么劳工神圣！

我不忍再看，

也不能再看了；

急忙跑出门外，

精神陡然觉得一快，

好似脱离火坑，

骤进了一个清凉的世界。

我问朋友说：

"这样的酷热，

必定要酿成疾疫，

为什么不暂停几时，给伊们歇歇?"

朋友说：

"可不是么，

听说发痧死的已有好几个！

伊们虽曾要求暂停，

可是厂主连半日也不答应呵！"

唉！

伊们也是有生命的，

也一样的经不起苦痛的；

资本家所不能忍受的，

难道伊们就会忍受么？

唉！

丝缫起来作甚？

不是织绸缎的么？

绸缎，也是民众的必需品么？

绸缎的需要，

难道比生命还要急切么？

唉！

罪过，罪过，

资本主义的灾祸！

　　十一，七，一九，于上海

　　选自《民国日报·平民》第 112 期（1922 年 7 月 22 日）

过伊家门外

汪静之

我冒犯了人们的指谪，

一步一回头地瞟我意中人；

我怎样欣慰而胆寒呵。

　　1922 年 1 月 8 日

　　选自《蕙的风》，上海亚东图书馆 1922 年 8 月版

伊底眼

汪静之

伊底眼是温暖的太阳；

不然，何以伊一望着我，

我受了冻的心就热了呢？

伊底眼是解结的剪刀；

不然，何以伊一瞧着我，

我被镣铐的灵魂就自由了呢？

伊底眼是快乐的钥匙；

不然，何以伊一睐着我，

我就住在乐园里了呢？

伊底眼变成忧愁的引火线了；

不然，何以伊一盯着我，

我就沉溺在愁海里了呢？

一九二二，六，四

选自《蕙的风》，上海亚东图书馆 1922 年 8 月版

诗

徐玉诺

轻轻的捧着那些奇怪的小诗，

慢慢的走入林去；

小鸟们默默的向我点头，

小虫儿向我瞥眼。

我走入更阴森更深密的林中，

暗把那些奇怪东西放在湿漉漉的草上。

看啊，这个林中！

一个个小虫都张出他的面孔来，

一个个小叶都睁开他的眼睛来，

音乐是杂乱的美妙，

树林中，这里，那里，

满满都是奇异的，神秘的诗丝织着。

五，八

选自《将来之花园》，商务印书馆 1922 年 8 月版

海鸥

徐玉诺

世界上自己能够减轻担负的，

再没过海鸥了。

她很能把两翼合起来，

头也缩进在一翅下，

同一块木板似的漂浮在波浪上；

可以一点也不经知觉

——连自己的重量也没有。

每逢太阳出来的时候，

总乘着风飞了飞：

但是随处落下，仍是她的故乡

——没有一点特殊的记忆，

一样是起伏不停的浪。

在这不能记忆的海上，

她吃，且飞，且鸣，且卧

⋯⋯从生一直到死⋯⋯

愚笨的，没有尝过记忆的味道的海鸥呵！

你是宇宙间最自由不过的了。

选自《将来之花园》，商务印书馆 1922 年 8 月版

思念

徐玉诺

呜咽就是思念之声吧；

为什么我思念你时就听见呜咽呢？

思念的味道是酸的吧；

为什么我思念你时心里就有一种酸味呢？

思念的道路是黑暗而且朦胧的吧；

为什么我思念你时就昏昏入睡呢？

我在这黑黝黝而陈旧的记忆上，

做着没目的的旅行。

选自《将来之花园》，商务印书馆 1922 年 8 月版

将来之花园

徐玉诺

我坐在轻松松的草原里，

慢慢地把破布一般折叠着的梦开展；

这就是我的工作呵！

我细细心心地把我心中

更美丽、更新鲜、更适合于我们的花纹，

织在上边；

预备着……后来……

这就是小孩子们的花园！

选自《将来之花园》，商务印书馆 1922 年 8 月版

在黑影中

徐玉诺

假若你在黑暗的夜间，你一个人来到这寂寞而且沉浊的密林里，

那比在光亮里更有趣！

你能听见：

这一个树叶拍着那一个的声响，

蟋蟀的悽楚，

疲倦后的小鸟的密语！

寂寞　　莫名——的美妙哟！

——黑暗的美丽哟！

只有深蓝的点着繁星的天空，从林隙中看出渺渺茫茫的星光。

选自《将来之花园》，商务印书馆 1922 年 8 月版

羞怯的月亮

梁宗岱

圆澄的月亮，

偏给云儿深掩；

羞怯的容颜，

不敢出来相见。

像你温柔和蔼的光，

为什么不清清地大放，

来普照这漫沉沉的世界，

却在流泪的黑云里暗藏？

难道你这清凉皎洁的月，

战不胜那漫天乌黑的云；

只在那朦朦胧胧的影子里，

隐约地向海洋微微地谈心？

还是怕着沉沉地狂色嘲笑，

要把你银白的光吸收了？

像你瑟缩的胆志，羞怯的容颜，

我实在也为你汗颜地羞了！

唉！你既敢向海洋微微地谈心，

为什么不敢把这大地明明地普照？

你有心而不敢实行，

我问你羞呢抑还不羞？

羞！羞！

我望你快快的收藏或大放，

休在迟疑不决，犹豫不进，

要把我也生生地羞死了！

呀！正当我把诗写完时，

她已飘然地清光大放了！

羞怯的月亮可出来了，

但不知她的心却怎么样了？

　　　　　选自《学艺》第 4 卷第 2 号（1922 年 8 月 1 日）

一个小小的要求

吕伯攸

人家案上的瓶花多美丽呵！

我很想照样地供一瓶，

　　也许可以慰我的寂寥。

但是——不必罢！

我每晨六点钟出去工作，

要到天黑了才回家；

　　回来了——可是倦了，

　　一合眼便呼呼地睡着了，

　　即使有了美丽的花，

　　我在什么时候去欣赏伊？

于是，

　　这小小的要求，

　　又完全破产了。

　　一九二二，八，二，上海，民厚里

　　选自《民国日报·平民》第 114 期（1922 年 8 月 5 日）

夏日杂诗四首

何植三

一　晚风

晚风呵！

我心中的烦热，

你也能给我吹去么？

二　明月

明月呵！

世上什么都被你照见了；

我心中的，

你能照见么？

三　蝉噪

太阳愈热，

蝉噪愈繁，

呵！蝉儿也有太阳这般的热呵！

四　荷香

明月夜，

御河畔，

孤坐——纳凉，

阵阵的荷香，

吹出了我心中的爱人了。

一九二二，七月三十一日

选自《晨报附刊》（1922 年 8 月 11 日）

疲倦的青春

石评梅

疲倦的青春啊，

载不完的烦恼，

运不尽的沉痛：

极全身的血肉，

能受住几许的消磨？

天公苦着脸，

把重重叠叠的网都布好了？

奋斗的神拿鞭赶着：

痴呆的人类啊，

他永不能解脱？

缠不清的过去，

猜不透的将来？

一颗心！

他怎样能找个恬静的地方？

凭一时的春，

扶持不住永久的人生；

严厉的风霜逼着，

冷峭的冰雪浸着；

眼看着沉溺在暴风的威权下！

疲倦的青春啊！

你心幕内的繁星闪烁，

蕴藏着温柔之光！

闪耀着爱神的华！

选自《国风日报·学汇》（1922 年 10 月 2 日）

小孩

冯文炳

　　雨后的街道，

泥泞中踏开了容得一个人走过的路。

我挈起衣服从这边低头走去，

不觉迎面撞着一个小孩子。

无意中我的手已经搭在他的肩膀上，

笑道："谁让谁呢？"

选自《努力周报》第 23 期（1922 年 10 月 8 日）

蟋蟀

沈勤成

蟋蟀呀！

你为什么开张了牙，

欺你的同种？

厉开了齿，

侮你的同胞？

你一些儿没有怜爱的心么？

选自《儿童世界（上海 1922）》第 4 卷第 2 期（1922 年 10 月 14 日）

说诗

邓拙园

"兜的上心来

原封儿写出去"，

这就是诗了！

不恁地时，

空间是没边际，

时间是没起讫，

你要寻诗，

却寻向那里？

二二，一〇，二〇，北京

选自《晨报附刊》（1922 年 10 月 30 日）

忆菊

闻一多

　　　　重阳前一日作

插在长颈的虾青瓷的瓶里，

六方的水晶瓶里的菊花，

钻在紫藤仙姑篮里的菊花；

守着酒壶的菊花，

陪着螯盏的菊花；

未放，将放，半放，盛放的菊花。

镶着金边的绛色的鸡爪菊；

粉红色的碎瓣的绣球菊！

懒慵慵的江西腊哟；

倒挂着一饼蜂窠似的黄心，

仿佛是朵紫的向日葵呢。

长瓣抱心，密瓣平顶的菊花；

柔艳的尖瓣钻蕊的白菊

如同美人底拳着的手爪，

拳心里攫着一撮儿金粟。

檐前，阶下，篱畔，圃心底菊花：
霭霭的淡烟笼着的菊花，
丝丝的疏雨洗着的菊花，——
金底黄，玉底白，春酿底绿，秋山底紫，……

剪秋萝似的小红菊花儿；
从鹅绒到古铜色的黄菊；
带紫茎的微绿色的"真菊"
是些小小的玉管儿缀成的，
为的是好让小花神儿
夜里偷去当了笙儿吹着。

大似牡丹的菊王到底奢豪些，
他的枣红色的瓣儿，铠甲似的，
张张都装上银白的里子了；
星星似的小菊花蕾儿
还拥着褐色的萼被睡着觉呢。

啊！自然美底总收成啊！
我们祖国之秋底杰作啊！
啊！东方底花，骚人逸士底花呀！
那东方底诗魂陶元亮
不是你的灵魂底化身罢？
那祖国底登高饮酒的重九

不又是你诞生底吉辰吗？

你不像这里的热欲的蔷薇，

那微贱的紫罗兰更比不上你。

你是有历史，有风俗的花。

啊！四千年的华胄底名花呀！

你有高超的历史，你有逸雅的风俗！

啊！诗人底花呀！我想起你，

我的心也开成顷刻之花

灿烂的如同你的一样；

我想起你同我的家乡，

我们的庄严灿烂的祖国，

我的希望之花又开得同你一样。

习习的秋风啊！吹着，吹着！

我要赞美我祖国底花！

我要赞美我如花的祖国！

请将我的字吹成一簇鲜花，

金底黄，玉底白，春酿底绿，秋山底紫，

……

然后又统统吹散，吹得落英缤纷，

弥漫了高天，铺遍了大地！

秋风啊！习习的秋风啊！

我要赞美我祖国底花！

我要赞美我如花的祖国！

一九二二，一〇

选自《红烛》，泰东图书局 1923 年 9 月 7 日版

故乡

刘梦苇

故乡虽好，

但我不愿归去——

因为母亲已不在那儿了！

选自《妇女杂志（上海）》第 8 卷第 11 号（1922 年 11 月 1 日）

惨淡的民生

黄运初

惨淡的民生！

在云里映出中国的社会状况。

有的没了父母；

有的没了兄弟；

有的没了妻子；

有的没了财产；

有的没了职业；

遍野的哀鸿，

没一处现出天真的乐趣；

没一处现出自然的快乐。

强悍的军阀；

阴险的政客，

把民生弄得不似样子，

养成了多少伤春客；

造成了几许厌世派。

惨淡的民生！

罩着中国的社会生活，

甚时候方才撒手？

选自《学生》第 9 卷第 11 号（1922 年 11 月 5 日）

秋夜

黄运初

秋夜底月光儿亮了；

树头底蝉歌儿唱了。

很明白的月光；

很清亮的歌声。

把小孩子们打断了读书的兴趣。

去呀！

我们去领略一下自然的景色；

我们去领略一下自然的音韵。

看看月光儿，

听听蝉歌儿；

不要辜负这大好的秋夜。

选自《学生》第 9 卷第 11 号（1922 年 11 月 5 日）

祷告

胡思永

我用我满腔的怨愤，

强设那空中有那万能的上帝，

每当我闲暇无事的时候，

我常虔诚的向他祷告着。

我的眼不看便罢了，

凡我的眼所看见的，

都是些沉脸和冷笑，

主呀！请瞎了我的双眼罢！

我的耳不听便罢了，

凡我的耳所听见的，

都是些讥讽和恶骂，

主呀！请聋了我的两耳罢！

我闭门深居简出了，

但风又时从窗外吹来，

带来恶臭和血腥，

主呀！请塞了我的鼻子罢！

虽残废了我的眼耳鼻子，

但我心还感觉到迷离惶乱，

还感觉到孤愤与悲哀，

主呀！请把我的心也闭了罢！

倘如以上的要求都不能做到呢，

万能的上帝！

那么请给我以伟大的权力，

让我把这世界打得粉碎！

十一，八，二十，天津

选自《努力周报》第 28 期（1922 年 11 月 12 日）

小河

朱湘

白云是我的家乡，

松盖是我的房檐。

父母，在地下，我与兄姊

并流入辽远的平原。

我流过宽白的沙滩，

过竹桥有肩锄的农人；

我流过俯岩的面下，

他听我弹幽涧的石琴。

有时我流的很慢，

那时我明镜不殊；

轻舟是桃色的游云，

舟子是披蓑的小鱼。

有时我流的很快，

那时我高兴的低歌；

人听到我走珠的吟声，

人看见我起伏的胸波。

我掀开雾织的白被，

我披起红縠的衣服；

有时过一息早风，

纱衣玳帘般闪光。

烈日下我不怕燥热：

我头上是柳阴的青帷；

旷野里我不愁寂寞：

我耳边是黄莺的歌吹。

我有时梦里上天，

伴着月姊的寂寥；
伊有水晶般素心
吸我沸沫的爱潮。

草妹低下头微说：
"风姊送珠衣来了。"
两岸上林语，花吟，
赞我衣服的美好。

为什么苇姊矮了？
伊低身告诉我春归。
有甚么我可以报答？
赠伊件嫩绿的新衣。

长柳丝扇着荷风，
绿纱上我偷窥云天：
蓝澄澄海不生波，
飘过突兀的冰山。

西风里燕哥匆别，
来生约止不住柳姊的凋丧；
稀朗朗几根灰发，
云鬓？我给伊送去了南方。

我流过四季，累了，
我的朋友们又都已凋残，

慈爱的地母怜我，

伊怀里我拥着絮安眠。

选自《清华周刊·文艺增刊》第 1 期（1922 年 11 月 24 日）

太阳吟

闻一多

太阳啊，刺得我心痛的太阳！

又逼走了游子底二出还乡梦，

又加他十二个时辰底九曲回肠！

太阳啊，火一样烧着的太阳！

烘干了小草尖头底露水，

可也烘得干游子底冷泪盈眶？

太阳啊，六龙骖驾的太阳！

省得我受这一天天底缓刑，

就把五年当一天跑完，又与你何妨？

太阳啊——神速的金乌——太阳！

让我骑着你每日绕行地球一周，

也便能天天望见一次家乡！

太阳啊，楼角新升的太阳！

不是刚从我们东方来的吗？

我的家乡此刻可都依然无恙？

太阳啊，我家乡来的太阳！

北京城里的官柳裹上一身秋了罢？

唉！我也憔悴得同深秋一样！

太阳啊，奔波不息的太阳！

你也好像无家可归似的呢；

啊！你我的身世一样地不堪设想！

太阳啊，自强不息的太阳！

大宇宙许就是你的家乡罢？

可能指示我我的家乡底方向？

太阳啊，这不像我的山川，太阳！

这里的风云另带一般惨色，

这里鸟儿唱的调子格外凄凉！

太阳啊，生命之火底太阳！

但谁不知你是球东半底情热，

谁不知又同时是球西半底智光？

太阳啊，也是我家乡底太阳！

此刻我回不了我往日的家乡，

就认你为家乡也就得失相偿。

太阳啊，慈光普照底太阳！

往后我看见你时就当回家一次；

我的家乡不在地下乃在天上！

选自《清华周刊·文艺增刊》第 1 期（1922 年 11 月 24 日）

黑夜纳凉

朱湘

可惜我不是少女，

辜负了轻风花香织成的面纱。

选自《清华周刊·文艺增刊》第 1 期（1922 年 11 月 24 日）

知心

洪为法

知心何有？

谁说天涯？

我便走遍天涯！

走啊！走啊！

我便走遍天涯。

我便走遍天涯。

可是倦了归来，

知心何有？

知心何有？

酒啊！酒啊！

我问宇宙，

知心何有，

一切何有？

丑啊！丑啊！

醉了吧！醉了吧！

宇宙！宇宙！

你我都是丑！

吼啊！吼啊！

一一，六，一〇

选自《创造季刊》第 1 卷第 3 期（1922 年 11 月 25 日）

诗境

王怡庵

静静地琴泉，

隐隐地箫声，

寂寞地——

清——冷！

选自《创造季刊》第 1 卷第 3 期（1922 年 11 月 25 日）

仰望

郭沫若

污浊的上海市头，
干净的存在
只有那青青的天海！

污浊了的我的灵魂！
你看那天海中银涛，
流逝得那么愉快！

一只白色的海鸥飞来了。
污浊了的我的灵魂！
你乘着它的翅儿飞去吧！

选自《创造季刊》第 1 卷第 3 期（1922 年 11 月 25 日）

幸而

梁实秋

幸而我是一只孤雁啊！——
误投进弋者的网罩，
做了情人们婚前的贽礼。

幸而我是一片枯叶啊！——
黏在樵夫的草鞋底，
带我走进山里去

幸而我又是一个恶魔啊！——
乘我熟睡了的时候，
缢死我自己的活尸。

选自《清华周刊·文艺增刊》第 2 期（1922 年 12 月 22 日）

玄思

闻一多

在黄昏底沉默里，
从我这荒凉的脑子里，
常迸出些古怪的思想，

不伦不类的思想；

仿佛从一座古寺前的
尘封雨渍的钟楼里，
飞出一阵猜怯的蝙蝠，
非禽非兽的小怪物。

同野心的蝙蝠一样，
我的思想不肯只爬在地上，
却老在天空里兜圈子，——
圆的扁的种种的圈子。

在黄昏的沉默里，
我这荒凉的脑子里
常飞出些古怪的思想，
仿佛同些蝙蝠一样

选自《清华周刊·文艺增刊》第 2 期（1922 年 12 月 22 日）

黄昏

田汉

原之头
　屋之角
　　林之间

尘非尘
　雾非雾
　　烟非烟

晚风儿
　吹野树
　　低声泣
四野里
　草虫儿
　　唧唧唧

恋人啊
　试为我
　　唱新词
——小声儿
　　如空隙
　　　的游丝——

"私语啊
　银灰的
　　星光底
安眠啊
　溜圆的
　　露珠里"

选自《江户之春》1922 年版

1923^年

途遇

梁宗岱

　　我不能忘记那一天。

　　夕阳在山，轻风微漾。

幽竹在暮霭里掩映着。

黄蝉花的香气在梦境般的

黄昏的沉默里浸着。

　　独自徜徉在夹道上。

伊姗姗的走过来。

竹影萧疏中，

我们互相认识了。

伊低头赧然微笑地走过，

我也低头赧然微笑地走过

一再回顾的，——去了。

　　在那一刹那里，——

直到如今犹觉着，——

心弦感着了如梦的

沉默，羞怯，与微笑的颤动。

　　十，二八，一九二二，于广州

　　选自《小说月报》第 14 卷第 1 期（1923 年 1 月 10 日）

幻象

赵景深

狭街

是到了古犹太的市街，
狭隘得只容一人经过；
而两壁高高的楼，
又歪歪斜斜的倾侧着，
想要跑下去；
壁上剥落的斑纹，
更使人追忆到荒寂的古时。

妇人

是圣马利亚
穿着深蓝的长袍，
戴着紫色的斗篷，
很沉静的一步一步的走着，
穆穆的态度显在伊的脸上，
圆的光辉照在伊的头上。

一九二二，一二，二二

选自《晨报附刊》（1923 年 1 月 19 日）

我要走了

章洪熙

我是一个可怜的乞丐，
　　托着钵子，
　　站在人家的门前。
　　费了几许的软语温言，
　　只讨得半碗冷面。
　　　太太们的谩骂，
　　　小姐们的讥笑，
　　　奴仆的骄傲样子。
你受了人们的侮谩也够了！
　　把讨厌的钵子丢了，
我要走了！

我是一个困苦的车夫，
　　拉着洋车，
整日的东走西跑。
　　我冒着寒风，
　　呼吸着灰尘，
　　不希望多得些金钱
　　只希望坐车的人儿，
　　给我一个感谢的微笑。
但是我可失望了！
　　人们用怨恨代替了感谢，

　用谩骂代替了微笑。
世界原是这样冷酷而且无情呵！
　把讨厌的车子丢了，
我要走了！

回首十八年前，
坐在妈妈的怀里的时候：
妈妈温和地喊我"亲爱的宝宝"，
带着甜美的微笑，
亲亲热热的和他接吻。
娇小的我，
那时是怎样欢欣而且感谢呵！
但愿人们都像妈妈一般的爱我罢。
我的心儿到如今还是这么希望着。
只是像妈妈一般的人儿在那里呢？
　我点着灯笼日夜的找着。
那戴着蓝帽的小姑娘，
也像我的妈妈一般的可爱呵！
我低着头叫声"妈妈"，
她却惊恐而且含羞的跑了。
谁能把人们隔膜的心除去呢？
　生命不过是无聊而且痛苦的把戏罢！
　　把讨厌的生命丢了，
我要走了！

　一，七，夜
　选自《晨报附刊》（1923 年 2 月 1 日）

微细的回音

石评梅

十一月二十四号敝校请爱罗先珂讲演"女子与其使命"一题，我觉得他温和的态度，诚恳的呼声：使我心中反应出一种微细的回音，我不愿摧残我一时的心潮，写出以博我心灵的安慰！

月色迷蒙：
一层淡红的幕纱罩着；
她拖着雪色的披纱，俯着头，
伏在荒芜黑暗的花园里祈祷着！
她的泪洒活了自由花！

她仰起头啊！望着碧苍的天，
隐隐微细的呼声
欲唤醒沉沉数千年的同胞，
和恶魔奋斗！

她说：
　"朋友呵！
　在荒芜纷靡的花园内；
　荆棘布满的小径里；
　鹰搭了巢！蜂做了窝！
　我们的生命是怎样痛苦啊？

呻吟在地狱生活的同胞！胜利的魔鬼狞笑！

朋友呵！
在黑云阴霾的夜里，
灿烂的繁星，
构成了光明的烛球，
照着那美丽的花园。
朋友呵！
拿你的血泪去改造粉饰那荒芜的花园。

朋友呵！
假如你遇见些活泼安琪儿：
你怎样安慰她呵？怎样导引她呵？
我相信宇宙间，是快乐欢欣的，
是我把上帝的心，告诉我可爱的人。

朋友呵！
记着！
在小朋友烂漫天真的灵魂里；
告诉他
"世界是我的摇篮，人类是我的母亲。"

朋友呵！
记着！
在小朋友洁白无尘的脑海中；
你指引着：

航着生命之楫，

摇着幸福之橹，

在波涛汹涌的生命流中：

燃两枝爱真理爱自由的红灯——照着——前途

　　的成功建设！

　　　　选自《晨报附刊》（1923 年 2 月 27 日）

一滴泪

刘绍先

她对着我默默不言，

只把她的伶俐的眼儿，

闪闪地红着；

滴出了一滴透明而温和的泪珠，

沁入了我的心头。

阿哟！怎么这般的甜香呀！

我的亲爱的女郎！

我轻脆的生命，

还不是借着你爱的泪珠的慰留？

　　　　选自《妇女杂志（上海）》第 9 卷第 3 期（1923 年 3 月 1 日）

我母亲的故事

徐雉

我每逢吃鱼的时候，
　一缕酸意便牵动我的心念，
如梦的幻景，
一刹那间，
展示在盛鱼的碟子上了：
　　　　在一间轩敞净明的客厅里，
　　　　父亲和两个异母所生的姊姊，
　　　　一块儿吃着饭。
　　　　母亲呢，
　　　　却在厨房里和佣妇同桌。
　　　　佣妇想讨姊姊们的好，
　　　　把一碟生虫的腌鱼，
　　　　摆在母亲面前；
　　　　母亲吃了几筷鱼，
　　　　从已瞎了一只的双眼里；
　　　　忍不住滚下几颗泪珠来。
　　　　但父亲不经意的笑声，
　　　　姊姊们朗朗的笑声，
　　　　和佣妇冷酷的讥刺声，
　　　　把母亲的哭声轻轻地掩过了！

我每次上楼梯的时候，

　一缕酸意便又刺到我的心里，

　一件不能忘却的事实，

电影一般地，

纷纷映演在梯子上了：

　　　母亲站在一座楼梯下，

　　　她那时正害重病。

　　　她实在撑不住了，

　　　想抱着我——那时我只三岁——

　　　同上楼去睡觉；

　　　但她痉挛着的那双手，

　　　那里抱得我起？

　　　也没有人走过来帮她的忙！

　　　最后她似乎想到了什么了。

　　　她把系在我腰间的带，

　　　紧紧地衔在她嘴里，

　　　她左手托着我的身体，

　　　右手扶着栏杆，

　　　便这样一步一级地，

　　　把我曳上去了。

一九二二，十，二七，于东吴大学

选自《妇女杂志（上海）》第 9 卷第 3 期（1923 年 3 月 1 日）

弥洒临凡曲

胡山源

黑沉沉的长夜里，

吼起了冷酷似尖刀的北风；

天地间充满了离未罔两，

猛兽毒虫；

春光吓了忘去伊的明媚；

夏木败了失去他的葱茏；

青山盖着白雪；

流水凝成坚冰；

一年四季隆冬！

于是 Musai 们偶然来了；

飘着流云飞霞的轻裾，

系着明星亮月的宝带，

执着和鸾鸣凤的乐器，

翩跹回翔的舞着，

宛转抑扬的唱着：

"我们乃是艺文之神；

我们不知自己何自而生，

也不知何为而生：

我们唱；

我们舞；

我们吟；

我们写；

我们吹；

我们弹；

我们把一切作为只知顺着我们的 Inspiration！"

北风渐息了！

冰雪渐融了！

伊们更努力的唱着：

"你们赠我月桂冠，

欢迎！

荆刺冕，

欢迎！

宝贵的黄金，

残破的砂砾，

一视同仁！

我们无所求，无所冀；

不识名，不识利；

我们一切作为，只知顺着我们的 Inspiration！"

终于光明来了；

假道学面孔的隆冬，偷偷的避去；

含情的春色，摇曳生姿，布满了人间；

恶形的厌物，化成飞灰——甚至灰也没有；

花啊，鸟啊，

诗情啊，乐音啊，

簇拥着 Musai 们，

在旧的世界上，成了另一个新的世界；

大家同声唱着：

"我们一切作为，只知顺着我们的 Inspiration！"

一九二二，一二，一五

选自《弥洒月刊》第 1 期（1923 年 3 月 15 日）

饮酒

周作人

你有酒么？

你有松香一般的粘酒，

有橄榄油似的软酒么？

我喝的几乎恶心，

喝的将要瞌睡了，

我总是口渴：

喝的只有那无味的凉水。

你有酒么？

你有恋爱的鲜红的酒，

有憎恶的墨黑的酒么？

那是上好的酒。

只怕是，——我的心老了钝了，

喝着上好的酒，

也只如喝那无味的白水。

　　　一九二三年三月十二日

　　　选自《晨报附刊》（1923 年 3 月 17 日）

流星

邓均吾

我何等艳羡你，

皎皎的流星！

纵然是一刹那间

你便化为烈焰而消殒，

你总是这般地美丽晶莹！

你是诗人的灵感；

你是圣哲的精英。

你在这永恒的宇宙中，

是幻灭而亦永存！

我何等艳羡你，

皎皎的流星！

在碧玉般的圆空中

你划了一道璀璨的银痕——

哦，那是你艺术的象征？

　　　选自《浅草》第 1 卷第 1 期（1923 年 3 月 25 日）

月下待杜鹃不来

徐志摩

看一回凝静的桥影，
数一数螺细的波纹，
我倚暖了石阑的青苔，
青苔凉透了我的心坎；

月儿，你休学新娘羞，
把锦被掩盖你光艳首，
你昨宵也在此勾留，
可听她允许今夜来否？

听远村寺塔的钟声，
像梦里的轻涛吐复收，
省心海念潮的涨歇，
依稀漂泊踉跄的孤舟；

水粼粼，夜冥冥，思悠悠，
何处是我恋的多情友？
风飕飕，柳飘飘，榆钱斗斗，
令人长忆伤春的歌喉。

选自《时事新报·学灯》第 5 卷第 3 册第 23 号（1923 年 3 月 29 日）

我和她

何心冷

四年前的我，

也不知道可曾遇见过她

即使蓦地遇见了，

不过彼此看上一眼吧，

一些儿也不经意。

她径自向东，

我径自向西；

她不愿理我，

我又何尝一定要去睬她？

三年前的我，

从无意中认识了她：

只瞧见她那和蔼的面庞，

活泼的神情，

便使我敬慕得五体投地。

我向她说话吧？

却不知道从那里说起？

但是我猜度她的心里，

却似乎也并不嫌弃。

只是我羞答答的，

至多谈上一句两句；

深恐怕多说了话，

要唐突了神圣的她。

两年前的我，

渐渐的和她熟了。

天真的她，

见了我当时带着微笑。

在我的心里，

可极愿和她做个朋友；

只是摸不着她的心眼，

恐怕她要着恼，

有时话到舌尖，

想了想，

依旧向肚里咽了。

我只是为她倾倒，

可不管她是知道不知道？

一年前的我，

总算是和她说得投机，

只觌面时那敢多说，

怕的是人家搬弄是非，

但是我始终感谢她的厚意；

最难忘是尝试豆子滋味。

她有心也罢，

无心也罢，

我只是至至诚诚，

将她嵌在我的心里。

愿拼了我猩红沸热的血心，

永远的供献给她。

如今的我，

只怕她不睬我了。

如今的我，

只怕她不理我了。

将恋爱之丝，

紧紧的缝住了我的心隙，

生怕她去了。

将恋爱之丝，

紧紧的系住了她的心头，

生怕她飞了。

我拼了我的灵魂，心血，

我舍了我的幸福，生趣，

一股脑儿都交给她了。

她经过几次的思量，

最后伸出了双手接了！

我是四年前的我，

她也是四年前的她，

只是起初那两颗黏不拢的心，

到如今却也如胶似漆，

要分离也难以分离。

有人要惊奇吧？

没什么惊奇。

有人要猜疑吧?

用不着猜疑。

这就是古往今来人生参不透的爱之神秘!

一一，一一，五，上海

选自《妇女杂志（上海）》第 9 卷第 4 期（1923 年 4 月 1 日）

晚

焦菊隐

天晚了，美丽的云不住地跳舞;

太阳还涎着脸儿偷看呢!

选自《妇女杂志（上海）》第 9 卷第 4 号（1923 年 4 月 1 日）

花儿

焦菊隐

垂萎的花儿，

见了雨便笑得挺不起腰来。

太阳来了，

她们又愁苦着脸儿了!

选自《妇女杂志（上海）》第 9 卷第 4 号（1923 年 4 月 1 日）

银灰色的月

王任叔

（一）

一片皎洁的青天，
嵌着水晶的圆珰。
冬青树下，
只个我依傍！
人间的凄凉，
我的凄凉呵！

（二）

影呀！随我已几多年岁了！
过去的年华，逝如流水！
未来的生命，又如蝉翅易碎！
影呀！怕你哭也无泪！

（三）

兄弟们呀！
只要苍天能继续我们的生命，
我们虽在困苦的饿乡中，

辗转生存，

那也不要紧！

这片刻的甜蜜的酣睡，

便是我们的安慰！

（四）

更声似乎起来了，

微弱而幽隐。

唉，便是我醒了的人吧，

仍然如未闻。

（五）

深夜中，

正堪深思！

狐呀狐呀

你又想到了几多亡国的狡计？

（六）

一场春梦，

觉来仍是凄凉秋景！

中国的少年呀！

少年的中国呀！

几多希望

逐着圈一圈的烟尘

而入于渺渺的苍冥中了！

（七）

亲爱的父老们！

莫梦着恶鬼的狰狞

而惊醒吧！

夜影过时

你只要眼儿仅仅的一睁，

将有多少狡鬼呢？

（八）

呀！母亲！

我现在又想到你了……

寒气深深

祝你平安的睡着！

什么也不要为你的儿子萦心！

（九）

夜的世界的狗声呵！

（以上为一二，二夜做）

（十）

窈窈的苍天！

你给予我的礼物是什么？

地母给予我的，

一具棺材的处所，

几朵沾露的花草。

你，你，你呀！

（十一）

到处找不到一个……为什么……

只妇人们的一个笑声，

只生活车夫的一个叹声，

只小孩们一个哭声，

只小犬们一个吠声，

到处找不到呵！

一个"为什么"的解答者！

（十二）

啊啊！风啊！雨啊！

该诅咒的！

一朵朵的人民的

希望之花，正梦想开出

平和，自由，平等的光彩来呀！

现在现在，

一阵的风来，一阵的雨来，

希望之花

多翩翩地蝴蝶样飞翻而凋零了！

多片片地碎碌般散布而腐酸了！

中国的花园的凄凉秋景，

怕也不会有白雪来遮盖了吧！

啊！啊！风啊！雨啊！

（十三）

啊！啊！月呀！太阳呀！

酸腐的希望之花，

还想着还期待着，

你，你，你们最后的照临与祝福！

快出来呀！

不然他们也将化作朝气，

湖上山顶

期待你们最后的亲吻呵！

啊！啊！月呀！太阳呀！

（十四）

自从那白天把黑夜赶跑，

我们把屈下的头掀高了！

我们用热腾地在沸的血，

和满诚地颤跳着悦乐的心，

期望那太阳出来！

但是太阳终不出来呀！

只是东山头上的白雾迷迷，

西山顶上的黑云游移，

尔起我落的涛声在响，

彼接此应的风声在起，

啊啊！白昼的黑夜呀！

黑夜的白昼呀！

我为你心痛难言了！

选自《小说月报》第 14 卷第 4 号（1923 年 4 月 10 日）

淡霞

杨鸿杰

死寂的天空，

萧疏的林梢，

静止着一抹乳黄的淡霞——

满贮着生命之力……

选自《小说月报》第 14 卷第 4 号（1923 年 4 月 10 日）

失恋

徐雉

鸟儿栖息在树枝上；
树儿倒了，
它便去巢人家的栋梁。
但是，亲爱的姑娘，请告诉我：
假使栋梁也折了，
又叫他飞到何方？

鱼儿游泳在小河里，
河水枯了，
它便漂到汪洋的海里。
但是，亲爱的姑娘！请告诉我：
假使海水也干了，
又叫他向那里找安身之地？

我年轻的时候，
我的心紧紧地系在母亲身上。
母亲死了，
我闲空的心便到处流浪！
后来碰着了一位美丽的姑娘，
便把她缠住了。
但是，亲爱的姑娘！请告诉我：

假使你不爱我，

我的心更向何处去归宿？

1922 年 10 月 9 日于东吴大学

选自《诗》第 2 卷第 8 号（1923 年 4 月 15 日）

眼光的流痛

王统照

我愿依偎着你的发畔，

永远嗅得甜润的香，

我便不向人生之网中乱撞了。

我愿常听见你的言语，

如音乐般的调谐，

我便不愿去听那空山的流泉。

但被你湿润的眼光向我无告般地注视时，

我便觉得情愿到人生之网中去冲撞去；

情愿在空山中寂寞地去听流泉。

眼光的流痛！

使我要抛弃一切了！

十一，五月

选自《诗》第 2 卷第 1 号（1923 年 4 月 15 日）

秋意

赵景深

月亮将回家的时候，
我正在迷离惝恍的睡着，
似乎袭来一阵寒气
将我从甜梦中唤醒。
是秋姊姊来了么？
把被儿搭上些儿罢！

现在梦神又将香花洒我了，
我不由自主的又想睡了；
秋姊姊，请你不要恼我。

一九二二，九，六
选自《诗》第 2 卷第 1 号（1923 年 4 月 15 日）

碧海

赵祖康

（一）

我的眼是诗的眼了，

我的心是诗的心了，

我全身脉管里所奔流的，

是碧绿的海水渗着的

赤热的诗的血了！

（二）

望着淡蓝色的雪后的天，

一块一块的水云浮着；

看着浓绿色的海水之波，

一阵一阵的送到我脚下；

远眺那隐隐的，海边天际，

银冠素袍的雪山；

更四顾那丛丛的小松，

翠袖青衫的立着。

一边是弦平矢直；白如面粉的沙滩，

一边是虎踞狮蹲，崔嵬，苍黄的岩石。

诗神啊！

这都是完美的伟大的自然

所描写的诗句吧！——完美呵，伟大！

（三）

还在我脚下的——山海关"南海"边，

埋胫没踵，絮被般的沙滩；

还在我耳里的——秦皇岛码头上，

崩腾澎湃，吼人似的潮浪；

印在我眼底的——吴淞口外，

八九点雪白的海鸥映衬着的黄浊的水色；

留在我心头的——西子湖畔，

数十叶轻灵的小舫，荡漾着的美妙的湖光。

别了罢，"吴淞"，"南海"，

　　　　　"西子"，"秦皇"，

漪涟成小波，妩媚令人心醉，

汹涌成大浪，激昂使我神扬，

翡翠般绿，晶莹般洁的青岛之海，

才是你海国之女王！

（四）

我热爱的青岛之海啊！

我有诗的眼，

我有诗的心，

我有诗的血，

我可没有诗的笔呀！

我的眼睇你，

我的笔可不能把你的碧波，印进我的瞳子里；

我的心恋你，

我的笔可不能把你的素波，卷入我的心房里；

我的血奔赴着你，

我的笔可不能把你的绿波，和他的热流，融合在一起。

流云为使，

远山为媒，

指青天以为誓，

借沙渚以为茵，

我热爱的青岛之碧海啊！

我将投我的拙笔，倾我的身心，

同你拦腰一抱吧！

十二年三月十一日录于青岛

选自《弥洒月刊》第 2 期（1923 年 4 月 15 日）

白羽

胡山源

洁白的海鸥飞过我的头上，

当我寂坐在沙滩的时候。

伊先后飘给我两片白羽，

因我向伊招招手。

伊就此去了，

更无消息，从今以后！

这件事情，

除伊和我，

没有第三者看清。

海鸥呀，你好似白鹤，

伊是我已归天家的旧伴侣。

你当然无心的，

——不过留下白羽两片——

引起我思绪如许。

白羽呀，

你是何等光华纯洁

美妙温柔。

送你来的已去了，

不幸你在此勾留；

送你来的已去了，

不幸你寡侣少俦。

我用香花供奉你，

你愿意否？

我用胸怀掩护你，

你愿意否？

白羽呀，

你是我唯一的安慰！

可是，白羽呀，

天地要废灭的；

日月要消歇的；

一切物质都要毁绝的；

那时你只有个性，

送你给我的也只有个性，

我和我的白鹤也都只有个性，——

大家都属于灵。

愿我们的灵，

拨开太空的渺溟，

扬着光风的轻清，

会遇着你的灵和伊的灵；

请你做个见证，

由我做个介绍人，

大家永永的彼此融合，

互相氤氲！

白羽呀，不可知的海鸥呀，

恕我已是如此希望；

恕我只能如此希望！

这个意思，

除我自己，

没有第二人得知。

　　十二，三，二十八，上海

　　选自《弥洒月刊》第 2 期（1923 年 4 月 15 日）

一封信

维周

推不去层层的痛苦，

解不开重重的烦闷。
是谁使我们如此？
你和我都无须追问。——
一年前我们原不相识，
只怨那一封信。

我们隔日一次聚会，
默无言里得了多少安慰。
但一念及将来我们便悲伤了，
我们相爱的日子要不久长了。

我已有了妻子，
你已订了丈夫；
想到不可免的分离，
只有呜呜咽咽地痛哭！

我如何能不爱你？
但我又如何敢于爱你？
怕我现在的爱你，
结局终于是害你。

你赠我那件东西，
我全了解你底情意：
我底心头微微地颤着，
暂且含泪把他收起。

你底一切都告诉我了，

你说你底心得了慰安了；

你的意思我都明白，

但这更使我为难了！

无情的春风，

吹开了我们底爱的花朵；

偏偏人间的撒旦，

终于要隔开你和我。

使我们生分的高墙，

我没有勇气把他打破；

是过渡底桥上应受的牺牲，

却也难抱怨是谁底罪过。

说这原是该的：

我惟有低头承认这个。

我既不敢爱你，

我更怕你爱我，

你也不必太难错了，

我们只悔最初的一封信错了！

四月，十三日，夜分

选自《晨报附刊》（1923 年 4 月 23 日）

春水

冰心

三三

墙角的花！
你孤芳自赏时，
天地便小了。

六四

婴儿，
在他颤动的啼声中
　有无限神秘的言语，
从最初的灵魂里带来
要告诉世界。

一八一

别了——
　春水！
感谢你一春潺潺的细流，
　带去我许多意绪。

向你挥手了

　缓缓地流到人间去罢！

　我要坐在泉源边，

　静听回响。

　　　　选自《春水》，新潮社 1923 年 5 月版

还是

朱枕薪

"天寒不如天热；"

天热的时候，

我又要说，

"天热还是天寒好。"

"生离不如死别，"

死别的时候，

我又要说，

"死别还是生离好。"

　　　　选自《小说月报》第 14 卷第 5 号（1923 年 5 月 1 日）

风

陈乃棠

风来时，

我立在风前；

风去了，

我落在风后。

朋友，

你见过临风而去的人吗？

选自《学生杂志》第 10 卷第 5 期（1923 年 5 月 5 日）

自失

张拾遗

我和你都是漂泊者，

引人入梦底相思哟！

鸣着地小鸟；

开着地小花；

你们的生命浪漫呵！

选自《草堂》1923 年第 3 期（1923 年 5 月 5 日）

我的诗歌

徐玉诺

我无心的穿过密密的树林，

经过一个小小的村庄的前面，

小鸟和人类格外的亲密着：

　我的诗是不写了！——

因为荡漾在额上的微笑是无限的；

　歌是不唱了！——

因为无声的音乐是永久的。

选自《小说月报》第 14 卷第 5 号（1923 年 5 月 10 日）

云与月

郑振铎

　我若是白云呀，我爱，

我便要每天的早晨，在洒满金光的天空，

从远远的青山，浮游到你的门前。

当你提了书囊出门时，

我便要随了你，投我的阴影在你身，为你遮着日光了。

　我若是小鸟呀，我爱，

我早已鼓翼飞到你的窗前，

当黄昏时，停在梨树的枝头，

看着你在微光里一针一针的缝你的丝裳。

只要你停针，抬头外望，

我便要唱歌，一只爱的歌，给你听了。

　　我若是月光呀，我爱，

我便当高高的挂在中天，

用我的千万只眼，照进白纱的帷帘，

窥望着你在甜蜜的眠着。

只要你的身向外转侧，

我便要在你的前额，不使你警觉，轻轻的密吻着了。

　　一九二三，四，二九，夜

　　选自《诗》第 2 卷第 2 期（1923 年 5 月 15 日）

割舍

钱江春

青青的小虫，

爬在淡黄的花萼上，

我为花的缘故，

一举手，

把虫弹去了。

　　一九二三，一，十九，于上海

　　选自《弥洒月刊》第 3 期（1923 年 5 月 15 日）

诉哀情

陈德征

长江东去不甘休，
　珠泪也长流！
波涛有时能止，
　此生怎销忧？

人意薄，
　我情柔；
恨悠悠！
　梦魂无定，
郁郁胸怀——
　都这来由。

　　一九二三，一，一，作于芜湖
　　选自《弥洒月刊》第 3 期（1923 年 5 月 15 日）

梅影

陈德征

谁道不销魂，
　观此倩倩影？

梅萼真个非虚声，

　　气质芬芳，形容冰冷。

不堪频摧残，

　　时淌伤心泪。

泪丝纤纤夹雪飞，

　　飞向孤山，牵动郎意。

　　　　选自《弥洒月刊》第 3 期，1923 年 5 月 15 日

寂寞

陈南士

　　麦垅里起着唱歌的声音，

穿过雨后阴湿的空间。

　　怎的远处歌声总是忧抑的，

像泉水般冲开了我的"百愁门?"

　　唱歌的朋友啊！

你或者走近来唱罢！

你坐我的身边唱罢！

然后你唱的必定是快乐的调子了。

　　因为我的人坐在我旁边唱的歌，

没有不是充满喜悦的。

选自《诗》第 2 卷第 2 期（1923 年 5 月 15 日）

西湖

胡适

十七年梦想的西湖，
不能医我的病，
反使我病的更利害了！

然而西湖毕竟可爱。
轻烟笼着，月光照着，
我的心也跟着湖光微荡了。

前天，伊却未免太绚烂了！
我们只好在船篷阴处偷觑着，
不敢正眼看伊了。

最好是密云不雨的昨日：
近山都变成远山了。
山头的云雾慢腾腾地卷上去。

我没有气力去爬山，
只能天天在小船上荡来荡去，

静瞧那湖山诸峰从容地移前退后。

听了许多毁谤伊的话而来，
这回来了，只觉得伊更可爱，
因而不舍得匆匆就离别了。

十二，五，三

选自《努力周报》第53期（1923年5月20日）

邮吻

刘大白

我不是不能用指头儿撕，
我不是不能用剪刀儿剖，
只是缓缓地
　　轻轻地
很仔细地挑开了紫色的信唇；
我知道这信唇里面，
藏着她秘密的一吻。

从她底很郑重的折叠里，
我把那粉红色的信笺，
很郑重地展开了。
我把她很郑重地写的
一字字一行行，

一行行一字字地

很郑重地读了。

我不是爱那一角模糊的邮印，

我不是爱那满幅精致的花纹，

只是缓缓地

　　　轻轻地

很仔细地揭起那绿色的邮花；

我知道这邮花背后，

藏着她秘密的一吻。

　　　一九二三，五，二

　　　选自《民国日报》1923 年 5 月 27 日

荒园

胡山源

暮春天气，

和朋友出去闲游，

真是一回乐事。

跨过了几条高冈，

跳过了几条小浜，

看见一带颓垣，

围着一片荒园。

朋友说，"天气如此热，

我有些倦乏，

想进去找个地方歇歇。"

我说，"很好，

亦可赏识其中景物。"

进了残破的园门，

蛛网横路，

鼠粪铺地，

我们心上先印了

荒凉的深痕。

玲珑的太湖石，

空洞中嵌满了尘灰，

生出野草，

一簇一簇。

池里的水——

酱油色，

日光蒸腐草，

发泡不绝。

本来不是初春，

梅花当然不见丰神，

可是看到梅叶的焦黄，

开时也未必可人。

桃树根已被大风拔起，

柏树顶已被大风吹折；

绊路的蔓藤，

缠倒了玫瑰，

又爬上了亭子里的窗槅。

亭子已没有顶；

亭边的杨柳，

垂了头很不高兴。

朋友说，"坐没坐处。"

我说，"不如离此他去，

谁能忍此荒凉，

心无凄楚！"

朋友和我同意，

随我回头走，

忽见一个土堆，

前面一块破碑，

上写着：

"呜呼园主人之墓！"

再看碑阴，

有几句铭：

"主人爱此园，

此园生辉光；

主人死，

园遂荒！

主人埋骨此园中，

园之灵兮永偎傍！"

朋友说，"不知此园属谁家，

如此乱如麻；

我们来收拾他，

来占据他，

恢复他原来的繁华。"

我说，"朋友，

这事不妥；

恐惊了主人与园灵，

不如由他们长此终古。"

两人默默无言的走出，

一路不免有些叹息。

十二，五，五，上海

选自《弥洒月刊》第 4 号（1923 年 6 月 15 日）

心琴

曹世森

母亲是我心琴的琴衣，

横给黑衣人夺了去，

我早已尘化了

姊姊是我心琴的琴饰，

又将向伊的生涯之伴侣求归宿去了，

只剩我孤独的琴弦了。

咳！孤独的琴弦，

怎不奏着悲哀而颓废的调子？

选自《弥洒月刊》第 4 号（1923 年 6 月 15 日）

我这样的歌唱——梦境的序诗

冯至

离开妈妈的怀儿，

望着宇宙的怀儿，奔向！

在这样的途中，

我这样的歌唱！

初离妈妈的怀儿，

这个宇宙太空旷！

在这样的途中，

我这样的歌唱！

寻不着宇宙的怀儿，

我焦躁着忧思乱想：

在这样的途中，

我这样的歌唱！

神示我以爱人的怀儿，

说他可以渡我前往。

在这样的途中，

我这样的歌唱！

我为了爱人的怀儿，

四下里徘徊惆怅：

在这样的途中，

我这样的歌唱！

1922，12，27

选自《创造季刊》第 2 卷第 1 期（1923 年 7 月 1 日）

诗人的恋歌

成仿吾

一

我要把歌儿举首高吟，

如像一片孤云，娉娉婷婷，

要在一个甜美的心琴上，

招起同情的热烈的交鸣。

二

歌儿，啊，凄切的歌儿呀！

为我往长空高升高升罢！

请把我的孤独与我的悲哀，

化朵花儿敷在她的脚下！

三

如果他肯愉快地歌舞起来，
请把我的孤独与我的悲哀，
化阵风儿把她的翅儿扛起，
使她可以如意地飞绕旋回。

四

如果她心里忧愁，或是恍惚，
请把我的悲哀与我的孤独，
化片巾儿由她把一切揩了。
不论心里的微霞，明眸的雨露。

五

啊，痛呀！当我这般想时！
这些都是梦想，我不曾知；
我的歌儿如个黄昏的飞鸟，
飞去飞来，只不曾寻着一枝！

六

是狂风把我的歌儿遏了？
是长夜漫漫东天犹未晓？

还是我的歌儿力弱声微，

不能飞近她的身旁旋绕？

七

啊，可爱的石头般的人儿哟！

我应当如何把歌儿琢磨，

才能合你的心，如你的意，

才肯倾你的耳，吟你的歌？

八

歌儿，啊，凄切的歌儿呀！

为我往海洋的深渊沉下！

请在个一望渺茫的地方，

使海洋为你抑郁而悲歌罢！

十二年三月十六早初稿

选自《创造季刊》第 2 卷第 1 期（1923 年 7 月 1 日）

吻之三部曲

刘梦苇

（一）

几年来对于人生哲学的探讨，

意义与价值终没有结论可寻，

但见得一刹那一刹那的时间逃跑，

一个个一个个的生命在后面紧跟！

时间是如此如此地难留，

生命是如此如此地不久；

我底爱人，我底爱人呀！

我们要怎样才不算虚度？

人生既是一刹那一刹那地过去，

在个中你我可不要随意地辜负；

但只要一刹那中有一个亲吻，

生之意义与价值呀——已经寻出！

（二）

休追念过去的不幸，

休远虑将来的前程；

得过一刹那且过一刹那，

得接吻时且赶快地接吻！

休妄想到生后的虚荣，

且在生前即时地狂吻；

生之日不管死之年哟！

我们底口是专为接吻而生！

生命底久暂且不用去管——
可不要把你我底接吻间断；
如果这刹那全消费在接吻之中，
虽是一刹那呀——胜似万年！

（三）

吻罢！爱人，亲亲地吻！
莫待到我已死时欲吻无人；
乘我底牙关还未紧闭之前，
你舌头还可在我口中出进！

我底爱人，我底爱人哟！
吻罢！深深地吻！
接吻而外何处寻新的生命？
不辜负人生时只除是狂吻！

莫计算生命过了多少刹那，
只问你一生接了多少熟吻？
生到死的距离之中我们底接吻未停，
只有一刹的寿命呀——也
　是永生！

选自《创造季刊》第 2 卷第 1 期（1923 年 7 月 1 日）

来到了

冯至

来到了

久无人住，

人不常到的院落。

使我沉默！——

旧日的

家庭风味，

还在这儿轻轻地睡着！

选自《创造季刊》第 2 卷第 1 期（1923 年 7 月 1 日）

人生的观赏

邓均吾

紫罗兰的芬芳，

一秒钟的微嗅，

永远盈溢在鼻腔里。

玫瑰花的美丽，

一秒钟的凝睇，

永远呈现在眼帘里。

Muse 的娇音

一秒钟的聆闻，

永远荡漾在梦魂里。

美妙的人生，

无涯的观赏，

只一秒钟——

一秒钟于我已足！

选自《浅草》第 1 卷第 2 期（1923 年 7 月 5 日）

忍耐

罗青留

骤雨来了——

把宁静的池水，

搅起重层的波皱。

狂风来了——

把镇止的尘土，

吹得迷漫的飞扬。

行人来了——

把柔软的道路，

印下践踏的足迹。

他们只是"忍耐"着；
但是，除却这样
更将如何呢？

选自《学生杂志》第 10 卷第 7 号（1923 年 7 月 5 日）

月色迷朦的夜里

胡思永

在月色迷朦的夜
我悄悄的走到郊外去，
找一个僻静无人的地方，
把我的爱情埋了。

我在那上面做了一个记号，
不使任何人知道他。
我又悄悄的跑回家
从此我的生命便不同了。

我很想把他忘了，
只是再也忘记不去！
每当月色迷朦的夜里，

我总在那里踯躅着!

十一,五,廿八

选自《努力周报》第 60 期（1923 年 7 月 8 日）

热情之歌

陈炳琨

春天已深深地来了,

自是你们唱的时节了。

唱么,蛙,远远近近的蛙!

那满铺着绿茵的池角塘边,

不是你们最好的歌场么?

那夜鸟声,溪流声,微啸的风声,

正和着你们唱呢。

还有那月光,星光,倒映着天影的水光,

也正照着你们唱呢。

春天已深深地来了,

自是你们唱的时节了。

唱么,唱——唱阿!

尽热情地开怀地唱阿!

十二年四月二十六日

选自《新时代》第 1 卷第 4 号（1923 年 7 月 15 日）

独奏

陈炳琨

一丝丝的雨

排着阵儿，

密着步儿，

行军一般的跑过了。

那远远的一湾溪水

正流经山脚，

来到田间，

独自奏着和平而愉悦的歌声！

十二年四月二十二日

选自《新时代》第 1 卷第 4 期（1923 年 7 月 15 日）

穷孩

史聿光

草蓬子里的阿大，

衣衫褴褛叫跳着，

妈妈：

刚刚在张家少爷家里看吃饭，

拾着一块吃剩的浆汁骨，

味美真好吃,

快叫爹爹买了大家吃,

妈妈听了暗暗地淌着泪:

小宝贝张家老爷是富翁,

我家餐饭常欠缺,

你爹爹黎明拉车到黄昏,

一天只赚几百钱,

生了三天病,

活活饿着两三天,

阿大看见妈妈淌眼泪,

呆呆地立着,

没高兴的向妈妈说:

张家老爷每天没事做,

出门的时候,

总是和少爷坐着摩托卡。

爹爹不在家里坐,

偏要每天拉着黄包车。

选自《春花》1923 年纪念刊(1923 年 7 月)

"石虎胡同七号"（赠蹇季常先生）

徐志摩

（一）

我们的小园庭，有时荡漾着无限温柔：

善笑的藤娘，袒酥怀任团团的柿掌绸缪，

百尺的槐翁，在微风中俯身将棠姑抱搂，

黄狗在篱边，守候睡熟的珀儿，他的小友，

小雀儿新制成求婚的艳曲，在媚唱无休！

我们的小园庭，有时荡漾着无限温柔。

（二）

我们的小园庭，有时淡描着似梦之景；

雨过的苍茫与满庭荫绿，织成无声幽暝，

小蛙独坐在残兰的胸前，听隔院蚓鸣，

一片化不尽的雨云，倦展在槐树之顶，

掠檐前作圆形的舞旋，是蝙蝠，还是蜻蜓？——

我们的小园庭，有时淡描着似梦之景。

（三）

我们的小园庭，有时轻喟着一声"奈何"；

奈何在暴雨时，雨槌下捣烂鲜红无数，

奈何在新秋时，未凋的青叶惆怅地辞树，

奈何在深夜里，月儿乘云艇归去，西墙已度，

远巷薤露的乐音，一阵阵被冷风吹过！

我们的小圆庭，有时轻唱着一声奈何。

（四）

我们的小园庭，有时沉浸在快乐之中；

雨后的黄昏，满院只美荫，清香与凉风，

大量的蹇翁，巨樽在手，蹇足直指天空，

一斤，两斤，杯底喝尽，满怀酒欢，满面酒红，

连珠的笑响中，浮沉着神仙似的酒翁！

我们的小园庭，有时沉浸在快乐之中。

巧日

选自《文学旬刊》第 82 期（1923 年 8 月 6 日）

冷光

郭云奇

深眼窝的白骷髅，

甘蜜蜜地躺在金沙里；

不问墓草黄绿，

不问花开，花谢，

不问月缺，月圆，

更不管雾烟瘴气的火

这村烧到那村，这家烧到那家。

　　一九二三，四，一五

　　选自《小说月报》第 14 卷第 8 期（1923 年 8 月 10 日）

杂诗

郭云奇

　　爱人？

不要拿情丝牵我！

你底爱，太阳般的热烈，

水晶似的纯洁，

葡萄酒红玫瑰似的甘美；

我底呢？——

一半在白杨下的孤冢里，

一半在刚出海面的新岛上。

　　选自《小说月报》第 14 卷第 8 号（1923 年 8 月 10 日）

红烛

闻一多

"蜡炬成灰泪始干"
　　　　——李商隐

红烛啊!

这样红的烛!

诗人啊!

吐出你的心来比比,

可是一般颜色?

红烛啊!

是谁制的蜡——给你躯体?

是谁点的火——点着灵魂?

为何更须烧蜡成灰,

然后才放光出?

一误再误,

矛盾! 冲突!

红烛啊!

不误, 不误!

原是要"烧"出你的光来——

这正是自然底方法。

红烛啊！

既制了，便烧着！

烧罢！烧罢！

烧破世人底梦，

烧沸世人底血——

也救出他们的灵魂，

也捣破他们的监狱！

红烛啊！

你心火发光之期，

正是泪流开始之日。

红烛啊！

匠人造了你，

原是为烧的。

既已烧着，

又何苦伤心流泪？

哦！我知道了！

是残风来侵你的光芒，

你烧得不稳时，

才着急得流泪！

红烛啊！

流罢！你怎能不流呢？

请将你的脂膏，

不息地流向人间，

培出慰藉底花儿,

结成快乐底果子!

红烛啊!

你流一滴泪,灰一分心。

灰心流泪你的果,

创造光明你的因。

红烛啊!

"莫问收获,但问耕耘。"

选自《红烛》,泰东图书局 1923 年 9 月 7 日版

剑匣

闻一多

I built my soul a lordly pleasure – house,

    Wherein at ease for aye to dwell.

…………

And 'While the world runs round and round,' I said,

    'Reign thou apart, a quiet king,

Still as, while Saturn whirls,, his steadfast shade

    Sleeps on his luminous ring.'

To which my soul made answer readily:

'Trust me in bliss I shall abide

In this great mansion, that is built for me,

　　So royal – rich and Wide'.

　　　　　　　　——Tennyson

在生命底大激战中,

我曾是一名盖世的骁将。

我走到四面楚歌底末路时,

并不同项羽那般顽固,

定要投身于命运底罗网。

但我有这绝岛作了堡垒,

可以永远驻扎我的退败的心兵,

在这里我将养好了我的战创。

在这里我将忘却了我的仇敌。

在这里我将作个无名的农夫,

但我将让闲惰底芜蔓

蚕食了我的生命之田。

也许因为我这肥泪底无心的灌溉,

一旦芜蔓还要开出花来呢?

那我就镇日徜徉在田塍上,

饱喝着他们的明艳的色彩。

我也可以作个海上的渔夫:

我将撒开我的幻想之网。

在寥阔的海洋里;

在放网收网之间,

我可以坐在沙岸上做我的梦，

从日出梦到黄昏……

假若撒起网来，不是一些鱼虾，

只有海树珊瑚同含胎的老蚌，

那我却也喜出望外呢。

有时我也可佩佩我的旧剑，

踱进山去作个樵夫。

但群松舞着葱翠的干戚，

雍容地唱着歌儿时，

我又不觉得心悸了。

我立刻套上我的宝剑，

在空山里徘徊了一天。

有时看见些奇怪的彩石，

我便拾起来，带了回去；

这便算我这一日底成绩了。

但这不是全无意识的。

现在我得着这些材料，

我真得其所了；

我可以开始我的工匠生活了，

开始修葺那久要修葺的剑匣。

我将摊开所有的珍宝，

陈列在我面前，

一样样的雕着，镂着，

磨着，重磨着……

然后将他们都镶在剑匣上，——
用我的每出的梦作蓝本，
镶成各种光怪陆离的图画。

我将描出白面美髯的太乙
卧在粉红色的荷花瓣里，
在象牙雕成的白云里飘着。
我将用墨玉同金丝
制出一只雷纹镶嵌的香炉；
那炉上驻着袅袅的篆烟，
许只可用半透明的猫儿眼刻着。
烟痕半消未灭之处，
隐约地又升起了一个玉人，
仿佛是肉袒的维纳司呢……
这块玫瑰玉正合伊那肤色了。

晨鸡惊耸地叫着，
我在蛋白的曙光里工作，
夜晚人们都睡去，我还作着工——
烛光抹在我的直陡的额上，
好像紫铜色的晚霞
映在精赤的悬崖上一样。

我又将用玛瑙雕成一尊梵像，
三首六臂的梵像，
骑在鱼子石的象背上。

珊瑚作他口里含着的火，

银线辫成他腰间缠着的蟒蛇，

他头上的圆光是块琥珀的圆壁。

我又将镶出一个瞎人

在竹筏上弹着单弦的古瑟。

（这可要镶得和王叔远底

桃核雕成的《赤壁赋》一般精细。）

然后让翡翠，蓝珰玉，紫石瑛，

错杂地砌成一片惊涛骇浪；

再用碎砾的螺钿点缀着，

那便是涛头闪目的沫花了。

上面再笼着一张乌金的穹窿，

只有一颗宝钻的星儿照着。

春草绿了，绿上了我的门阶，

我同春一块儿工作着；

蟋蟀在我床下唱着秋歌，

我也唱着歌儿作我的活。

我一壁工作着，一壁唱着歌：

我的歌里的律吕

都从手指尖头流出来，

我又将他制成层叠的花边：

有盘龙，对凤，天马，辟邪底花边，

有芝草，玉莲，万字，双胜底花边，

又有各色的汉纹边，
套在最外的一层边外。

若果边上还缺些角花，
把蝴蝶嵌进去应当恰好。
玟瑁刻作梁山伯，
璧玺刻成祝英台，
碧玉，赤瑛，白玛瑙，蓝琉璃，……
拼成各种彩色的凤蝶。
于是我的大功便告成了！
哦，我的大功告成了！
你不要轻看了我这些工作！
这些不伦不类的花样，
你该知道不是我的手笔，
这都是梦底原稿底影本。
这些不伦不类的色彩，
也不是我的意匠底产品，
是我那芜蔓底花儿开出来的。
你不要轻看了我这些工作哟！

哦，我的大功告成了！
我将抽出我的宝剑来——
我的百炼成钢的宝剑，
吻着他吻着他……
吻去他的锈吻去他的伤疤；
用热泪洗着他，洗着他……

洗净他上面的血痕，

洗净他罪孽底遗迹；

又在龙涎香上薰着他，

薰去了他一切腥膻的记忆。

然后轻轻把他送进这匣里，

唱着温柔的歌儿，

催他快在这艺术之宫中酣睡。

哦，哦，我的大功告成了！

我的大功告成了！

人们的匣是为保护剑底锋芒，

我的匣是要藏他睡觉的。

哦，我的剑匣修成了，

我的剑有了永久的归宿了！

哦，我的剑要归寝了！

我不要学轻佻的李将军，

拿他的兵器去射老虎，

其实只射着一块僵冷的顽石。

哦，我的剑要归寝了！

我也不要学迂腐的李翰林，

拿他的兵器去割流水，

一壁割着，一壁水又流着。

哦，我的兵器只要韬藏，

我的兵器只要酣睡。

我的兵器不要斩芟奸横，

我知道奸横是僵冷的顽石一堆；

我的兵器也不要割着愁苦，

我知道愁苦是割不断的流水。

哦，我的大功告成了！

让我的宝剑归寝了！

我岂似滑头的汉高祖，

拿宝剑斫死了一条白蛇，

因此造一个谣言，

就骗到了一个天下？

哦！天下，我早已得着了啊！

我早坐在艺术底凤阙里，

像大舜皇帝，垂裳而治着

我的波希米亚的世界了啊！

哦，让我的宝剑归寝罢！

我又岂似无聊的楚霸王，

拿宝剑斫掉多少的人头，

一夜梦回听着恍惚的歌声，

忽又拥着爱姬，抚着名马，

提起原剑来刎了自己的颈？

哦！但我又不妨学了楚霸王，

用自己的宝剑自杀了自己。

不过果然我要自杀，

定不用这宝剑底锋芒。

我但愿展玩着这剑匣，

我便昏死在他的光彩里！

哦，我的大功告成了！

我将让宝剑在匣里睡着觉，

我将摩抚着这剑匣，

我将宠媚着这剑匣，

看着缠着神蟒的梵像，

我将巍巍地抖颤了，

看看筏上鼓瑟的瞎人，

我将号啕地哭泣了；

看看睡在荷瓣里的太乙，

飘在篆烟上的玉人，

我又将迷迷地嫣笑了呢！

哦，我的大功告成了！

我将让宝剑在匣里睡着。

我将看着他那光怪的图画，

重温我的成形的梦幻，

我将看着他那异彩的花边，

再唱着我的结晶的音乐。

啊！我将看着，看着，看着，

看到剑匣战动了，

模糊了，更模糊了，

一个烟雾弥漫的虚空了，……

哦！我看到肺脏忘了呼吸，

血液忘了流驶，

看到眼睛忘了看了。

哦！我自杀了！

我用自制的剑匣自杀了！

哦哦！我的大功告成了！

选自《红烛》，泰东图书局 1923 年 9 月 7 日版

情歌

刘半农

天上飘着些微云，

地上吹着些微风。

啊，

微风吹动了我的头发，

教我如何不想她？

月光恋爱着海洋，

海洋恋爱着月光。

啊，

这般蜜也似的银夜。

教我如何不想她？

水面落花慢慢流，

水底鱼儿慢慢游。

啊，

燕子你说些什么话？

教我如何不想她？

枯树在冷风里摇，

野火在暮色中烧。

啊，

西天还有些儿残霞，

教我如何不想她？

选自《晨报附刊》（1923 年 9 月 16 日）

了解

旦如

白了发的双亲，

努力地想了解年轻女儿的心。

唉，蚁儿想走尽世界了！

选自《妇女杂志（上海）》第 9 卷第 10 号（1923 年 10 月 1 日）

恋诗（十首）

罗青留

一

请不要以这话慰藉我吧；

我虽然也想和我的爱人

在梦中会见，

——无奈这样的梦都不许我做呢！

二

飞去吧，停在枝上的一对黄鹂！

你们应和的歌声，

引起我的泪泉奔放了。

三

影子，

你是我惟一的伴侣；

然而待我搂抱你，

你却羞惭地转身脱逃了。

四

这封信——

常在口袋里摩擦，

字迹有些模糊了；

然而这密意，

深刻在我的心碑上。

五

　"我真是什么都不如啊！"
当我出游时，在园里，
　看见花枝上双栖的粉蝶。

六

　爱人儿，原谅了罢！
我不能赠你一些定情的礼物，因为
　我除却身体一无所有了。

七

　黑夜里；
枕上辗转反侧，
偶然听见一声轻响，
便疑是情人来临的履声了。

八

　情人赠我绣巾，
原也不过蚕丝的织物；
但是从针菁的花彩里，
蕴藏进去了无限的爱意。

九

永远不能消散的：
是和情人接过的吻边，
握过的手上和拥抱过的怀里，
所遗留的芬芳的气息。

一〇

上帝呵，
你终竟是残忍的！
既不让人类满足恋爱欲，
为什么最初将他
灌注入祖先的血管中呢？

选自《妇女杂志（上海）》第 9 卷第 10 号（1923 年 10 月 1 日）

咏月（三首）

徐雉

一　她的睡眠

喂！街上的路人！走轻些！
在云的被窝里，

月亮姊姊正睡着哩。

二 她的梳妆

上是天——天色蔚蓝；

下是水——水平如镜，

天上的她，

映着镜中的她。

"咦！月姊！你打扮得这么齐整！"

三 她的歌唱

这显然是她，

在那里暗地里唱和着；

否则，为什么

箫声如此清幽嘹亮呢？

选自《妇女杂志（上海）》第 9 卷第 10 号（1923 年 10 月 1 日）

纸船——寄母亲

冰心

我从不肯妄弃了一张纸，

　总是留着——留着，

叠成一只一只很小的船儿，

从舟上抛下在海里。

有的被天风吹卷到舟中的窗里，

　　有的被海浪打湿，沾在船头上。

我仍是不灰心的每天的叠着，

　　总希望有一只能流到我要他到的地方去。

母亲，倘若你梦中看见一只很小的白船儿，

　　不要惊讶他无端入梦。

这是你至爱的女儿含着泪叠的，

万水千山，求他载着她的爱和悲哀，归去。

　　　　八，二十七，一九二三，太平洋舟中

　　　　选自《晨报附刊》第 251 期（1923 年 10 月 4 日）

秋别

庐隐

泪泉原来不曾枯，

又共别绪织在千针万线里。

但赶不上作临别的赠品——

秋风阵阵价紧，

不嫌征裳太薄吗？

唉！慢说柳条儿早枯黄，

纵隋堤青青，

谅来也难绾！

行也！行也！

回顾处：

烟树苍茫，

想到伊孤影独吊，

心头酸也不？

　　　　选自《晨报附刊》（1923 年 10 月 7 日）

沪杭车中

徐志摩

　　匆匆匆！催催催！

一卷烟，一片山，几点云影，

一道水，一条桥，一支橹声，

一林松，一丛竹，红叶纷纷：

　　艳色的田野，艳色的秋景，

梦境似的分明，模糊，消隐，——

　　催催催！是车轮还是光阴？

催老了秋容，催老了人生！

　　　十月三十日

　　　选自《小说月报》第 14 卷第 11 号（1923 年 11 月 10 日）

秋夜与乘荫漫步（并呈至兄）

陈翔鹤

忙忙的牵着手儿上了大道，
前面只横陈着一片黑橄橄的荒郊。
无限的，无限的……
遥……遥……

是谁来将我们引导？
引导我们入了这班的地狱深牢？
脚底的沙沙草声，
如鞭策着我们的锥棰，
在后面肆威叫号！

四面风声萧萧，
树影摇摇。
暗淡荒凉，
周围如铅铁班将我们回绕。
心儿沉沉，
首儿翘翘，
鸩醉了惨惨的暮色，
将世间一切悲愁忘掉。

寒风吹透了夹袍

我们俩栗栗的互相拥抱。

温暖呢？

只有一星星的烟卷头儿，

在指尖昏灭燃烧。

大地沉沉，

如洪水后的世界，

只剩得我们一双孤独的俩，

唉，宇宙长是如此寂寥！

是手表在动鸣吗？

哦，不是，

是我俩心钟在颤摇！

是星光映入你眼底吗？

哦，不是，

是我俩泪珠儿要与星光比耀！

"翔鹤，何处是我们归宿，

何处是我们坟道？"

"有的，不远，

就是在那惨淡星儿外的万里迢遥！"

　　一九二二，十一，二，夜

　　选自《文艺旬刊》第 13 期（1923 年 11 月 15 日）

夜

宗白华

一时间
觉得我的微躯
是一颗小星，
莹然万星里
随着星流。
一会儿
又觉着我的心
是一张明镜，
宇宙的万星
在里面灿着。

选自《流云小诗》，上海亚东图书馆 1923 年 12 月版

小诗

宗白华

生命的树上
凋了一枝花
谢落在我的怀里，
我轻轻的压在心上。

她接触了我心中的音乐
化成小诗一朵。

选自《流云小诗》，上海亚东图书馆 1923 年 12 月版

断句

宗白华

心中的宇宙
明月镜中的山河影。

选自《流云小诗》，上海亚东图书馆 1923 年 12 月版

信仰

宗白华

红日初生时
我心中开了信仰之花：
我信仰太阳
如我的父！
我信仰月亮
如我的母！
我信仰众星
如我的兄弟！

我信仰万花

如我的姊妹！

我信仰流云

如我的友！

我信仰音乐

如我的爱！

我信仰

一切都是神！

我信仰

我也是神！

选自《流云小诗》，上海亚东图书馆 1923 年 12 月版

妹妹你是水

应修人

妹妹你是水——

你是清溪里的水。

无愁地镇日流，

率真地常是笑，

自然地引我忘了归路了。

妹妹你是水——

你是温泉内的水。

我底心儿他尽是爱游泳，

我想捞回来，

烫得我手心痛。

妹妹你是水——

你是荷塘里的水。

借荷叶做船儿，

借荷梗做篙儿，

妹妹我要到荷花深处来！

选自《春的歌集》，湖畔诗社 1923 年 12 月版

有水下山来

冯雪峰

有水下山来，

　　道经你家田里；

它必留下浮来的红叶，

　　然后它流去。

有人下山来，

　　道经你们家里；

他必赠送你一把山花，

　　然后他归去。

选自《春的歌集》，湖畔诗社 1923 年 12 月版

山里的小诗

冯雪峰

鸟儿出山去的时候，

我以一片花瓣放在它嘴里，

告诉那住在谷口的女郎，

说山里的花已开了。

选自《春的歌集》，湖畔诗社 1923 年 12 月版

缩小

张芳轩

现在我决不像——

以前那样笨重了；

我将要缩小我的身分，

缩小的像一只鸟——

逃在密林里；

或者缩小的像一个蜘蛛，

藏在一个灰色的丝包里；

或者竟缩小的不可知，

混入空气里。

选自《晨报副刊·文学旬刊》第 19 期（1923 年 12 月 1 日）

晨

缪祖荫

乌鸦尚未离巢的。

　鸡儿尚未连呼着啼啼的,

　　那清晨一刹那间;

雾露弥漫着天空,

宇宙间的全权,

　似乎全是"雾露"执握着;

只是一轮旭日甫出,

又早吓得措手不及地各自西东。

　　　选自《木铎周刊》第 205 期(1923 年 12 月 30 日)

残余的酒 序诗

冯至

"上帝给我们,

只这一杯酒呵!"

这么一杯酒,

我又不知爱惜——

走过一个姑娘,

我就捧着给她喝;

她都不曾看见，

酒却洒了许多！

我只好加水罢，

不知加了多少次了！

可怜我这一杯酒呵！

一杯酒的残余呀！

那些处女的眉头，

是怎样一杯浓酒的充溢！

我实在有些害羞了！

我明知我的酒没有一些酒力了！

——我还是不能不

把这杯淡淡的水酒，

送到她们绛红的唇边——

请她们尝一尝呵！

　　——1923，5，17

　　选自《浅草》第 1 卷第 3 期（1923 年 12 月）

1924年

青春咏

味辛

哦，这可爱的青春，
柳絮儿漫舞轻扬，
桃花儿娇睡未醒；
燕子翩翩而飞鸣，
燃烧起年轻人的春心。

长城，长万里，
城坡上绿草如茵，
天上的云霞灿烂，
天矫的鹰隼，
在太空里盘绕飞巡。
爱人啊，我和你躺在如茵草上，
情话殷殷；
让慈母的太阳
下照着我俩的两颗红心。

泰山高万寻，
苍郁的松木深深；
野花儿轻盈展笑；
苍石上苔色青青；
爱人啊，我和你互倚着千寻老树，

听着风声，

让苍苍的山色，

透染了我俩的衣襟。

大海阔无际，

猛浪里巨鱼似飞艇，

鸥鸟在水面上盘旋。

爱人啊，我和你长风破万里浪；

甲板上摇指篷帆点点，

让绯红的斜阳照来，

把连肩双影，深深地镌在水面。

可爱的青春啊，

迟迟的走着罢，

打扮你自己像一只美丽的船儿，

让年青的人们，

在青春的湖里优游荡漾。

一九二三，一一，八，作

选自《学生杂志》第 11 卷第 1 期（1924 年 1 月 5 日）

诗园观花

石华栋

满园花香啊！

一朵一朵鲜艳花儿，

斜着头儿，

抿着嘴儿，

向我微微的一笑，

我无由的也笑了。

选自《诗园》第 4 期（1924 年 1 月 6 日）

苦水

梁宗岱

我曾一再的堕入尘网，

于是人间的苦水

便流泉般灌进我的心里了。

朋友！这水诚然是酸苦的，

但当他流到你的河边，

并且将滴进你的心里的时候，

别要愀然的避开呵。

因为那是灵明的水——

像紫艳的菩提露一般意味深湛的。

那么，喝罢，亲爱的朋友，

虽然这是酸苦的。

让他潺潺汩汩的，

流进你的心坎的深处罢。

秋空一般的清明，

彩虹一般的妙慧的花

便将由这滴滴的苦水培植出来了。

二三，八，三

选自《小说月报》第 15 卷第 1 期（1924 年 1 月 10 日）

倦旅

冰心

灯已灭了，

残花只管散着余香。

欹枕处——

只一两声飞雨

打着窗户。

听到此时，

一切的心都淡了！

新月未落，

朝霞已生，

濛濛里——

一颗曙星

躲避天光似的

穿着乱云飞走。

好辛苦的路途呵！

看到此时

一切的心都淡了！

银海般的雪地，

　怒潮般的山风——

这样的别离！

山外隆隆的车声，

　不知又送谁人远去。

听到此时，

　一切的心都淡了！

鼓励的信，

　寄与了倦慵的人！

事违初意皆如此！

一书在手，

　湖光睡去，

　星辰渐生，

看到此时

　一切的心都淡了！

　一，二，一九二四，青山沙穰

　选自《晨报附刊》（1924 年 2 月 12 日）

愁云

冯至

愁云浓锁，日光暗淡，
风雪呀，我并没有诅怨；
我在我小小的屋中，
还只当，是三秋将晚。

就使春装的妆点已成，
于我又有什么牵系；
就使河水已溶，汩汩而流，
空使人感到韶光的长逝。

我也曾饮过一些美酒，
酒后沉溺于歌女的明眸；
等到酒醒呵，歌声亦渺，
美酒明眸，又于我何有！

在南方飞翔着的鸟儿，
我生怕你是来自江南——
我默祝你不要说，江滨的
杨柳，已惹得人间魂断！

选自《文艺周刊》26 期（1924 年 3 月 25 日）

代价

崇熙

太阳上山荷锄去，

太阳下山还未归；

饥来粝饭食，

寒来粗布衣；

桑田的脚印，

禾土的汗点，

只换得——

王孙公子身上衣，

富贵人家上白米；

回首！

你们底代价呢？

选自《农声汇刊》第 18 期（1924 年 4 月 25 日）

晚风

俞平伯

晚风在湖上，

无端吹动灰絮的云团，

又送来一缕笛声，几声弦索。

一个宛转地话到清愁，

一个掩抑地诉来幽怨。

这一段的凄凉对语，

暮云听了，

便沉沉的去嵯峨着。

即有倚在阑干角的，

也只呆呆的倚啊！

选自《西还》，上海亚东图书馆 1924 年 4 月版

告父母

于赓虞

在雪花纷纷的深夜里我

　披着皎洁的雪衣慢慢的

　　提着僵僵冰透的两腿

竟不知往什么地方移动着了

　　忽然迷迷糊糊的

觉着自己现在不一定是生活着；

于是毫不经意的摸摸脑袋，胸骨……

　自己微微的笑了笑没兴奋的

　　唱起忆乡的悲歌，仿佛

　　悲悲切切告诉黄河彼端九女山旁的父母说：

　　　"你们的献儿现时仍然在这里——

　　　远远的异乡生活着……"

——"献"是我的乳名。

二三，十一，六夜，天津

选自《晨报副刊·文学旬刊》第 31 期（1924 年 4 月 11 日）

尽管是……

刘半农

她住在我对窗的小楼中，
我们间远隔着疏疏的一园树。
我虽然天天的看见她，
却还是至今不相识；
正好比东海的云，
关不着西山的雨。

只天天晚上，
她窗子里漏出些琴声，
透过了冷冷清清的月，
或透过了层层蒙蒙的雨，
叫我听着了无端的欢愉，
无端的凄苦。
可是此外没有什么了：
我与她至今不相识，
正好比东海的云，
关不着西山的雨。

这不幸的一天可就不同了：

我没听见琴声，

却隔着朦胧的窗纱，

看见她傍着盏小红灯，

低头不住的写，

接着是捧头不住的哭，

哭完了接着又写，

写完了接着又哭……

最后是长叹一声，

将写好的全都扯碎了！

最后是一口气吹灭了灯，

黑沉沉的没有下文了！……

黑沉沉的没有下文了，

我也不忍再看下文了。

我自己也不知怎么着，

竟为了她的伤心，

陪着她伤心起来了。

我竟陪着她伤心起来了，

尽管是我们俩至今不相识！

我竟陪着她伤心起来了，

尽管是我们间

还远隔着疏疏的一园树！

我竟陪着她伤心起来了，

尽管是东海的云，

关不着西山的雨！

一九二三，七，九

选自《文学》第 118 期（1924 年 4 月 21 日）

农人的生活

良柱

我的朋友，是树上的小鸟，

我的爱人，是枝头的鲜花，

我的明灯，是天上的孤月，

双双的蝴蝶，向众舞着，

悠悠的浮云，向众笑着，

阵阵的微风，向众吹着。

明媚的青山，是我自然的图画，

缭绕的绿水，是我纯洁的诗肠，

滴滴的流泉，是我甜蜜的旨酒，

青青的嫩草，是我安乐的卧床。

更有：

　　忠驯的牛儿，是我勤劳的先驱，

　　坚苦的锄儿，是我令作的伴侣；

我们同吃着人间的辛苦，

　　同担着人间的重负，

　　也同赏着人间的快乐！

造物呀！

我们情愿在朝朝暮暮，

在一块儿厮守，

年年岁岁，

在一块儿努力。

选自《农声汇刊》第 18 期（1924 年 4 月 25 日）

斜阳

刘大白

云———一叠叠的。

打算遮住斜阳；

然而漏了。

教雨来洗吧，

一丝丝的，

然而水底也有斜阳。

黄昏冷冷地说：

"理他呢，

斜阳罢了"

不一会儿，

斜阳倦了，

——冉冉地去了。

一九二二，八，一七，在杭州
选自《新南社社刊》第1期（1924年5月）

凄然

林如稷

吼啸波声萦在耳畔，
淡暗的天海不见涯端。
我想这或是尚在故乡：
"沱江涨泛？扬子的急湍？"

默然无语倚着船栏，
心中潮涌似的发颤。
儿时梦景忽在眼前，
四望迷惘，增我凄然！

十，二八，印度洋遇风之夕
选自《文艺周刊》第33期（1924年5月13日）

梦

陈翔鹤

是何处的幽兰,

在寒露中的颤栗?

是何处的春鹃,

在曙光中低泣?

"哦,V 妹呀,

你是为何这班瘦损了?"

可是伊并无回语。

"梦境与事实或许相反?"

这一点确也堪私自慰喜。

寂寂的春宵,

冷冷的屋宇,

远了,远了!

我们从此远了……

将来可再有会期,V 妹?

一九二四,四,十二,天将曙时,于北京

选自《文艺周刊》第 33 期（1924 年 5 月 13 日）

赠

冯至

我过了一天，

恰又似老了一年；

你年纪儿轻轻

体态儿轻盈！

我知道我是不能，

我是永久不能，

跪在你的裙边，

分享你的盛筵！

但是春波滟滟，

他是一去不还——

默祝我今夜梦中，

能向你说声珍重！

四，十七

选自《文艺周刊》第 35 期（1924 年 5 月 27 日）

朋友我把全个身儿交给你

味辛

朋友，

我们都是穷人，

我们都是苦伶仃。

我伸开臂儿两只，

我捧出一个红心，

说一声：朋友！

我把全个身儿给你

我没有情人，

我爷娘和我也没怎样相亲，

啊啊，你们和我一样，

你们也没有情人，

你们被一切的人欺凌，

生来都是可怜虫，

来吧，我在这里伸展臂儿，

等候你来和我相拥

我的身子衰弱很，

我的性命，常如风里孤灯，

咳，咳，你们和我一样，

我在路上常看见，

你们所吐的口口鲜红。

（我在路上，常常看见有些人所吐的痰里带着鲜血，
这许是可怜的黄包车夫吐的罢。）

来罢，朋友，

我们像一群被猎人打得流红将死的兔儿一般，

互扶着的勉强挨忍。

你的创口，鲜血直淋，

你的身上，疮癣毒痈，

来，来，

我替你把血渍舐干，

我替你把疮脓舐净

你啊！你啊！

你也安慰安慰我的苦辛。

我常常眼泪如潮，

但这也很好，

泪啊，泪啊！尽兴出来吧。

朋友，

让我把我的眼泪，洗荡去你身上的肮脏。

你啊，你啊，

你也唱几只怨命的歌儿。

发舒发舒我胸头的苦恼！

五，一七早上作

选自《平民之友》第 2 期（1924 年 6 月 20 日）

微笑

石评梅

（一）

春悄悄地含着微笑！

唱着恋歌；

走进林边的时候，

梦中的云雀，

互相问着这是什么消息？

（二）

我陨泪——向万仞的深崖，

我长歌——向无限的穹苍；

拼将多少旅愁，

都付与黄昏的归鸦。

（三）

捣碎了幻景的玉杯，

盛满了虚渺的诗瓢；

去吧——一切……

我将笑受山风和海涛的祈祷！

（四）

母亲！

你赐我蜜一般的甘露，

我还你血一样的热泪；

懦弱的儿，

将数数你发上银丝又添几许？

（五）①

撷取幽径中的芳草哟！

摘取天海内的明星嘞！

这都是幻空。

千古银辉的月儿，

却照着瓦砾沙层。

问——云宫的皎月？

问——松林的涛风？

人间呵！

何处是魂儿的归程？

（七）

听碧海银涛的呜咽！

---

①原作无"（六）"。

看乱云中闪烁的疏星！

诗人的心波颤动了，

她说：

去吧——心中的烦闷！

去吧——少年的梦痕！

（八）

心里只含着酸泪，

到了她门前，

踯躅着我又不忍进去。

原知——落花飞絮似的生命——无凭，

但上帝又不赐给我——无情。

（九）

诗兴滞了，

没到笔尖儿上，

就慢慢又回到心里。

我的朋友呵！

把这没字的纸儿寄你。

（十）

心头的酸泪逆流着，

喉头的荆棘横梗着；

在人前——

都化作了轻浅的微笑！

一九二四，七，二十二

选自《晨报副刊·文学旬刊》第 43 期（1924 年 8 月 1 日）

墓旁

冯至

我乘着斜风细雨。

来到了一家坟墓；

墓旁一棵木槿花，

便惹得风僝雨愁。

一座女孩的雕像，

头儿微微低着——

风在她的睫上，

吹上了一颗雨珠。

我折下一朵花儿，

悄悄放在衣袋里；

同时那颗雨珠儿，

也随着落了下去。

一七，二十，青岛

选自《文艺周刊》45 期（1924 年 8 月 5 日）

雨夜

冯至

没有蜡花儿能剪，
也没有影儿堪觅，——
只剩下这点清福，
听半宵疏疏的细雨。

窗儿总是有些冷，
被儿总是有些寒，——
虫儿叫到夜深了，
一切都显着阑珊。

月才露出一点幽光，
却又被浮云遮住，——
算只有这点清福，
听几滴雨声絮絮。

七，二十，夜

选自《文艺周刊》第 46 期（1924 年 8 月 12 日）

谁见？

蕴辉

踏过了寂静的街衢，
走进到绿草的地面；
可爱幽雅的风光，
又重亲我的眼帘。
一切的景致……
依旧呈现。
只有那牵手同行的人儿，
今宵不见。
"人儿！
谁见？"

信步的徘徊，
把圆亭绕遍。
忆前夜来时；
清凉的亭中，
碧澄的池畔。
似有一对人儿，
在各诉自己的幽怨！
"今宵，
谁见？"

镜子般明亮的月儿，

令人心儿恼见！

月呀：

"当我前夜同她来时，

为什么你半面也不肯出现？

偏今夜我携愁独来，

你又这般的团圆！"

"团圆，

谁见？"

呆呆的独坐，

心痴意乱！

说不出的悲愁，

结成一片。

"悲愁，

谁见？"

选自《狮吼》第 5 期（1924 年 8 月 15 日）

病中

冬郎

一

恰是睡兴方浓的时候，

忽然气管里像有东西塞着似的，

咳了一声，

使我从梦中醒来，

随着吐出一口清痰；

睁眼一看，

电灯早已灭了。

——这大约已是夜半时候。

二

接着咳一声便吐一口，

咳不住吐也不住。

同寝室的朋友，

不幸也被我惊醒，

很诧异的问道：

"你老是咳吐不休，

恐怕不对罢，

何不用火柴照照呢?"

一句话提醒了愚昧的我，

忙擦燃火柴一看：

呀！床前的几块地砖，

都鲜红了！

一双半新旧的缎鞋，

也被污殆遍！

原来是吐的血呵！

原来是吐的

清水般的鲜红色的血呵！

三

　悲哀和恐惧，

马上充满了

空洞而摇荡的心的领域。

　想想从前，

又想想现在；

　想想这里，

又想想家中：

是多么的寂寞，凄凉，而可怜！

　病的神呵！

　好久没与你亲近了，

我现在才佩服你的权威。

四

　梦里仿佛回至家中，

衰老的母亲

在庭前的椅上坐着；

　旁边远远的站着

已经死去刚由室内走出的父亲，

用十分惊惶怜惜的神气望着我。

　母亲很凄婉的低声问：

"平儿，你这样年纪青，

怎么病到这么样儿?"

　我的心碎了，

不知碎成什么样了；

　回答不出什么，

只用很可怜的颜色，

望着父亲喊道：

"爸爸……"

　我不自觉的

走至母亲的面前，

双膝跪下，

伏在母亲的怀中而哭了。

五

　一间冷清清的病室，

垫着白色的卧褥的铁床上，

睡着一个无聊而且感伤的我。

　父亲严正的爱，

母母慈祥的爱，

弟妹天真的爱，

过去的爱人

缠绵细腻的爱，

——都一一浮到心头，

拂之不去。

　病的神呵！

　我真深深的感谢你，

我平时那能这样亲切的

领略过此中的滋味。

　　甲子十月，草于首善医院病榻

　　选自《重庆联中旅外同学总会会报》第 6 期（1924 年 10 月 10 日）

浪痕

冬郎

　　久已静止的情波，

现在忽然起了轻微的荡漾，

　　是险恶的风涛吧，

还是美丽的浪痕呢？

现在还无从知道呵。

　　乙丑春日，于北京

　　选自《重庆中校旅外同学总会会报》第 6 期（1924 年 10 月 10 日）

铁道行

刘梦苇

我们是铁道之上的行人，

我们底爱便是两条铁轨。

许多枕木将我们牵连，

却是又在将我们离间。

我们底前途似乎很有希望，
我们底爱轨可以继续添长。
远远地看见前面已经相交，
我们便努力地向那儿奔跑。

奔跑到了相交的地方，
轨道可不是依然平行？
遥望前面又已相交，
我们便又猛勇前进。

我爱的！只要我们底前面还有希望，
只要我们底爱情和希望一样延长；
誓与你永远地努力地向前驰驱，
直到这平行的爱之轨道底尽处。

　　　　选自《狮吼》1924 年第 6 期（1924 年 10 月 10 日）

哀中国

蒋光慈

我的悲哀的中国！
我的悲哀的中国！
你怀拥着无限美丽的天然，

你的形象如何浩大而磅礴！

你身上排列着许多蜿蜒的江河，

你身上耸峙着许多郁秀的山岳。

但是现在啊，

江河只流着很呜咽的悲音，

山岳的颜色更惨淡而寥落！

满国中，外邦的旗帜乱飞扬；

满国中，外人的气焰好猖狂！

旅顺大连不是中国人的土地么？

可是久已做了外国人的军港；

法国花园不是中国人的土地么？

可是不准穿中服的人们游逛。

中国人是奴隶啊！

为什么这般地自甘屈服？

为什么这般地萎靡颓唐？

满国中，到处起烽烟；

满国中，景象好凄惨！

恶魔的军阀只是互相攻打啊，

可怜小百姓的身家性命不值钱！

卑贱的政客只是图谋私利啊，

那管什么葬送了这锦绣的河山？

提起来我的心头寒，

我的悲哀的中国啊！

你几时才跳出这黑暗之深渊？

东望望罢，那里是被压迫的高丽；

南望望罢，那里是受欺凌的印度；

唉！亡国之惨不堪重述啊！

我忧中国沦于万劫而不复。

我愿跑到那昆仑之高巅，

做唤醒同胞迷梦之号呼；

我愿倾泻那东海之洪波，

洗一洗中华民族的懒骨。

我啊！我羞长此沉默以终古！

易水萧萧啊——壮死吞仇敌；

燕山巍巍啊——吓退匈奴夷；

回思往古不少轰烈事，

中华民族原有反抗力。

却不料而今全国无声息，

大家熙熙然甘愿为奴隶！

哎哟！我是中国人，

我为中国命运放悲歌，

我为中华民族三叹息。

寒风凛冽啊——吹我衣；

黄花低头啊——暗无语；

我今枉为一诗人，

不能保国当愧死！

拜伦曾为希腊羞，

我今更为中国泣。

我的悲哀的中国啊！

我不相信你永沉沦于浩劫，

我不相信你无重兴之一日。

　　昨日我做完此诗前四节时，本据搁笔不再续；今日忽觉意犹未尽，爰提笔再续写二节。可是因为非一气呵成，致后二节音调不能与前四节一致，深以为歉。

　　读者读此诗时，或以为我是一个极端的爱国主义者；可是我自己承认自己是一个极端愿意彻底解放中国的人。

1924 年 11 月 20 日

选自《民国日报·觉悟》第 11 卷 23 期（1924 年 11 月 23 日）

晚祷（节选）

——呈敏慧

梁宗岱

　　二

我独自地站在篱边。

主呵，在这暮霭的茫昧中，

温软的影儿恬静地来去，

牧羊儿正开始他野蔷薇底幽梦。

我独自地站在这里，

悔恨而沉思着我狂热的从前，

痴妄地采撷世界底花朵。

我只含泪地期待着——

祈望有幽微的片红

给春暮阑珊的东风

不经意地吹到我底面前。

虔诚地，轻谧地

在黄昏星忏悔底温光中

完成我感恩底晚祷。

一九二四，六，一

选自《晚祷》，商务印书馆 1924 年 12 月版

恕了我罢

熊润桐

你是知我的呀！

请你恕了我罢！

我感谢你赠我美酒几樽，

我感谢你赠我深情一副。

我不敢受你的厚赠，

我只有求你的宽恕：

恕我微弱的身儿，

抵不住几回沉醉！

恕我褊狭的心儿，

容不得几番亲爱！

请你收回那几樽美酒，

请你收回那一副深情。

岂敢孤负你的好意？

唉！横竖我已经心领！

请你恕了我罢！

你是知我的呀！

十二，四，十五日

选自《革新（广东）》第 1 卷第 6 期（1924 年 12 月 1 日）

仅存的

朱自清

发上依稀的残香里，

我看见渺茫的昨日的影子——

远了，远了。

七月，杭州

选自《踪迹》，上海亚东图书馆 1924 年 12 月版

"叫花活该"

徐志摩

"行善的大姑，修好的爷"——
西北风尖刀似的猛刺着他的脸——
"赏给我一点你们吃剩的油水吧！"——
一团模糊的黑影挨紧着大门边。

"可怜我快饿死了，发财的爷！"——
大门内有欢笑，有红炉，有玉杯；
"可怜我快冻死了，有福的爷！"——
大门外西北风笑说"叫花活该！"

我也是战栗栗的黑影一堆，
蠕伏在人道的前街；
我也只讨一些同情的温暖，
遮掩我这剐残的余骸：——

但这沉沉的大门，阿，有谁理睬？——
街道上只冷风的嘲讽，"叫花活该"！

十二年冬硖石

选自《晨报六周年增刊》第12月期（1924年12月1日）

秘魔崖月夜

胡适

依旧是月圆时，
依旧是空山，静夜。
我独自月下归来，
这凄凉如何能解！

翠微山上的一阵松涛
惊破了空山的寂静。
山风吹乱了窗纸上的松痕，
吹不散我心头的人影。

选自《晨报六周年增刊》第 12 月期（1924 年 12 月 1 日）

影的告别

鲁迅

人睡到不知道时候的时候，就会有影来告别，说出那些话——
有我所不乐意的在天堂里，我不愿去；有我所不乐意的在地狱
里，我不愿去；有我所不乐意的在你们将来的黄金世界里，我不
愿去。
然而你就是我所不乐意的。

朋友，我不想跟随你了，我不愿住。

我不愿意！

呜乎呜乎，我不愿意，我不如彷徨于无地。

我不过一个影，要别你而沉没在黑暗里了。然而黑暗又会吞并我，然而光明又会使我消失。

然而我不愿意彷徨于明暗之间，我不如在黑暗里沉没。

然而我终于彷徨于明暗之间，我不知道是黄昏还是黎明。我姑且举灰黑的手装作喝干一杯酒，我将在不知道时候的时候独自远行。

呜乎呜乎，倘若黄昏，黑夜自然会来沉没我，否则我要被白天消失，如果现是黎明。

朋友，时候近了。

我将向黑暗里彷徨于无地。

你还想我的赠品。我能献你甚么呢？无已，则仍是黑暗和虚空而已。但是，我愿意只是黑暗，或者会消失于你的白天：我愿意只是虚空，决不占你的心地。

我愿意这样，朋友——

我独自远行，不但没有你，并且再没有别的影在黑暗里。只有我被黑暗沉没，那世界全属于我自己。

一九二四年九月二十四日

选自《语丝》第4期（1924年12月8日）

求乞者

鲁迅

　　我沿着剥落的高墙走路，踏着松的灰土。另外有几个人，各自走路。微风起来，露在墙头的高树的枝条带着还未干枯的叶子在我头上摇动。

　　微风起来，四面都是灰土。

　　一个孩子向我求乞，也穿着夹衣，也不见得悲戚，而拦着磕头，追着哀呼。

　　我厌恶他的声调，态度；我憎恶他并不悲哀，近于儿戏；我烦腻他这追着哀呼。

　　我走路。另外有几个人各自走路，微风起来，四面都是灰土。

　　一个孩子向我求乞：也穿着夹衣，也不见得悲戚，但是哑子，摊开手，装着手势。

　　我就憎恶他这手势。而且，他或者并不哑，这不过是一种求乞的法子。

　　我不布施，我无布施心，我但居布施者之上，给与烦腻，疑心，憎恶。

　　我沿着倒败的泥墙走路，断砖叠在墙缺口，墙里面没有什么。微风起来，送秋寒穿透我的夹衣；四面都是灰土。

　　我想着我将用什么方法求乞：发声，用怎样声调？装哑，用怎样手势？……

　　另外有几个人各自走路。

　　我将得不到布施，得不到布施心；我将得到自居于布施之上者的烦腻，疑心，憎恶。

我将用无所为和沉默求乞。

我至少将得到虚无。

微风起来，四面都是灰土。另外有几个人各自走路。

灰土，灰土，……

………………

灰土……

选自《语丝》第 4 期（1924 年 12 月 8 日）

我的失恋

鲁迅

拟 古 的 新 打 油 诗

我的所爱在山腰；
想去寻她山太高，
低头无法泪沾袍，
爱人赠我百蝶巾；
回她什么：猫头鹰；
从此翻脸不理我；
不知何故兮使我心惊。

我的所爱在闹市；
想去寻她人拥挤，

仰头无法泪沾耳。

爱人赠我双燕图；

回她什么：冰糖壶卢；

从此翻脸不理我；

不知何故兮使我糊涂。

　　我的所爱在河滨，

想去寻她河水深。

歪头无法泪沾襟；

爱人赠我金表索；

回她什么：发汗药；

从此翻脸不理我；

不知何故兮使我神经衰弱。

　　我的所爱在豪家；

想去寻她兮没有汽车，

摇头无法泪如麻。

爱人赠我玫瑰花；

回她什么：赤练蛇

从此翻脸不理我；

不知何故兮——由她去罢。

　　　选自《语丝》第 4 期（1924 年 12 月 8 日）

雨

朱湘

我所心爱的雨景也多着哪：

夜半梦回时忽闻的淅沥；

凉的如轻纱拂面的毛雨；

夏天急雨后的黄金日落；

以至充满了"不可测"的雷雨；

——但欲雨时的阴天我最爱了：

它清如五柳先生的诗，

它是一块凉润的灰璧，

并且从寥阔的云气中，

不知是那里，时飘下一声鸟啼。

选自《小说月报》第 15 卷第 12 期（1924 年 12 月 10 日）

"在那山道旁"

徐志摩

送饮海

在那山道旁，有一天雾濛濛的朝上，

初生的小蓝花在草丛里窥觑，
我送别她归去，与她在此分离；
在青草里飘拂，她的洁白的裙衣。

我不曾开言，她亦不曾告辞，
驻足在山道旁，我暗暗的寻思；
"吐露你的秘密，这不是最好时机"——
露湛的小草花，仿佛恼我的迟疑。

为什么迟疑，这是最后的时机，
在这山道旁，在这雾茫的朝上？
收集了勇气，向着她我旋转身去：——
但是啊！为什么她这满眼悽惶？

我咽住了我的话，低下了我的头：
火灼与冰激在我的心胸间回荡，
啊，我认识了我的命运，她的忧愁，——
在这浓雾里，在这凄清的道旁！

在那天朝上，在妖雾的山道旁，
新生的小蓝花在草丛里睥睨，
我目送她远去，与她从此分离——
在青草间飘拂，她那洁白的裙衣。

选自《晨报副刊·文学旬刊》第 56 期（1924 年 12 月 15 日）

1925^年

羸疾者的爱（节选）

白采

四

"劳你这窎远的跋涉，

忍心撇下了你垂老的父亲！

像我实不值得你这般专注，

你怎的陌生生一人来到了这里？

这不是梦里吗？——

我们同流着惊喜的泪！

这离别中间，

你经过了什么不幸？

这跋涉的途中，

你遇着了什么意外？"

"先生：

——我亲爱的！

让我这样称呼你。

你的聪明，

也该猜测猜测着许多处女的心房里，

除了'所生'的爱该有谁？……

你除了你的父兄，

是不是需要你的朋友？

那末，你便不用怀疑这千里寸心的我了。

谢你问讯，

我一切都平安。

我凭着爱神的光辉生着，

也凭着爱神的保护送我到这里。

我是舍了我可爱的父亲，

我找寻和父亲一样可爱的。

一个人如果只有了'母爱'便够了，

那末，

他便可以永久躲在襁褓里了。

我们固然需要广博的爱，

但也需要更深刻的。

亲爱的先生：

你如果有意肯扶助我一生，

便请你早送我要还家去……"

"可爱的人：

尊贵的女士！

你的口齿太伶俐了。

你的诚意，使我感动！

但我们并不立刻化成了仙人，

便该顾到顾到人间的事实。

理想不仅是精神的游戏，
是用来改变我们的实质。
生命的事实，
在我们所能感觉得到的，
我终觉比灵魂更重要呢。

你不能佩一朵萎了的花，
反夸说它从前怎样怎样的艳丽。
正如我不能对你说，
在虚无中反有我的实在。

遗弃了我吧！
我不能满足你的寻求。
假如你错认我做了'灵伴'，
你便将终于失望了。

若有人叫你莫轻信我，
这是真实可靠的了。
——因为他也正爱着你呢。
在我，
你将遍尝着——
伏侍羸疾者的厌倦；
饱受了——

颠狂者的震恐。"

"执拗的人啊：
你是比别人更强项了；
但你比别人也更痛苦了！
自示孱弱的人，
反常想胜过了一切强者。

我知道你的，比你自己知道的更多：
你比那心壮的更心壮！
比那年少的更年少！
你莫谩我，
我是爱着你了。

由各人观察适合的，便算完善。
你是我所认为最满意的，
在我正得着我所要得的，
我便是完善了。

只要许我一次亲吻，我便值得死，
只要许我一次拥抱，找便是幸福。
用我自己的手摘的果子虽小，
我却不贪那更大的了。"

"贤明的女士：

请改变你的痴望罢，——

你是病了！

你该明了你有更大的责任，

却超过你的神圣的爱。

我们委靡的民族；

我们积弱的国；

我们神明的子孙，太半是冗物了！

你该保存'人母'的新责任。

这些'新生'，正仗着你们慈爱的选择；

这庄严无上的权威，

正在你们丰腴的手里。

固然我也有过爱苗在心里，

但是却同我苗壮的青春，一路偷跑了。

我是何等的悲痛啊？

我不敢用我残碎的爱爱你了！

不能'自助'便不能'合作'，

为了我们所要创造的，不可使有丝毫不全；

真和美便是善，不是亏蚀的！

你该自爱，——

珍重你天生的黄金时代。

你须向武士去找寻健全的人格；

你须向壮硕像婴儿一般的去认识纯真的美。

你莫接近狂人，会使你也变了病的心理；

你莫过信那日夜思想的哲学者，

他们只会制造些诈伪的辩语。

羞耻啊！——

我不如武士和婴儿，

我只是狂人哲学者的弟子。

羸弱是百罪之源，

阴霾常潜在不健全的心里。

我不敢求你怜恕，

我已是不中绳墨的朽质；

在你看出忠厚，

都是我不可赦的堕落！"

"我心爱的人：

你的话太悲酸了！

你该自己平静些罢。

你是太受了世俗的夹挢，

把你逼向这更偏激的路上。

但有人却倾心于别人所弃的；

溺爱的愈觉可爱，

不易接触的愈觉可贵！

你莫自馁，

为了你——

爱的力，是我反厌弃了一切的健全。

你不须唱着往而不返的歌，

我将轻轻招手唤你转来；

你凡是失败过后，

便可奔向我松松放开的怀里！

我虽不愿对你怨恨，

但你该记得在我家里的不逊！

那便是——

'慈爱'受了你的侮辱；

'痛苦'受了你的蔑视；

你忍心欺负了老溺的父女，

我倒要替你'惭愧'。

你莫故故摧伤我的心！

我是一路上踏着自己的眼泪来的；

你若肯搀着我的手一路回去，

我便将含笑着一步步再踏上我那来时的泪迹。

我如果还能得着我所寻求的，

——这最后胜利的凯歌，

便不负了我所损失的。

当牧儿再见他所失去的小羊时，

顿然忘了才被主人鞭靽的痛苦。

你不能体贴我些些吗？——

我是不愿我年老的父亲常为我操心；

你也该知道我两头牵挂着一心！

如今，我将乞求你最后的决定，

你不能试这样向我说：'回心'吗？……"

"请莫把这柔软的网，张在我四面，

莫把这陶醉的语言，灌入我心里；

败了的战士，受着慰抚反更觳觫！

枯卉浇上甘霖，更增添它死灭的警惕！

锻了羽毛的鸟，

不敢向它的伴侣张开尾巴；

落地的花，

羞红了脸，再不能飞上枝头；

我落魄的心，

不敢再向你面前夸示。

我将耐着苦空，

如同那些僧侣；

我将忏着已往，

甘心做一个狷者；

我将在梦里伴着你，

你只当我是不归的荡子。

群花争笑着迎接春王，

但这不是枯卉的事；

你是人间最可爱的，

但这不是我的事；

为了怕阻碍阳春的工作，

我不该枉占却一寸园地。

我所有的不幸，无可救药！

我是——

心灵的被创者；

体力的受病者；

放荡不事生产者；

时间的浪费者；

——所有弱者一切的悲哀，

都灌满了我的全生命！

我敬礼的姑娘：

请早归你自己的故乡。

那里山川的美丽，

那里主人的恩惠，

我永不能忘！

我愿你们如山如川的安宁美丽；

在这莽莽的天涯，

须记常有人遥为你们祝福！

我将再向我渺茫的前途；

我所做的，我绝不反顾。

请诀绝了我吧！

我将求得'毁灭'的完成，偿足我羸疾者的缺憾。"

　　一九二四，一，六——八

　　选自朱自清编选《中国新文学大系·诗集》，上海良友图书印刷公司 1935 年
10 月版，原见白采著《白采的诗》，1925 年中华版

回忆

朱湘

纸窗下恬静的油灯，
室腰明，顶作圆形；
灯罩边仰首青年
神游于圆影的中心。

饹饹的要呼远闻；
上房中假哭着阿鲲；
晚饭菜厨下炒着，
好一片有望的声音。

——那时间无虑无忧，
如今呵变了逃囚。
但仍亮你的，油灯，
你的圆仍可神游。

　　选自《夏天》，商务印书馆 1925 年 1 月版

隔绝

天心

一

她是我生命的泉源，

我是她流成的小溪，

两岸青青杨柳，

柳丝拂水，

花纹描画轻轻；

她和我的心灵，

骑着白鹅双双，

追逐袅娜的柳影。

呀，这些都是过去的幻想，

她和我之间，如今

生命的交流已被隔绝，

便是秋天不到，

柳青也怎能不凋？

二

我的生命史中，

曾有过这样一段故事——

她和我露体并坐池边，

踢得水花四溅。

忽然月儿圆圆，

站在远远的天边，

她的影儿闪烁在我们面前；

我们正争着伸手去捉，

她忽然又消灭在我们面前；

我们抬头望月，

呀，她已被一朵黑云遮住。

我的心凄动，泪珠莹然，

伏在她肩上，低低说：

"假使一天你也被黑云遮住，

世界上将立即没有我了，

我一定立刻消灭了！"

三

我努力要把她忘记，

忍心将藏在我眼中的

她的美丽像儿，

水晶做的，化为晶莹的泪珠；

泪珠滴滴碎了，我想：

"从此我再不想她了。"

我笑嘻嘻

追着小妹妹游戏，

摘了一朵小紫花，

要插在她的辫尾：

她逃避了，远远地向我说：

"留着给美美罢，

这朵花比你前时给她

不肯给我的好看多了；

留着给她吧！"

我呆呆地站在路旁，

捻着小紫花神往；

我想，悔不该将她的像儿毁了，

不然，这朵花，

也还可得她的像儿观赏。

我呆呆地站在路旁，

捻着小紫花神往。

选自《京报副刊》第 34 期（1925 年 1 月 12 日）

雪花的快乐

徐志摩

（一）

假如我是一朵雪花，

翩翩的在半空里潇洒，

我一定认清我的方向——

　　飞飏，飞飏，飞飏——

这地面上有我的方向。

　　（二）

不去那冷寞的幽谷，

不去那凄清的山麓，

　　也不上荒街去惆怅——

　　飞飏，飞飏，飞飏——

你看！我有我的方向！

　　（三）

在半空里娟娟的飞舞，

认明了那清幽的住处，

　　等着她来花园里探望——

　　飞飏，飞飏，飞飏——

啊，她身上有朱砂梅的清香！

　　（四）

那时我凭借我的轻盈，

凝凝的，沾住了她的衣襟，

　　贴近她柔波似的心胸，

　　消溶，消溶，消溶，——

溶入了她柔波似的心胸！

　　　　十二月三十日雪夜
　　　选自《现代评论》第 1 卷第 6 期（1925 年 1 月 17 日）

寒蝉残声

陆晶清

　　双十节后二日，与波微游城南公园，园景萧条，秋色颇浓，步至雩坛时得闻寒蝉残声，故归后成此，聊志不忘。

　　　　（一）

是深秋天气，
　落叶掩没了小径，
　胭脂染遍了枫林；
广大的园儿内——
花寂寂，
鸟寂寂，
只松荫深处，
　隐隐的有几阵寒蝉残声。

（二）

是傍晚时候，
　　淡淡的浮云，
　　　　托着淡淡的斜阳；
　　斜阳，
　　　悄踱过树隙，
　　　　　射在无人迹的大道上。
　　那时呵！
　　　静穆的夕照中——
　　　　我们攀着败藤，
　　　　　倚着石碑，
　　　　　　细听——寒蝉残声。

选自《妇女周刊》第 7 期（1925 年 1 月 21 日）

泪滴

穆木天

我听见你的真珠的泪滴
　　滴滴在你的蔷薇色的颊上，
在萧萧的白杨的银色荫里，
　　周围罩着薄薄的朦胧的月光。
我听见你的水晶的泪滴

滴滴在你的鹅白的绢上，

滤在徐徐的吹过的夜风，

　　对着射出湖面的光芒。

我听见你的白露的泪滴

　　滴滴在青绒般的草茵

你的象牙雕成的两只素足

　　在灰绿上映着黑沉沉的阴晕。

我听见有深谷的杜鹃细啭，

　　我听见湖中的芦苇低语，

我听见有草虫鸣唧唧；

　　但他们都是你这几点泪滴！

啊！妹妹你的泪滴甜如甘蜜，

　　啊！妹妹你的泪滴甜如甘蜜，

你的泪滴是最美的新酒，

　　啊，妹妹！我最爱吃。

　　湖水旁边，

　　朦胧月里，

　　白杨荫下，

我听见了世上最美的伊的泪滴。

　　飞鸟山，1924，10，12

　　选自《语丝》第 13 期（1925 年 2 月 9 日）

还伊的信

曹雪松

我偷偷地流了一夜泪，

把信儿一封封整齐好还你，

你信封上第一个糊涂的"丽"字，

是我泪的结晶呵！

我今回想以前种种的痴情热爱，

不禁放声哭了；

追思将来种种的危险，

尤其要哭了！

纵然你父严厉，

纵然你母顽固，

但你信儿放在我这里，

他们何由能知？

须知你的信是我的安慰者，

我到了烦闷的时候，

只消拿它出来一读便好了；

可是现在呢……唉！

一九二四，一，二四，于宜兴西郊啼鹃室

选自《学生文艺丛刊（再版）》第1卷第9期（1925年3月）

痛哭英雄

石评梅

假如这是个梦,
我愿温馨的梦儿永不醒;
假使这是个谜,
我愿新奇的谜儿猜不透;
闪烁的美丽星花,
哀怨的凄凉箫声,
你告诉我什么?
他在人间还是在天上?

我不怕你飘游到天边,
天边的燕儿,
可以衔红笺寄窗前,
我不怕你流落到海滨。
海滨的花瓣,
可以漂送到我家的河边。
这一去渺茫音信沉;
唤你哭你都不应!
英雄呵!
归不归由你,
只愿告诉我你魂儿在那里?

你任马蹄儿践踏了名园花草，

又航着你那漂流无归的船儿，

向海上触礁！

迅速似火花的熄灭，

倏忽似流星的陨坠；

悄悄地离开世界，

走到那死静的湖里。

我扬着你爱的红旗，

站在高峰上招展的唤你！

我采了你爱的玫瑰，

放在你心上温暖着救你！

可怜我焚炽的心膻呵！

希望你出去远征，

疑惑你有意躲避。

但陈列的死尸他又是谁？

人们都说那就是你！

冰冷僵硬的尸骸呵！

你莫有流尽的血，

是否尚在沸腾？

你莫有平静的心，

是否尚在跃动？

我只愁薄薄的棺儿，

载不了你负去的怨恨！

我只愁浅浅的黄土，

埋不了你永久的英魂！

你得到了永久的寂静。

一撒手万事都空；

只有我清癯的瘦影，

徘徊在古庙深林；

只有我凄凉的哭声，

飘浮在云边天心。

你既然来也无踪，

去也无影；

又何必在人间寻觅同情？

这世界只剩了凄风黄沙，

我宛如静夜里坟上的燐花，

朦胧的月儿遮了愁幕，

幽咽的水涧似乎低诉？

这不过一副薄薄的棺，

阻隔了一切。

比碧水青山都遥远！

啊！梦吗？似真似幻？

选自《京报·妇女周刊》第 16 期（1925 年 4 月 1 日）

大暑

闻一多

今天是大暑节，我要回家了！
今天的日历他劝我回家了。
　　　他说家乡的大暑节
　　　是斑鸠唤雨的时候
大暑到了，湖上飘满紫鸡头。
大暑正是我回家的时候。

我要回家了，今天是大暑；
我们园里的丝瓜爬上了树，
　　　几多银绿的小葫芦
　　　吊在藤须上巍巍战，
初结实的黄瓜儿小得象橄榄，……
啊！今年不回家，更待那一年？

今天是大暑，我要回家了！
燕儿坐在桁梁上头讲话了；
　　　科头赤脚的村家女，
　　　门前叫道卖莲蓬；
青蛙闹在画堂西，闹在画堂东，……
今天不回家辜负了稻香风。

今天是大暑，我要回家去！

家乡的黄昏里尽是盐老鼠，

　　月下乘凉听打稻，

　　卧看星斗坐吹箫；

鹭鹚偷着踏上海船来睡觉，

我也要回家了，我要回家了！

（注）　吾乡称蝙蝠为盐老鼠

　　十三年夏美国珂泉

　　选自《京报副刊》第 106 期（1925 年 4 月 1 日）

泪雨

闻一多

我在生命的阳春时节，

曾流过号饥号寒的眼泪，——

那原是舒生解冻的春霖，

那也便兆征了生命的悲哀。

我少年的泪是四月的阴雨，

暗中浇熟了酸苦的黄梅。

如今正是黑云密布，雷电交加，

我的热泪像夏雨一般滂沛。

中途的怅惘，老大的蹉跎，——
我知道我中年的苦泪更多；
中年的泪定似秋雨淅沥，
梧桐叶上敲着永夜的悲歌。

谁道生命的残冬没有眼泪？
老年的悲哀是悲哀的总和。
我还有一掬结晶的老泪，
要开作漫天的愁人花朵。

选自《京报副刊》第 107 期（1925 年 4 月 2 日）

寄一多基相

朱湘

我是一个惫殆的游人，
蹒跚于旷漠的原中，
我形影孤单，挣扎前进，
伴我的有冬暮的悲风。

你们的心是一间茅屋，
小窗里射出友谊的红光；
我的灵魂呵！屋中歇下罢，
这正是你长眠的地方。

选自《京报副刊》第 116 期（1925 年 4 月 12 日）

野鬼

于赓虞

幽寂的河滨孤现我荒草覆没的墓坟，
没有野花粉饰其顶亦无碑文。
潺潺流水低吟，夜莺泣鸣于苍云，
万千古人亦曾安眠此处，但已无痕。
　　这，这幽凄，颤漾的寒光
　　宛如预吊我坟的运命。

生前的情境今已模糊，但仍记得
在风雪中了然低招早逝的魂灵；
今夜独吟荒岸犹如先日之冷落寂零，
你流水，你山风，知否我心颤，凄冷？
　　我，我已无法叙写往事种种，
　　只轻啸着脑岸上磨不去的梦影。

深夜淅沥的雨声激醒我死的幽梦，
倦心飘怦，无主宰，只觉天地欲崩；
风雨击窗棂陡使我冰冷的心绪荧荧，
急急的，急急的披幔探迎，却无归影。
　　唉唉，已逝的至爱的魂灵，
　　我以为你是回转来了。

自你去后我曾追迹于山野，海滨，
但你终以我秽污难留绝情而去；
我衰丧无依，罪魔却如银驹欢跃欲飞，
入眠，梦死，却又被山岸的海风摧起。
　　唉唉，已逝的至爱的魂灵，
　　我以为是你耳语我旁了。

我飘然的独来独往于此烟沙尘上，
碧澄的海水洗不净此体之重重鳞伤；
我曾徜徉，沦落四方终未获快愉微量，
苍宇内繁华，幽僻的处所都无我立足地方。
　　明月夜，秋风中伫立于
　　峰峦之上泪如川流一样。

我的魂灵，你不会阴诈，屈服与淫辱，
何为呀，不安宿故府而飘逝无踪？
零余之心永不曾微笑，低歌与轻腾，更何叹
深秋的坟墓消尽了人世的美誉与娇容。
　　希冀与忏情犹伴我而行，但
　　最后却跌于无名的幽谷之中。

如今我哀啸天风，但无名，飘逝的魂灵，
仍不见从远山，阔海回此寂寂的基茔。
我无伴侣，无楼阁，只孤宿深洞，
每于银灰的夜间徘徊于此荒野的溪景。
　　我将无希冀，眷恋永永，

烟雾的寒光中我的泪儿清清……

幽寂的河滨孤现我荒草覆没的墓坟，
没有野花粉饰其顶亦无碑文。
潺潺流水低吟，夜莺泣鸣于苍云，
万千古人亦曾安眠此处，但已无痕。
这，这幽凄，颤漾的寒光
宛如预吊我坟的运命。

一九二四年，十二月写于四平故里之山麓
选自《晨报副刊·文学旬刊》第 67 期（1925 年 4 月 15 日）

春意

刘廷蔚

一

雨夜，远山穿就了靛翠的罗裳，
平明来与陌头的新柳斗倩妍；
柳条儿把头深深低垂，
似妒非妒的说"偏是我不同你较量"
于是燕子从柳丝中翻身穿过，
悄悄地，他说"你莫着急啊，姑娘，
山脚下湖水上有整匹的翠罗，
我去裁一幅，裁一幅给你做衣裳。"

二

青山下的湖面上你来看看，
山影中，
剔破青青的涟漪，
　　有几只扑水的春燕，飞梭
　　激箭似的纵横急撩而过。

春雨之后，玉泉山
选自《京报副刊》第129期（1925年4月25日）

死火

鲁迅

我梦见自己在冰山间奔驰。

这是高大的冰山，上接冰天；天上冻云弥漫，片片如鱼鳞模样。山麓有冰树林，枝叶都如松杉。一切冰冷，一切青白。

但我忽然坠在冰谷中。

上下四旁无不冰冷，青白。而一切青白冰上，却有红影不可计数，纠结如珊瑚网。我俯看脚下，有火焰在。

这是死火，有炎炎的形，但毫不摇动，全体冰结，像珊瑚枝；尖端还有凝固的黑烟，疑这才从火宅中出，所以枯焦。这样，映在冰的四壁，而且互相反映，化为无量数影，使这冰谷，成红珊瑚色。

哈哈！

当我幼小的时候，本就爱看快舰激起的浪花，洪炉喷出的烈焰；不但爱看，还想看清。可惜他们都息息变幻，永无定形。虽然凝视又凝视，总不留下怎样一定的迹象。

死的火焰，现在先得到了你了！

我拾起死火，正要细看，那冷气已使我的指头焦灼，但我还熬着，将他塞入衣袋中间。冰谷四面，登时完全青白。我一面思索着走出冰谷的法子。

我的身上喷出一缕黑烟，上升如铁线蛇。冰谷四面，又登时满有红焰流动，如大火聚，将我包围。我低头一看，死火已经燃烧，烧穿了我的衣袋，流在冰地上了。

"唉，朋友！你用了你的温热，将我惊醒了。"他说。

我连忙和他招呼，问他名姓。

"我原先被人遗弃在这冰谷中，"他答非所问地说。"遗弃我的早已灭亡，消尽了？我也被冰冻冻得要死。倘你不给我温热，使我重行烧起，我不久就须灭亡。"

"你的醒来，使我欢喜。我正在想着走出冰谷的方法；我愿意携带你去，使你永不冰结，永得燃烧。"

"唉唉！那么，我将烧完！"

"你的烧完，使我悲苦。我便将你留下……仍在这里罢。"

"唉唉！那么，我将冻灭了！"

"那么，怎么办呢？"

"但你自己又怎么办呢？"他反而问。

"我说过了：我要出这冰谷……"

"但我倒不如烧完！"

他忽而跃起，如红彗星，并我都出冰谷口外。有大石车突然驰来，我终于碾死在车轮底下，但我还看见那车就坠入冰谷中。

"哈哈！你们是再也遇不着死火了！"我得意地笑着说，仿佛就愿意这样似的。

选自《语丝》第25期（1925年5月4日）

墓碣文

鲁迅

我梦见自己正和墓碣对立，读着上面的刻辞。那墓碣似是沙石所制，剥落很多，又有苔藓丛生，仅存有限的文句——

"……于浩歌狂热之际中寒，于天上看见深渊。于一切眼中看见无所有，于无所希望中得救。……"

"……有一游魂，化为长蛇，口有毒牙，不以啮人，自啮其身，终以殒颠。……"

"……离开！……"

我绕到碣后，才见孤坟，上无草木，且已颓坏。便从大阙口中，窥见死尸，胸腹俱破，中无心肝。而脸上却绝不显哀乐之状，但濛濛如烟然。

我在疑惧中不及回身，然而已看见墓碣阴面的残存的文句——

"……抉心自食，欲知本味。创痛酷烈，本味何能知？……"

"……痛定之后，徐徐食之。然其心已陈旧，本味又何由知？……"

"……答我！否则，离开……"

我就要离开。而死尸已在坟中坐起，口唇不动，然而说——

“待我成尘时，你将见我的微笑！”

我疾走，不敢反顾，生怕看见他的追随。

选自《语丝》第 32 期（1925 年 6 月 22 日）

也许

闻一多

　　为一个苦命的夭折少女而作

也许黄泉要鞠育你，

也许白蚁要保护你。

造物底圣旨既然如此，

就让他如此，让他如此！

也许你是哭得太累，

也许，也许你要安睡。

那么让苍鹭不要咳嗽，

蛙不要啼，蝙蝠不要飞；

也不要让星星瞥眼，

也不要让蜘蛛章丝——

一切的都该让你酣眠，

一切的都应该服从你！

也许这荒山的风露

真能安慰你，休息你；

我让你休息，让你休息，

我吩咐山灵别惊动你！

也许听着蚯蚓翻泥，

听细草底根儿吸水——

也许听着这般的音乐

比那咒骂的人声更美；

那么你把眼皮闭紧，

我就让你睡，让你睡。

我把黄土轻轻盖着你，

我叫纸钱儿缓缓地飞。

选自《京报副刊》第 197 期（1925 年 7 月 3 日）

血歌
　　——为五卅惨剧作

朱自清

　　血是红的！

血是红的！

狂人在疾走，

太阳在发抖！

血是热的！
血是热的！
熔炉里的铁，
火山的崩裂！

血是长流的！
血是长流的！
长长的扬子江，
黄海的茫茫！

血的手！
血的手！
戟着指，
指着他我你！

血的眼！
血的眼！
团团大，
射着他你我！

血的口！
血的口！
申申詈，
唾着他我你！

中国人的血！
中国人的血！
都是兄弟们，
都是好兄弟们！

破了天灵盖！
断了肚肠子！

还是兄弟们，

还是好兄弟们！

　　我们的头还在颈上！

我们的心还在腔里！

我们的血呢？

我们的血呢？

　　"起哟！

　起哟！"

　　六月，十日

　　选自《小说月报》第16卷第7期（1925年7月10日）

洗衣曲

闻一多

　　美国华侨十之八九以洗衣为生，外人至有疑支那乃举国洗衣匠者。国人旅外之受人轻视，言之心痛。爰假洗衣匠口腔作曲以鸣不平。

（一件，两件，三件）

洗衣要洗干净，

（四件，五件，六件）

熨衣要熨得平。

铜是那样臭，血是那样腥！

脏了的东西你不能不洗，
洗了的东西又不能不脏，
有耐性的人们理他不理？
　　替他们洗！替他们洗！

我洗得净悲哀底湿手帕，
我洗得白罪恶底黑汗衣，
贪心底油腻和欲火底灰……
你们家里一切的脏东西，
　　交给我洗！交给我洗！

你说洗衣的买卖太下贱，
干这种买卖惟独有唐人。
你们的牧师他告诉我说：
耶稣的爸爸做木匠出身。
　　你信不信？你信不信？

洗衣定规是一件容易事，
洗衣那里比得上造兵船？
洗衣匠们真个是没出息，
流了一身苦汗赚不了钱。
　　你们肯干？你们肯干？

年年洗衣三百有六十日，
看不见家乡又上不了坟。
你们还要笑我是洗衣匠，

你们还要骂我是支那人。

（一件，两件，三件）

洗衣要洗干净，

（四件，五件，六件）

熨衣要熨得平。

选自《现代评论》第 2 卷第 31 期（1925 年 7 月 11 日）

有忆

朱湘

病黄色的斜晖

留连于黑瓦的房脊，

一层淡灰的薄纱

蒙上白粉的墙壁。

停了噪的栖鸦

时发半睡的喉音。

和平的无声晚汐

已经淹没了全城。

油路灯稀朗的照着，

鹰与鸟已飞下城堞；

在暮烟的白被中

紫色的钟山也已安歇。

在寂寥的街上，

王侯大第之阴中，

一个老人担卖元宵，

闲敲如掩的竹筒。

五月十五日，上海

选自《京报副刊》第 211 期（1925 年 7 月 18 日）

到坟墓去

沈从文

歌咏玫瑰的爱美诗人下了场，

于是血的诗人就在台上呼喊了。

为了女会员马车的马蹄蹴踏的快，

食堂上先站着的几位少年诗人，

便把那正预备唱血雨的歌的嘴去吻那黑色发光的窄窄鞋尖。

眼睛里还见不到一滴以上红东西，

耳朵边却流过许多血字了。

虽然天安门前毕竟也飞了一回指头！

指头已飞去了！

指头当真已飞去了！

你要找它的去处吧？

请你看那人在群众喝彩声里的眼睛。

无事还是也随到去那人阵子里挤挤呵！

在群众一致对外的口号里，

你还可以听到同志们为争先后的吵骂。

到坟墓的道路还多着，

蛆虫的本色呢，

便只骚动。

十四年七月去北京时

选自《晨报附刊》1925 年 7 月 23 日

弹三弦的瞎子

朱湘

市声静了的傍晚

抱三弦的瞎子弹过街中，

是一种低郁的音响，

疲倦的诉说着微衷。

寒气无声的拥来，

围逼起他单薄的衣裳，

他趁着心血犹温，

弹出了这颤鸣的声浪。

黄色街灯的光下，

有他幻异之长影前横，

说不定他未觉到罢，

也说不定眼前隐约的一明。

三弦抖动而鸣咽，

哀鸣出流浪人的心胸；

无人见的他飘来，

无人见的飘入了暗中。

　　五月三日

　　选自《京报副刊》第 216 期（1925 年 7 月 23 日）

暂霁

朱湘

恰在昏黑时雨停了，

剩下些云团向西直驰；

远塘中响着蛙鼓，

檐间偶听到些残雨滴儿。

蝙蝠时左时右的翻飞，

好像一些大的黑蝴蝶。

还以为出了星呢，

原来是一点流萤明灭。

　　七月二十三日

　　选自《京报副刊》第 228 期（1925 年 8 月 4 日）

苦雨

朱湘

檐雨尽单调的敲着，
屋漏渗下了纸顶篷，
一股浓烈的霉气息，
向人的鼻观里直冲。

我蛰居于斗室之内，
不觉想起了近街邻居，
那家的墙壁离开基础，
已经倾斜了半尺有余。

我在前天暂晴的时候
曾经走过那家门前，
倾颓的老屋随地皆是，
但那家的幸尚安全；

我朝里望，见一对老夫妻，
他裸胸上有白的瘢痕，
苦笑微颤于黄瘪的面部，
她只是呆坐着，不响一声；

一个面庞肥泽的孩子，

看他的年岁差不多八九，

他正玩着未售出的西瓜——

我的思想不觉使我噤抖。

塌房的记载近两天很多，

有少妇竟因丧夫而自杀。

听说永定河也已泛滥，

河水流入了居民的床下；

还记得从前邻居失慎，

我自家是怎样一种心情，

何况为饥寒恐惧所交迫，

他们现在蜷伏于高墩？

云南水灾后继以瘟，旱，

比起此间来又当何如？

听哪！同一雨声下的梨园内，

鉴赏的观众扬起了欢呼！

　　七月二十九日

　　选自《京报副刊》第 229 期（1925 年 8 月 5 日）

诱惑

闻国新

　　我愿化一只白鹤，飞上太空，
与锦翼相思之鸟并翅回翔；
　　我愿在嶙峋的峭壁山崖，
把此膻腥的肉体深深埋葬。

　　哀哀此世，欺瞒，狡诈，残忍，凄凉，这重重的鳞伤，
处处已无有一点净土，供我的飘荡。
　　更何堪狂风，烈雨，几次摧逼？
去，去呀，我将觅屈子的沉尸，
　　于暖波吞吐的汨罗江里。

　　眼前现出一把锋利的钢刀，
尖儿闪闪，紧对我的咽喉。
　　死的诱惑，呵，光明的大路——
这龌龊的尘世，那能使我片刻勾留！

　　案上有毒药一杯，玲珑美丽，
它低低的笑语，露出最后的光辉。
　　"来，来，我将引你到那亲爱的故家；
假若你能把我一口吞下。"

凄弱的，天上的乐园沉醉了我的童心，

想此际有谁还怀念我的飘零！

　　去，去呀，死的高原点缀有无数的娇花碧草，

那方且有你朝夕渴念的亲人。

　　八，十，一九二五。夜深人散后

　　选自《京报副刊》第239期（1925年8月15日）

狼狈

闻一多

女人，流水上一抹斜阳

悠悠的来了，悠悠的去了。

这时不是我不想你，

这颗心不由我作主了。

女人，又是灰色的黄昏

藏满了蝙蝠的翅膀。

这时不是我不念你，

这时我的心最好别想。

女人，落叶像败阵纷逃，

暗影在我窗前睥睨。

这颗心不是我的了，

人啊，教他如何想你！

女人，秋夜如此的寂寥……

嘿！这是谁在我耳边讲话？

这分明不是你的声音。

女人啊！她偏偏要我降她。

选自《晨报附刊》（1925 年 8 月 14 日）

现代的一位诗人

刘延陵

你的诗其震袭我的灵，骸，

犹如深夜里枕上的潮声澎湃；

那浩淼的波涛上接星辰，

所以啊，

沉雄的拍子就成为海天对讴的和谐。

它又如一座丈八金身的“我佛”，

静默里微笑，拈花。

也同一座峨峨的高山

浸着在春日的光华。

和平啊，然而伟大。

山更令我想起你的诗篇，

那就好比在积雪的昆仑之巅，

峡谷间挂着一条清泉——曲折，蜿蜒，

山顶上一个狮子立而且吼，

响彻云天！

　　山也奋跃，

水也震惊：

"我高高的将蔓衍为华夏的脉络，

我出山的正等待着伟大的使命。

你吼啊，你请！"

　　山也奋跃，

水也震惊，

六十万年的古树也抖擞乱鸣；

我在水边头拾到一片红叶，

也作金石的声音。

　　　　　选自《文学周报》第 188 期（1925 年 8 月 30 日）

西伯利亚道中忆西湖秋雪庵芦色作歌

徐志摩

我捡起一枝肥圆的芦梗，

　　在这秋月下的芦田；

我试一试芦笛的新声，

　　在月下的秋雪庵前。

这秋月是纷飞的碎玉，

　　芦田是神仙的别殿；

我弄一弄芦管的幽乐——
　　我映影在秋雪庵前。

我先吹我心中的欢喜——
　　清风吹露芦雪的酥胸；
我再弄我欢喜的心机——
　　芦田中见万点的飞萤。

我记起了我生平的惆怅，
　　中怀不禁一阵的凄迷，
笛韵中也听出了清悠别样——（凄凉）
　　近水间有断续的蛙啼。

这时候芦雪在明月下翻舞，
　　我暗地思量人生的奥妙，
我正想谱一折人生的新歌，
　　啊，那芦笛（碎了）再不成音调！

这秋月是缤纷的碎玉，
　　芦田是仙家的别殿；
我弄一弄管的幽乐，——
　　我映影在秋雪庵前。

我捡起一枝肥圆的芦梗，
　　在这秋月下的芦田；
我试一试芦笛的新声，

在月下的秋雪庵前。

选自《晨报附刊》（1925 年 9 月 7 日）

末日

闻一多

露水在筸筒里哽咽着，
凉夜的黑舌头舐着玻璃窗，
四围的败壁要退后走，
我一人填不满偌大一间房。

我在房里烧起一盆火，
静候着一个远道的客人来，
我用蛛丝鼠矢喂火盆，
我又把花蛇的鳞甲代劈柴。

鸡鸣两遍火焰熄了，
一道阴风吹来吹闭我的口，
原来客人就在我眼前，
我眼皮一闭就跟着客人走。

选自《晨报附刊》（1925 年 9 月 22 日）

昨夜独步——读《志摩的诗》以后

尚钺

我昨夜独步入花丛，

见群花在言不得，语不得的哭泣。

询以悲哀之原因——

群花掩泪答我曰：

可怜而软弱的我们！

近来被一个不知从外国新归来的诗人

抢去了我的实有的身体，

撇下了我们的灵魂：

在这里飘荡着，彷徨着，无所归依。

我昨夜独步入森林，

见群鸟相互欢跃着欣庆——

询以相庆之原因。

群鸟舞蹈着答我曰：

可幸的我们呵！

近来被一个从外国新归来的诗人

剥去了我们炫目的毛羽，

撇下了我们的赤裸的身形，

可庆呵，庆以后永远也无庸

耽荡子的丸弹，牧童的扑捉的心了。

我昨夜独步入香闺，

见一对爱人互相怀抱着哭泣。

询以悲伤之原因，

二人解抱答我曰：

不幸的我们呵！

被近来一个新从外国归来的诗人，

偷去了我们的表爱之温唇，……

留下我们的爱之核心，

叫我们内中烈火般，烧着的爱之精，

失去了她的爱之表情，

将焦抑着，干闷着，毁灭于沙尘。

我昨夜独步到溪边，

听流水淙淙地发着悲叹。

询以吁嗟之原因，

波痕蹙容答我曰：

不幸的我的柔身，

被近来一个新从外国归来的诗人，

硬替我披上了一层油滑的皮形，

使我这活泼的，灵敏的精神，

僵化成一沟滞塞的泥泞，

将抑郁着，阻闷着，变成干燥的土坑。

因为周作人先生说："我以为真的文艺的批评，本身便应是一篇文艺。……"所以我写出我读《志摩的诗》的感触，也用一种诗的体裁，但决不敢以自命为诗人，然而又不敢妄自为批评家。

　　　　　　　　　　　　　　　　　　　　　　　写者附笔。

　　一九二五，九，二六

　　选自《京报副刊》第283期（1925年9月28日）

爱苗

刘梦苇

自从我与你相见在菜花黄时，
你已在我心田里撒下爱的种子；
渐渐地萌芽又渐渐地滋长，
到如今已长成了爱苗丝丝。

自从这针针的青青的爱之嫩苗，
在我肥沃的心田之上次第长遍；
时时地属望它们早早开花结果，
我底心在时间的海里度夜如年。

我夜夜用泪泉灌溉这爱的嫩苗，
有尽的泪泉又能灌溉几个通宵？
到今朝呵今朝，泪泉宣告干竭了，
可怜这爱的嫩苗早晚就要枯槁！

你撒下了爱的种子的美之女神！
撒下了爱的种子你望不望收成？

我底心正为了爱苗在向你祈祷，
乞你赐下爱之甘露来滋被生生！

选自《妇女周刊》第 42 期（1925 年 9 月 30 日）

夜之歌

李金发

我们散步在死草上，
悲愤纠缠在膝下。

粉红之记忆，
如道旁朽兽，发出奇臭。

遍布在小城里，
扰醒了无数甜睡。

我已破之心轮，
永转动在泥污下。

不可辨之辙迹，
惟温爱之影长印著。

噫吁！数千年如一日之月色，
终久明白我的想像。

任我在世界之一角，
你必把我的影儿倒映在无味之沙石上。

但这不变之反照，衬出屋后之深黑，
亦太机械而可笑了。

大神！起你的铁锚，
我烦厌诸生物之污气。

疾步之足音，
扰乱心琴之悠扬。

神奇之年岁，
我将食园中香草而了之；

彼人已失其心，
在混杂在行商之背而远走。

大家辜负，
留下静寂之仇视。

任"海誓山盟"，
"溪桥人语"，

你总把灵魂儿，

遮住可怖之岩穴，

或一齐老死於沟壑，
如落魄之豪士。

但我们之躯体，
既偏染硝磺。

枯老之池沼里，
终能得一休息之藏所么？

　　一九二二
　　选自《微雨》，北新书局 1925 年 11 月版

不幸

李金发

我们折了灵魂的花，
所以痛哭在暗室里。
岭外的阳光不能晒干
我们的眼泪，惟把清晨的薄雾
吹散了。呵，我真羞怯，夜鸠在那里唱，
把你的琴来我将全盘之不幸诉给他，
使他游行时到处宣布。

我们有愚笨的语言使用在交涉上，

但一个灵魂的崩败，惟有你的琴

能细诉，——晴春能了解。

除了真理，我们不识更大的事物，

一齐开张我们的手，黑夜正私语了！

夜鸠来了我恐我们因之得到

无端之哀戚。

选自《微雨》，北新书局 1925 年 11 月版

弃妇

李金发

长发披遍我两眼之前，

遂隔断了一切羞恶之疾视，

与鲜血之急流，枯骨之沉睡。

黑夜与蚊虫联步徐来，

越此短墙之角，

狂呼在我清白之耳后，

如荒野狂风怒号：

战栗了无数游牧

靠一根草儿，与上帝之灵往返在空谷里。

我的哀戚唯游蜂之脑能深印着；

或与山泉长泻在悬崖，

然后随红叶而俱去。

弃妇之隐忧堆积在动作上，
夕阳之火不能把时间之烦闷
化成灰烬，从烟突里飞去，
长染在游鸦之羽，
将同栖止于海啸之石上，
静听舟子之歌。

衰老的裙裾发出哀吟，
徜徉在丘墓之侧，
永无热泪，
点滴在草地
为世界之装饰。

选自《微雨》，北新书局 1925 年 11 月版

南来雁

陆晶清

（一）

雁儿！
　你来自南方，
　　曾否经过我的家乡？

在五华山麓，

　翠湖堤畔，

　我有个弱小的弟弟！

他，这几时

　是否无恙？

　　（二）

雁儿！

　你来自南方，

　　曾否经过我的家乡？

　在西郊外。

　　白杨丛生的墓地上——

　　　黄土曾埋了我的哥哥；

　　　　也埋了我慈爱的娘；

　那里呵！

　　久已无人去探望，

　　久已无人去探望，

　　坟头的蔓草，

　　　不知增了多少？

　　（三）

雁儿！

　你来自南方，

　　曾否经过我的家乡？

静寂的南关，

有我父亲的新坟——

在碧澄的小溪旁。

小溪旁——父亲的新坟上，

那点点血泪，

干也未干？

那点点血泪，

干也未干？

十四年重九写于北京

选自《妇女周刊》第47期（1925年11月4日）

诗人凝视

李金发

诗人凝视

上帝之游戏：

雨儿狂舞，

风儿散着发，

这是睡眠的时候

如午画化作黄昏。

残废之乞丐伫立路侧，

欲慈悲的人造他的幸福，

奈风儿来得更紧
渐渐僵着不动了。

雾儿迟疑着在远处，
无力进这尽头巷，

燕群飞翔着他细小的心，
恐怖到风的余威。

游散的人，
现出一切和平，

各自在生命上徜徉，
同伫看惨酷之神秘。

选自《文学周报》第 198 期（1925 年 11 月 8 日）

上山

胡适

"努力！努力！
努力望上跑！"

我头也不回，
汗也不揩，
拚命的爬上山去。
"半山了，努力！
努力望上跑！"

上面已没有路，
我手攀着石上的青藤，
脚尖抵住岩石缝里的小树，
一步一步的爬上山去。

"小心点！努力！
努力望上跑！"

树桩扯破了我的衫袖，
荆棘刺伤了我的双手，
我容易打开了一线路爬上山去。

"好了！上去就是平路了！
努力！努力望上跑！"

上面果然是平坦的路，
有好看的野花，
有遮阴的老树。

但是我可倦了，

衣服都被汗湿遍了，

两条腿都软了。

我在树下睡倒，

闻着那扑鼻的草香，

便昏昏沉沉的睡了一觉。

睡醒来时，天已黑了，

路已行不得了，

"努力"的喊声也灭了。……

猛省！猛省！

我且坐到天明，

明天绝早跑上最高峰，

去看那日出的奇景！

选自《南开周刊》第 1 卷第 9 期（1925 年 11 月 9 日）

小坐

成仿吾

（一）

飘摇，

我在跟着人群飘摇。

这悠久的日日，
我只是飘摇，飘摇。

（二）

人生已饱和着疲劳，
于我太荒凉而冷酷。
我无狂热为欢，
也无热忱可以歌哭。

（三）

在这飘摇的生活之中，
只这时候我心清冲，
当我偷闲小坐，
坐看生命之流涌去匆匆。

（四）

生命之流涌去匆匆，
群动在狂拥而昏昏；
我飘摇着，
在群动飘摇之中。

昨日检点行箧，偶落旧纸一方于地；今早拾起来一看，却是一篇短诗。题下仅书十二月廿五夜，已经不知是何年写的。返湘以来，生机绝尽，偶读此诗，觉流浪上海时之心绪尤为难得。

十四年十月十三日

选自《洪水》第 1 卷第 5 期（1925 年 11 月 16 日）

红叶

马玉铭

军阀们每于打仗时，总是差不多随处拉夫；现在正当严冬时节，寒风弄柄，他吹残了许多委靡不堪的红叶，其现象，看起来，真好像与拉夫作同样的苛刻！故感而作此。

一片微小的红叶，
　被着朔风的残逼；
很不自在地告辞了他的家室，
　如怨如怒，如泣如诉的说着：
"兄呀！弟呀！父母和长辈们呀！
强大的使命，苛刻的压迫。
隔世再会吧！"
　咽呜涕泣！

刮刮的朔风，
　越吹越利害了；
一片的微小红叶，
　也越飞越高了；

好像嘴里有不敢劲说的样子——说：

　　"白云漫漫；

　　　暴风狂狂；

　　世间的一切，都蛰伏而静躲着，

　　惟有让我独个徘徊而飞翔着，

　　　我未知何处是我的安乐地，

卸尽我的满腔的悲抑?"

朔风稍住了，

红叶也落于一座大山中了；

　　他立定了足，

　　　透直了气，

自怨亦自愉的说道：

　　"山呀！

　　亲爱的山呀！

　　　救了我吧！

　　强大的使命，苛刻的压迫，

　　我实在不堪其苦呢！

　　　救了我吧！"

但是这无情的高山，

　　却无片言来安慰他，救他，

他依然在这生命之路上，孤孤零零的踌躇着。

一忽儿，一阵的狂风又起了，

把一片的微小红叶，又抬至空间了；

　　一飞二飞，飞至一条广大的江河上，

那凶暴的流水，不知害了什么似的，怒气冲动，

前浪接后浪。

他看了，不禁大呼道：

　"这是什么？难道海龙王出现吗？

　我的命运，应该如此吗？

　啊！我的命运……"

语犹未绝，呼的一声，旋风过去，

把一片的微小红叶，落将水上流去了。

　　一九二五年，十二，一

　　选自《安定》第 25 期（1926 年 11 月 25 日）

抱怨

闻一多

我拈起笔来在手中玩弄，

空中便飞来了一排韵脚；

我不知如何的摆布它们，

只希望能写出一些快乐。

我听见你在窗前咳嗽，

不由的写成了一首悲歌。

上帝将要写我的生传；

展开了我的生命之纸；

不知要写些什么东西，

许是灾殃，也许是喜事。

你硬要加入你的姓名，

他便写成了一篇痛史。

选自《晨报七周年增刊》第12月期（1925年12月1日）

客中

徐志摩

今晚天上有半轮的下弦月；

　　我想携着她的手，

　　往明月多处走——

一样是清光，我说，圆满或残缺。

园里有一树开剩的玉兰花；

　　她有的是爱花癖，

　　我爱看她的怜惜——

一样是芬芳，她说，满花与残花。

浓阴里有一只过时的夜莺；

　　她受了秋凉，

　　不如从前浏亮——

快死了，她说，但我不悔我的痴情！

但这莺，这一树花，这半轮月——

　　我独自沉吟，

对着我的身影——

她在那里，阿，为什么伤悲，凋谢，残缺？

选自《晨报附刊》（1925 年 12 月 10 日）

有一座坟墓

朱湘

有一座坟墓，
坟墓前是森森柏林，
有一座坟墓，
像蛇样风过草根；

有一点萤火，
四边被黑暗包围，
有一点萤火，
映着圹灯的青辉。

有一只怪鸟，
藏在巨灵的树阴，
有一只怪鸟，
作非人间的哭声；

有一钩黄月，
在黑云后面偷窥，

有一钩黄月，

忽然躲进了山隈。

选自《小说月报》第 16 卷第 12 号（1925 年 12 月 10 日）

扫墓

石评梅

狂风刮着一阵阵紧，

尘沙迷漫望不见人；

我独自来到荒郊外，

向垒垒的冢里，

扫这座新坟。

秋风吹的我彻骨寒，

芦花飞上我的襟肩，

一步一哽咽，缘着这静悄悄的芦滩，

望着那巍巍玉碑时，

我心更凄酸！

秋深了，荒枯遍天涯，

那回绕墓头的女萝，

一丝丝，一缕缕萎化作尘沙；

谁相信，一刹那，

一刹那白骨映落霞。

远远一线青痕是西山，

晚霞照着萧森的苇塘；

我践踏着荒草枯叶，

回转着墓碑彷徨，

将这郁郁哀情，飘浮在新坟上。

天边有飞过的雁儿哀鸣！

抬头细认，依稀是去年的故人。

飞去吧！雁，你不要俯骋，

这块白云下，埋葬了一颗可怜的心，

飞去吧！雁，你不要静听，

那一片深林里，有凄哀的哭声！

如梦，如梦，梦都空，

生命的消逝似彗星一瞬！

刹那间生病死葬，

魂飞渺茫难追寻；

常忆起纸灰飞扬中，

掩埋你僵硬的尸身！

听白杨萧瑟声音，

似你病榻辗转的呜咽！

看袅娜迎风的垂柳；

似你病后微步的身影：

想起来往事历历犹疑梦，

谁信，荒郊外建着你的新坟。

用凄哀织成的梦境，

狂风吹断它，如烟云般无踪。

去吧！戏弄人生的命运！

你的心化成了一湾流水，

我的心僵变成几叠青峰；

静等着，地球何日化灰烬！

人生，来也空，去也空，

匆匆忙忙为了甚？

我在梦境里捕捉住一颗心，

梦去了，魂飞了，

残影永留在心中：

永留在心中，直到我走进坟茔。

我哀那垒垒冢里人，

可怜都在异乡作孤魂；

生命如泡花瞬息空，

值得谁记忆和领省！

只有你坟头供鲜花，

黄昏时还彷徨一个青衣女郎。

为什么，生命液不向玛瑙玉杯里斟，

任她滴入雕残枯萎的莲心。

偶然来去的道路上，

你种下了系人心魂的柳丝，万缕迎风；

伟大的事业虽未成，

这一页哀史里，你却是多情的英雄。

那里还有遥远的路程我未走尽，

我们的距离，只有这点儿路程；

不管这世界是黄沙凄风，

不管这地球是荒郊孤冢，

我要去了，在斜阳照临时，

去走我未完的路程。

日落了，墓地更幽静，

一轮秋月真凄清：

这是一幅最美的景，

这是一腔最深的情，

在这荒郊外，新坟上，

印下个袅娜人影。

狂风刮着一阵阵紧，

尘沙迷漫望不见人；

几次要归去，

又为你的孤冢泪零！

留下这颗秋心，

永伴你的坟茔。

    ——红叶时在陶然亭畔

    选自《妇女周刊》周年纪念特号（1925 年 12 月 20 日）

1926 年

苍白的钟声

穆木天

苍白的 钟声 衰腐的 朦胧
疏散 玲珑 荒凉的 濛濛的 谷中
——衰草 千重 万重——
听 永远的 荒唐的 古钟
听 千声 万声

古钟 飘散 在水波之皎皎
古钟 飘散 在灰绿的 白杨之梢
古钟 飘散 在风声之萧萧
——月影 逍遥 逍遥——
古钟 飘散 在白云之飘飘

一缕 一缕 的 腥香
水滨 枯草 荒径的 近旁
——先年的悲哀 永久的 憧憬 新舫——
听 一声 一声的 荒凉
从古钟 飘荡 飘荡 不知哪里 朦胧之乡

古钟 消散 入 丝动的 游烟
古钟 寂蛰 入 睡水的 微波 潺潺
古钟 寂蛰 入 淡淡的 远远的 云山

古钟 飘流 入 茫茫 四海 之间

——瞑瞑的 先年 永远的欢乐 辛酸

软软的 古钟 飞荡随 月光之波

软软的 古钟 绪绪的 人 带带之银河

——呀 远远的 古钟 反响 古乡之歌——

渺渺的 古钟 反映出 故乡之歌

远远的 古钟 入 苍茫之乡 无何

听 残朽的 古钟 在　灰黄的 谷中

入 无限之 茫茫 散淡 玲珑

枯叶 衰草 随 呆呆之 北风

听 千声 万声——朦胧 朦胧——

荒唐 茫茫 败废的 永远的 故乡 之 钟声

听 黄昏之深谷中

一九二六，一，二，东海道上

选自《旅心》，创造社，1927 年 4 月 1 日版

翡冷翠的一夜

徐志摩

你真的走了，明天？那我，那我……

你也不用管，迟早有那一天；

你愿意记着我，就记着我，

要不然趁早忘了这世界上

有我，省得想起时空着恼，

只当是一个梦，一个幻想，

只当是前天我们见的残红，

怯怜怜的在风前抖擞，一瓣

两瓣，落地，叫人踩，变泥……

唉，叫人踩，变泥——变了泥倒干净，

这半死不活的才叫是受罪，

看着寒伧，累赘，叫人白眼——

天呀！你何苦来，你何苦来……

我可忘不了你，那一天你来，

就比如黑暗的前途见了光彩，

你是我的先生，我爱，我的恩人，

你教给我什么是生命，什么是爱，

你惊醒我的昏迷，偿还我的天真，

没有你我哪知道天是高，草是青？

你摸摸我的心，它这下跳的多快；

再摸我的脸，烧得多焦，亏这夜黑

看不见；爱，我气都喘不过来了，

别亲我了；我受不住这烈火似的活，

这阵子我的灵魂就像是火砖上的

熟铁，在你的锤子下，砸，砸，火花

四散的飞洒……我晕了，抱着我，

爱，就让我在这儿清静的园内，

闭着眼，死在你的胸前，多美！

头顶白杨树上的风声，沙沙的，

算是我的丧歌，这一阵清风，

橄榄林里吹来的，带着石榴花香，

就带了我的灵魂走，还有那萤火，

多情的殷勤的萤火，有他们照路，

我到了那　环洞的桥上再停步，

听你在我这儿抱着我半暖的身体，

悲声的叫我，亲我，摇我，咂我；……

我就微笑的再跟着清风走，

随他领着我，天堂，地狱，那儿都成，

反正丢了这可厌的人生，实现这死

在爱里，这爱心中的死，大强如

五百次的投生？……私自，我知道，

可我亦管不着……你伴着我死？

什么，不成双就不是完全的"爱死"，

要飞升也得两队翅膀儿打伙，

进了天堂还不一样的得照顾，

我少不了你，你也不能没有我；

要是地狱，我单身去你更不放心，

你说地狱不定比这世界文明

（虽则我不信，）像我这娇嫩的花朵

难保不再遭风暴，不叫雨打，

那时候我喊你，你也听不分明，——

那不是求解脱反投进了泥坑，

倒叫冷眼的鬼串通了冷心的人，

笑我的命运，笑你懦怯的粗心？

这话也有理，那叫我怎么办呢？

活着难，太难，就死也不得自由，

我又不愿你为我牺牲你的前程……

唉！你说还是活着等，等那一天！

有那一天吗？——你在，就是我的信心；

可是天亮你就得走，你真的忍心

丢了我走？我又不能留你，这是命；

但这花，没阳光晒，没甘露浸，

不死也不免瓣尖儿焦萎，多可怜！

你不能忘我，爱，除了在你的心里，

我再没有命；是，我听你的话，我等，

等铁树儿开花我也得耐心等；

爱，你永远是我头顶的一颗明星：

要是不幸死了，我就变一个萤火，

在这园里，挨着草根，暗沉沉的飞，

黄昏飞到半夜，半夜飞到天明，

只愿天空不生云，我望得见天，

天上那颗不变的大星，那是你，

但愿你为我多放光明，隔着夜，

隔着天，通着恋爱的灵犀一点……

六月十一日，一九二五年，翡冷翠山中

选自《晨报副镌》（1926 年 1 月 6 日）

歌

朱湘

是人生不容爱，
人生好比是暴君，
逆他的人死，
到了那时辰
我要思你都不能。

情况既经如此，
又何必苦眼愁眉？
我有口能饮，
酒又爱般美：
斟罢！快斟上一杯！

选自《小说月报》第 17 卷第 1 期（1926 年 1 月 10 日）

君山

韦丛芜

1

夜幕中卧着一座荒凉的野站。

月台上耸着三个黑黑的人影。

冷风在衰草上嗖嗖作响，

　　飘飘地摆着台上人的衣裙。

夜色织着相思的幕，

　　冷风吹着初爱的火。

月台上耸着三个黑黑的人影，

　　飘飘地摆着他们的衣裙。

稀疏的细语，

　　破不了野站的寂静；

脚下的搓声，

　　传不尽默默的深情。

月台上耸着三个黑黑的人影，

　　飘飘地摆着他们的衣裙。

　　冷风在衰草上嗖嗖作响，

　　夜幕中卧着一座野站荒凉。

　　2

夜幕中卧着一座荒凉的野站，

　　野站中坐着我们三位远来的青年。

壁下的炉火熊熊，

　　棹上的灯光昏暗。

我们对着壁炉并坐，

　　我坐在伊们的中间。

炉火映着我们低垂的红红的脸，

　　我的心炉呵伸出蛇一般的情焰。

"今夜真是想不到呵，

　　我们在这过了小年。"

感谢你山女提起，

　　此夜呵我要终身纪念。

心炉的情焰，

　　烧破紧密的夜幕；

切切的细语，

　　催来四野的晓雾。

壁下的炉火消残，

　　棹上的灯光昏暗。

晓雾中卧着一座荒凉的野站，

　　野站中坐着我们三位远来的青年。

　　　3

我们依着船栏伫立，

　　江风送来阵阵的寒栗。

不知道伊们在想着什么，

　　我暗暗地这样低语：

"仓猝的事变，

　　造就了此番的机缘；

一路的殷勤相送，

　　原是为着无名的爱恋；

"爱恋的话不能说，

　　爱恋的戏摆不得；

收回成命吧，朋友，

　　恕我不能到你们的家中暂歇。

"热热的初交的情谊，

　　埋藏在深深的心底。

江之彼岸便是你们的家园，

　　朋友，我们何时再见?"

我们依着船栏伫立，

　　我暗暗地这样低语。

不知寒栗的江风，

　　曾否吹醒伊们的梦。

　　　选自《莽原》第 1 卷第 1 期（1926 年 1 月 10 日）

招

朱湘

回来罢回来！
别去那不可知的地方。
晓得它那里有些什么？
陌生的国境不如故乡。

回来罢回来！
生活无味时那值得自戕？
不过要是它真有味道，
你正该活着仔细品尝。

回来罢回来！
知道你是生存呀已亡？
活人回来，魂魄也回来，
回来这故土中间徜徉。

选自《京报副刊》第 381 期（1926 年 1 月 11 日）

北方

李金发

我愿饮远海之咸滴，

以熄这心头之火焰，

但在我眼的流域里，

满布了游牧者白色之帐幕，

年日到了他们终当远徙，

接着的恐是北海的寒风。

在这皎洁的日月里，

欲使我们的生命随处谐和，

语言随处流露温爱，

但这"明年""今日"使我灵儿倒病了。

啊，我们之生如临葬之花球，

用绳索维系了太半。

看，在远处的名城里，

失路之心游荡着，

混杂了家童，牲口，白屋，

垂杨，用自己之动作语言，

去装饰天际的光彩，

更欲乘舟远去，

荡漾在苍波的反照里，

细视风与雨的微笑。

　　二三年柏林

　　选自《文学周报》第 208 期（1926 年 1 月 17 日）

哭父

易漱瑜

　　十月十日

啊啊！父亲哟！敬爱的父亲哟！
昨晚又见了你老人家那沉闷的容颜
无语的苦笑，
我刚要说话，
倏忽间就不见你老人家的踪迹了！
啊啊！父亲哟！敬爱的父亲！哟
你何其那样的忍心，
一言不发的便把你漱儿丢了！

还记得前三四天的晚上
我梦见被母亲和家里人逐弃，
正哭得和醉人一样，
也不曾见一人来过问，
忽见你老人家穿着赭色夹袍，青布马褂，
寂然无声的徐徐走过我的身边，

我急跑向前，双手扯着长袍放声哀哭，

诉说我的遭遇，

但你老人家只是不言不语的望着我苦笑。

啊啊！父亲哟！敬爱的父亲哟！

怎么总只能夜间相见，

又是无言无语。

我有时在窗前闷沉沉的坐着，

在月下冷清清的站着，

这都是我瞑思的时候；

我每想得眼花头痛，

手足也随之不动，

那时只觉得万物皆空，无人无我，

每至经过了数小时，

复由这种化石的状态恢复转来，

我一想到不知所可处，

苦极悲号，

竟不愿继续以后的生活！

记得宣统三年的时候，

我和父亲住在吉林的松花江边。

父亲每日出去办事，

我就烦婆婆送着到蒙养院去学些儿玩意。

等到上午十二点钟回了家，

我那双小手儿脚儿那里有片刻儿停住。

口里不是吃着东西，

就是唱着什么歌儿。

若是院子里有了鲜花

我总是要摘几枝放在篮内

小手儿轻轻的提着，

嘴里唱着卖花歌。

妈妈若是问我在闹些什么，

我就呼着："妈妈快来看我！"

爹爹事毕归家，

就携着我的手儿，

问我："今天唱了些什么，做了些什么？"

晚上临睡的时候，

爹爹还笑着要做些游戏给他老人家看。

我就乘兴的跳着，唱着，

那床儿也就不住的摇和。

等到游戏做完了

爹爹说："好孩子，做的好！

你今晚好好睡觉罢。

我明天一定有好东西给你。"

我听了一声也不做，便倒在爹爹怀里睡了。

有一天爹爹坐在桌边做事

我爬到香几上去开钟，

无意中把一小腿一伸，

啪嗒！打破了桌上的杯碟！

妈妈怒着要来打我，

爹爹把我紧紧的抱着，

只说："我的好儿子，你不要害怕！"

选自《南国特刊》第 70 期（1926 年 2 月 6 日）

回想中的故乡

蹇先艾

去追逐山中飘幻云影，
暮鸦略过了天光也无声；
轻掀起暝茫的层层夜色，
我们问霜枫溪要一把星月。

依稀的朝暾流泻着紫红，
衬出苔痕掩映里那破碎的塔峰；
摇曳着竹篁，听嘹亮的乐音透露，
那一轮红日犹自在林壑不吐。

农场上悄悄散播风的踪迹，
一声鹅，一声鸡，唱和在晓风里；
桃源洞渲点着淡淡的雨景，
有时烟霭回飘淹没了山门。

福桥下看青鲦对对穿度，
波心印镂着修长的人影，那芦中的渔夫；
江边有多少少妇凄然痴惘，

在那里一度又一度浣洗伊的裙裳。

牧儿萧散的一支短笛傍风吹，
纷披了松萝，踏破了白云不回；
村庄的女郎流盼着过客笑意殷殷，
那低鬟，那低鬟里偷描有无限深情。

　　一九二六年二月
　　选自《现代评论》第3卷第64期（1926年2月27日）

落花
穆木天

我愿透着寂静的朦胧，薄淡的浮纱，
细听着淅淅的细雨寂寂的在檐上激打，
遥对着远远吹来的空虚中的嘘叹的声音，
意识着一片一片的坠下的轻轻的白色的落花。

落花掩住了藓苔，幽径，石块，沉沙，
落花吹送来白色的幽梦到寂静的人家，
落花倚着细雨的纤纤的柔腕虚虚的落下，
落花印在我们唇上接吻的余香！啊！不要惊醒了她！

啊！不要惊醒了她！不要惊醒了落花！
任她孤独的飘荡，飘荡，飘荡，飘荡在我们的心头，眼里，歌唱
　　着：到处是人生的故家。

啊！到底那里是人生的故家？啊！寂寂的听着落花。

妹妹！你愿意罢：我们永久的透着朦胧的浮纱，

细细的深尝着白色的落花深深的坠下？

你弱弱的倾依着我的胳膊，细细的听歌唱着她：

"不要忘了山巅，水涯，到处是你们的故乡，到处你们是落花呀！"

二五，六，九

选自《创造月刊》第 1 卷第 1 期（1926 年 3 月 16 日）

雨丝

穆木天

一缕一缕的心思

织进了纤纤的条条的雨丝

织进了淅淅的朦胧

织进了微动微动微动线线的烟丝

织进了远远的树梢

织进了漠漠冥冥点点零零参差的屋梢

织进了一条一条的电弦

织进了滤滤的吹来不知那里渺渺的音乐

织进了烟雾笼着的池塘

织进了睡莲丝上一凝一凝的飘零的烟网

织进了无限的呆梦水里的空想

织进了先年故事不知哪里渺渺茫茫

织进了遥不见的山巅

织进了风声雨声打打在那里的林间

织进了永久的回旋寂动寂动远远的河湾

织进了不知是云是水是空是实永远的天边

织进了今日先年都市农村永远雾永远烟

织进了无限的朦胧——心弦——

无限的澹淡无限的黄昏永久的点点

永久的飘飘永远的影永远的实永远的虚线

无限的雨丝

无限的心丝

朦胧朦胧朦胧朦胧朦胧

纤纤的织进在无限朦胧之间

一缕一缕的心丝

纤纤的

织入

一条一条的

雨丝

之中间

二五，一二，二八，中野

选自《创造月刊》第 1 卷第 1 期（1926 年 3 月 16 日）

水声

穆木天

水声歌唱在山间，
水声歌唱在石隙，
水声歌唱在墨柳的荫里，
水声歌唱在流藻的梢上。

　　妹妹，你知道不？
　　那里是水的故乡？

月亮的银针跳跃在灰色的桧梢。
月亮的银针与鹅茸般的涟漪相照。
　　看啊！宿鱼儿急急的逃走了。
那里荡漾着我们的灰影与纤纤的小桥。

　　来！拾起我们的腐朽的棹杆，
去荡那只方舟到灰色的芦苇中间，
我们听着水声明月的唱和，
我们遥望着那澹淡的鱼灯点点。

我们要找水声到鱼人的网眼，
我们要找水声到山间的泉源，
我们要找水声到海口的沙滩，

我们要找水声到那里的江湾，

我们要找水声在稻田的沟里，

我们要找水声到修竹的薮间，

　　来！拾起我们那朽腐的棹杆，

我们共荡在夜暮里我们那孤孤的小船。

妹妹！水声是否歌唱在你的眼尖？

妹妹！水声是否歌唱在你的胸膛？

妹妹！水声是否歌唱在你的发梢？

妹妹！水声是否歌唱在你的鬓旁？

　　妹妹！你知道不？

　　那里是水的故乡

　　来！拾起我们那腐朽的棹杆，

趁着这月色朦胧，天光轻淡，

我们在河上轻轻的荡漾我们的小舟，

捋着空间的灰色小花，直找到水乡的尽处。

　　十二，五，三二

　　选自《创造月刊》第 1 卷第 1 期（1926 年 3 月 16 日）

河岸

董祥埙

沿着河岸，

有丝丝翠绿的柳树；

影子映在水里，

随着浪儿一摇一摆，

煞是有趣。

一个渔夫，

把网从水底轻轻高举，

许多鱼儿，

尽到网里，

乱跳乱跃，

好像知道了恐惧。

选自《童年月刊（板浦）》第 1 期（1926 年 3 月）

"回来啦"

杨世恩

黑夜的毛手紧贴着纸窗，

老鼠也不敢来梁上张望。

暗室里成了静寂的禁城，
有时却偷出"回来啦"一声。

灯草已点得像半丝豆芽，
弥留着欲落未落的灯花。
有一个妇人在灯下问卜；
她的孤影在寒壁上起伏。

她放下烟袋，又拿起针筐，
又时刻的揭开窗帷探望：
"冰儿啊，冰儿，你怎不回来？
可知道母亲的心脏裂开？"

"难道又是残叶吹上走廊？ ——
这分明是冰儿脚步在响。"
她一心去听那门声咿呀，
却没留神房里暗了灯花。

"冰儿，回来啦？你到了那里？
李顺呢？怎么，他没找着你？"
她走上去吻她儿子的脸，
她笑得像黑云镶着银边。

忽然一声鸡啼报了五更，
接着又阴风吹灭了油灯，
她再叫声"冰儿"却没答应。

只闻到阵血腥摸不着人。

暗室里成了静寂的禁城，

有时还漏出"回来啦"一声。

黑夜的毛手还贴着纸窗，

老鼠再不敢来梁上张望。

三月三十日

选自《晨报副刊·诗镌》第1期（1926年4月1日）

踏春

徐之津

一

碧绿的芳草，

又从那干燥底污泥中；穿出了他的新生命，

梅啦海藻啦都笑眯眯的开放着，

澄澈的河水的岸上，

几枝清嫩的杨柳，

只是飘荡着，

树上的小鸟，

唧唧……的叫个不住，

清凉的风迎面吹来，

使我的灵魂拘去，

二

那灿烂金色的阳光，

反映着万紫千红的花儿上，

这时花园里的几只蜂蝶，

只是翻飞的翔舞，

蔚蓝的天空中，

满铺了悠悠白云，

远远的高山，

都显出他崔巍的志气，

在这个空气中，

都充满了"司春之神"，

三

山间的流水，

涓涓的响着，

地野中的花木，

也都放出鲜艳的彩色来，

那些花山虫鸟，

都欢迎这春时的美丽可爱，

四

农夫们都荷着锄努力地作他们的工作，

无智的牧童，

横卧在草地上，

他们也知道这自然的美景，

三

太阳渐渐西沉了，

金色的一线温柔之光，

　　从连绵的山峰中斜射着，

浓密的黄昏开幕了，

诗人也蹈着归去，

到了家里，

把我脑海中的景色，

息息地执笔追记，

这是诗人写实的工作

也是诗人永久的欢悦。

选自《四明月刊》第 2 卷第 1 期（1926 年 4 月 1 日）

她

杨世恩

人说上帝是个勇士的形相，

　　一身多少英雄气概；

我说上帝像个婴孩的模样，

　　一心满是天真的爱；

不然上帝怎能创造她的心，

除非把自己的心灵作模型。

人说上帝是个老翁的形状，

　　万缕银丝披满肩背；

我说上帝像妙龄的女郎，

　　像白莲在风中摇摆；

不然上帝怎能创造她的形，

除非把自己的样子作模型。

　　　　选自《晨报副镌》第 2 期（1926 年 4 月 8 日）

万牲园底春

刘梦苇

碧绿的春水如青蛇条条；

蜿蜒地溜过了大桥，小桥：

被多情的春风狂吻之后，

微波有如美女们底娇笑。

美丽的小鸟鼓舞着欢乐；

在阳光流金里对春颂歌；

说它们底音波比情人底

恋曲更动听，你可相信我？

悠长的流水畔绿草茸茸，

柳丝低垂宛同柔情的梦；

花蝶般随风飘送的香雨，

是春底心事，是点点落红。

落红和少女底珠泪滴滴，

一般地使我珍视而怜恤！

我欲收拾起它们底残骸，

带回去警告美丽的玛丽。

四月一日，北京

选自《晨报副镌》第 3 期（1926 年 4 月 15 日）

死水

闻一多

这是一沟绝望的死水，

清风吹不起半点漪沦。

不如多扔些破铜烂铁，

爽性泼你的剩菜残羹。

也许铜的要绿成翡翠，

铁罐上锈出几瓣桃花；

再让油腻织一层罗绮，

霉菌给他蒸出些云霞。

让死水酵成一沟绿酒，
漂满了珍珠似的白沫；
小珠笑一声变成大珠，
又被偷酒的花蚊咬破。

那么一沟绝望的死水，
也就夸得上几分鲜明。
如果青蛙耐不住寂寞，
又算死水叫出了歌声。

这是一沟绝望的死水，
这里断不是美的所在，
不如让给丑恶来开垦，
看他造出个什么世界。

选自《晨报副镌》第 3 期（1926 年 4 月 15 日）

采莲曲

朱湘

小船呀轻飘，
杨柳呀风里颠摇；
荷叶呀翠盖，
荷花呀人样娇娆。

日落，

微波，

金丝闪动过小河。

左行，

右撑，

莲舟上扬起歌声。

菡萏呀半开，

蜂蝶呀不许轻来，

绿水呀相伴，

纯洁呀不染尘埃。

溪间，

采莲，

摇动了叶上珠圆。

拍紧，

拍轻，

桨声应答着歌声。

藕心呀丝长，

羞涩呀水底深藏

不见呀蚕茧

丝多呀蛹裹中央？

溪头

采藕，

女郎要采又夷犹。

波沉，

波升，
波上抑扬着歌声。

莲蓬呀子多；
两岸呀榴树婆娑，
喜鹊呀欢噪，
榴花呀落上新罗。
溪中，
采莲，
耳鬓边晕着微红。
风定，
风生，
风飔荡漾着歌声。

升了呀月钩，
明了呀织女牵牛；
薄雾呀拂水，
凉风呀飘去莲舟。
花芳，
衣香，
消溶入一片苍茫；
时静，
时闻，
虚空里袅着歌音。

选自《晨报副镌》第 3 期（1926 年 4 月 15 日）

笑

朱大枬

赤霞纱里跳着一炷笑，
轻盈的，是红灯的火苗，
有的笑，温慰你暗淡的长霄。

翠羽湖里摇着一朵笑，
清癯的，是白莲的新苞，
有的笑，清醒你昏沉的初晓。

青铜鞘里晃着一柄笑，
霍霍的，是雪亮的宝刀，
有的笑，斩断你灵府的逍遥。

选自《晨报副镌》第 3 号（1926 年 4 月 15 日）

"铁树开花"

杨世恩

毛三的脸有墓碑那样冷重，
他走起路来更没一点声音。
如果看见孩子们吓得乱跑，

定是他背着锯子走过街心。

他背着锯子轻轻走进店里，
盘起辫子一声不响的做活：
他从锯声里想到骨屑乱飞，
拿着斧头又看见鬼劈脑壳。

一面胡思乱想他一面做活，
忽然病的儿子在眼前一晃：
"难道做成棺材是给儿子睡？"
他心里一阵刺痛昏在地上。

他回家看见屋里满是阴气，
妻子正嘶着嗓子伏在灵前。
他一面烧着纸钱一面号哭：
爽性把家伙也都扔在里边。

选自《晨报副镌》第 3 期（1926 年 4 月 15 日）

春莺曲

郭沫若

姑娘呀，啊，姑娘，
你真是慧心的姑娘！
你赠我这枝梅花

这样的晕红呀，清香！

这清香怕不是梅花所有？
这清香怕吐自你的心头？
这清香敌赛过百壶春酒。
这清香战颤了我的诗喉。

啊，姑娘呀，你便是这花中魁首，
这朵朵的花上我看出你的灵眸。
我深深地吮吸着你的芳心，
我想——呀，但又不敢动口。

啊，姑娘呀，我是死也甘休，
我假如是要死的时候，
啊，我假如是要死的时候，
我要把这枝花吞进心头！

在那时，啊，姑娘呀，
请把我运到你西湖边上，
或者是葬在灵峰，
或者是放鹤亭旁。

在那时梅花在我的尸中，
会结成五个梅子，
梅子再迸成梅林，
啊，我真是永远不死！

在那时，啊，姑娘，

你请提着琴来，

我要应着你缭绕的琴音，

尽量地把梅花乱开！

在那时，有识趣的春风，

把梅花吹集成一座花冢，

你便和你的提琴，

永远弹弄在我的花中。

在那时，遍宇都是幽香，

遍宇都是清响，

我们两藏在暗中，

黄莺儿飞来欣赏。

黄莺儿唱着欢歌，

歌声是赞扬你我，

我便在花中暗笑，

你便在琴上相和。

一九二五年三月二十八日夜

选自《创造月刊》第 1 卷第 2 期（1926 年 4 月 16 日）

晨曦之前

于赓虞

　　凄迷的走去，凄迷的过来，看——
野岸边寒林的黄叶飘旋在空中，低落在面前；
我的魂，随它去罢，任你沉沦沙河底，飘流东海间。
　　这颗辗转于罪恶的不由之心
　　将即炸裂此渺无踪影的晨曦前。
夜宿荒山古寺间，这是毒冷，椎心的不自然的留恋，
何时呀才能欢浴在那一轮烛天的红日，你流水与青天？

　　凄迷的走去、凄迷的过来，看——
野岸边寒林的黄叶飘旋在空中，低落在面前；
在夜莺的凄韵中我踟蹰墓畔低向枯骨死的怀念。
　　这无人扫吊的白骨间生着一朵恶花
　　——芬芳，幽丽，桃色的颊面迷诱万眼。
万籁的死寂的墓野我做着白骨前尘的幻梦，疯迷哀战，
苦思的泪泪怕流于青衫，何处呀我的好梦，我的心愿？

　　凄迷的走去，凄迷的过来，看——
野岸边寒林的黄叶飘旋在空中，低落在面前；
有一日罢，火烧了古迹，毒毙了人类，遗痕散落天边。
　　你的阴谋，我的虚伪当如夏日的彩云
　　织着刹那的幻梦，慢慢的自灭自散。

有一日罢，往日惨刻的恶梦会浮泛须眉斑白时的面颜，
回首呀，那罪恶是蛇的血口正是青年灵魂渲染的遗念？

    凄迷的走去，凄迷的过来、看——
野岸边寒林的黄叶飘旋在空中，低落在面前；
无歌无恋的空虚之心只是一座冷落的冻死的火山

    欢乐与怆心，荣誉与耻辱已如垂危
的病人呼吸缓缓的静眠于晨曦之前。
这生命像冰冷的僵尸在阴冷的黑谷任惨烈风雪的摧毁
何时呀才能欢浴在那一轮烛天的红日，你流水与青天？

十四年九月二十二日北京

选自《晨报副镌》第 4 期（1926 年 4 月 22 日）

家乡

饶孟侃

    这回我又到了家乡，
    前面就是我的家乡：
远远的凝着青翠一团；
眼前乱晃着几根旗杆。
转个湾小车推到溪旁，
嘶的一声奔上了桥梁；
面前迎出些熟的笑容，

我连忙踏步走入村中。

故乡啊仍旧一般新鲜，

虽然游子是风尘满面！

你瞧溪荷还飘着香风，

歌声响遍澄黄的田陇，

溪流边依旧垂着扬柳，

柳荫下摇过一只渔舟。

听呀：井栏边噗噗洗衣，

炊烟中远远一片呼归，

算命的锣儿敲过稻场，

笛声悠扬在水牛背上。

　　这回我又到了家乡，

　　前面就是我的家乡。

　　十一月十二日

　　选自《晨报副镌》第 4 期（1926 年 4 月 22 日）

春光

闻一多

静得像入定了的一般，那天竹，

那天竹上密叶遮不住的珊瑚；

那碧桃；在朝暾里运气的麻雀。

春光从一张张的绿叶上爬过。

蓦地一道阳光晃过我的眼前，

我眼睛里飞出了万支的金箭，

我耳边又谣传着翅膀的摩声，

仿佛有一群天使在空中逻巡……

忽地深巷里迸出了一声清籁：

"可怜可怜我这瞎子，老爷太太！"

选自《晨报副镌》第 5 期（1926 年 4 月 29 日）

生辰哀歌

——遥寄我底妈妈

刘梦苇

今天，是我这无尽期的飘零人底生辰，

脆弱的心早裸上了人生的苦恨层层，

它好像是黑夜里被乌云埋没的孤星，

虽有晶莹的本体，也放不出一线光明！

这生长，这青春逃遁时留存下的记痕，

我苦恨的心回到了明媚浩大的洞庭；

那洞庭之滨有母亲生下我来的地境，

那儿，母亲曾经流泪消磨了她底年青；

　　夕阳光里微微颤动的洞庭波，

　　都是她哭夫跟我思亲的泪颗！

这生辰，这青春逃遁时留存下的记痕，

我苦恨的心重忆起念年久别的母亲：
母亲！在这感慨的生辰，我是向您感恩，
还是逆情地昧心地对着您表示怨愤？
生我时便一齐开始了您流泪的命运，
三年，我便离去了您孤身地到处飘零：
如浮萍，似断线的风筝，我在人间鬼混，
遇的只有冰冷，二十年与人漠不关情！
　　母亲哟！这是您当日铸的大错，
　　不该生下我！但您为什么生我？

既生了，就该永恒不让我离开您底身，
为什么早把我抛弃？那时尚行步不稳！
我自上人生的战场，闯进人生的魔阵，
到今已是遍身伤痕犹没有法儿逃奔：
别去风光明媚的故乡为的家人凶棱，
为了追寻绝影的真情我曾忧闷成病；
我也曾不幸被那红艳艳的嘴唇诱引，
不自主地向那桃色的女郎低首下心：
　　母亲！您说我从她得着了甚么？
　　尝的实际痛苦，望着镜里欢乐！

今天，是我这无尽期的飘零人的生辰，
不对母亲感恩，只向她哀歌我底怨恨！
母亲！假使您将我生得木石一般无情，
也省得被诱引来此迷惑的情场驰骋；
假使您将我生得跟鹿豕一般地愚蠢，

也好沉默地无抵抗忍受世人底欺凌；

但是这固执的痴情与这自误的聪明，

使我负创，犹在人生的阵上转战不停；

　　母亲哟！这是您当年铸的大错，

　　不该生下我！但您为甚么生我？

　　一九二六年四月二十六日

　　选自《晨报副镌》第 6 期（1926 年 5 月 6 日）

无题

饶孟侃

就是世上认不得真面目，

我们也不含糊的过一天；

问他们从海岛逃到山谷；

可有谁逃出了人世里边？

　　我们只要在日夜中间

既然世上容不得真面目，

我们爽兴热烈的做一场，

让你做歌女背一面大鼓，

让我来扮个琴师的模样——

　　拨起了三弦摇着板唱。

　　四月九日

　　选自《晨报副刊·诗刊》第 7 期（1926 年 5 月 13 日）

春光

朱大枏

绿蜡笺上烘出一片云霞，
是杏花倩影投映浮萍洼。
洼里潆洄着浅碧的螺旋，
和淡青的香篆袅袅的牵：
春光撩起这流动的鲜艳。

选自《晨报副镌》第 7 期（1926 年 5 月 13 日）

半夜深巷琵琶

徐志摩

又被它从睡梦中惊醒，深夜里的琵琶！
　　是谁的悲思，
　　是谁的手指，
像一阵凄风，像一阵惨雨，像一阵落花，
　　在这夜深深时，
　　在这睡昏昏时，
挑动着紧促的弦索，乱弹着宫商角徵，
　　和着这深夜，荒街，
　　柳梢头有残月挂，

啊，半轮的残月，便是破碎的希望他，他

　　头戴一顶开花帽，

　　身上带着铁链条，

在光阴的道上疯了似的跳，疯了似的笑，

　　完了，他说，吹糊你的灯，

　　她在坟墓的那一边等，

等你去亲吻，等你去亲吻，等你去亲吻！

　　　　选自《晨报副镌》第 8 期（1926 年 5 月 20 日）

囚人

沈从文

用灰色眸子睨视蓝的天空，
比诗人的幻想还更其深沉。
见蚂蚁绿阶排队徐行，
知时间又已深夏。

报时大钟，染遍了朋友之痛苦与哀愁，
使心战栗，如寒夜之荒鸡，
捉回既忘之梦。

白日在窗前嬉戏如一小儿。
怯怯弱弱将手置于窗棂，
接受日光，温暖成冰之心。

白日复不顾而他去了。

不必恣意从双瞳流不竭之泪，

不必忆念既已消失之幻影，

数长夜更夫柝声，嗅土窖湿霉之气息，

让头发成雪心意成灰！

三月西山

选自《现代评论》第 3 卷第 76 期（1926 年 5 月 22 日）

致某某

刘梦苇

雀鸟喧噪在门前的树间，

　　晨光偷进我深沉的梦境：

惊醒后起来奔赴到院前，

　　领略朝阳初现时的美景；

但我重忆起了你底华颜，

　　你比朝阳还要娇艳几分！

炎日燃烧在清朗的中天，

　　树荫下只有我独在纳闷：

碧澄澄的池水蒸发升烟，

　　我春情的海潮已经沸腾，

但我重忆起了你底情焰，

你比炎日还要热烈几分！

夕阳悬挂在幽邃的林边，
　　向人间赠送最后的离情：
叹气似地吐轻雾在树巅，
　　缕缕袅绕穿过黄昏底心；
但我重忆起了你底爱恋
　　你比夕照还要缠绵几分！

一九二六年五月十一日
选自《晨报副镌》第9号（1926年5月27日）

偶然

徐志摩

我是天空里的一片云，
偶尔投影在你的波心——
　　你不必讶异，
　　更无须欢喜——
在转瞬间消灭了踪影。

你我相逢在黑夜的海上；
你有你的，我有我的，方向；
　　你记得也好，
　　最好你忘掉，

在这交会时互放的光亮！

选自《晨报副镌》第 9 号（1926 年 5 月 27 日）

爱

邵洵美

谁没听到爱是这样这样的？
谁曾见得爱是那般那般的？
啊爱在那里！
爱住在那里？

为了要和流泉接吻的小石，
早晚地在这冷山涧中候着。
爱曾在这里！
爱常在这里！

夜来了太阳便须走向别处，
月亮遂把所有的光明赐与。
爱也在这里！
爱惯在这里。

春而夏夏而秋秋过又是冬，
四季永久生存在宇宙之中。
爱总在这里！

爱爱在这里。

选自《民国日报》1926 年 5 月 29 日

机会

少英

机会，机会，

庸愚的人等候，

警敏的人追赶，

先觉的人自己创做。

无识，无学，盲于心目。

盲于心目的人，

怎见得着您？

修养心身，

独有学识为最灵。

选自《妇女杂志（上海）》第 12 卷第 6 期（1926 年 6 月 1 日）

玫瑰花

王独清

在这水绿色的灯下，我痴看着她，

我痴看着她淡黄的头发，

她深蓝的眼睛，她苍白的面颊，
啊，这迷人的水绿色的灯下！

她两手掬了些谢了的玫瑰花瓣，
俯下头儿去深深地亲了几遍，
随后又捧着送到我底面前，
并且教我，也像她一样的捧着来放在口边……

啊，玫瑰花！我暗暗地表示谢忱：
你把她底粉泽送近了我底颤唇，
你使我们俩底呼吸合葬在你芳魂之中，
你使我们俩在你底香骸内接吻！

哦，玫瑰花！我愿握着你底香骸永远不放，
好使我们底呼吸永远和她底呼吸合葬，
——我愿永远傍着这水绿色的明灯，
我愿永远这样坐在她底身旁！

选自《创造月刊》第 1 卷第 4 期（1926 年 6 月 1 日）

示娴

刘梦苇

请将您底心比一比我底心，
倒看谁底狠，谁底硬，谁底冷？

为您我已经憔悴不成人形，

妹妹！到如今您才问我一声：

您当真爱了我吗？人！您当真？

但我总难信爱人会爱成病，

您还在这般怀疑：我病已深。

妹妹！您把世界看得太无情。

今后只有让我底墓草证明：

它们将一年一度为您发青。

五月二十一日

选自《晨报副镌》第 10 号（1926 年 6 月 3 日）

春风

朱湘

春风呀春风，

这是你应当作的；

母亲样

摩抚着儿童。

春风呀春风，

这是你喜欢作的；

轻吻着

女郎的笑容。

春风呀春风，

这是你不该作的；

催出泪

到老人眼中。

选自《清华文艺》1926 年第 6 月期（1926 年 6 月 4 日）

两地相思

徐志摩

一　他——

今晚的月亮像她的眉毛，

　　这弯弯的够多俏！

今晚的天空像她的爱情，

　　这蓝蓝的够多深！

那样多是你的，我听她说，

　　你再也不用疑惑；

给你这一团火，她的香唇，

　　还有她更热的腰身！

谁说做人不该多吃点苦？——

　　吃到了底才有数。

这来可苦了她，盼死了我，

　　半年不是容易过！

她这时候，我想，正靠着窗，

　　手托着俊俏脸庞，

在想，一滴泪正挂在腮边，

　　像露珠沾上草尖：

在半忧愁半欢喜的预计，

　　计算着我的归期：

啊，一颗纯洁的爱我的心，

　　那样的专！那样的真！

还不催快你胯下的牲口，

　　趁月光清水似流，

趁月光清水似流，赶回家

　　去亲你唯一的她！

二　她——

今晚的月色又使我想起

　　我半年前的昏迷，

那晚我不该喝那三杯酒，

　　添了我一世的愁；

我不该把自由随手给扔——

　　活该我今儿的闷！

他待我倒是一片至诚，

　　像竹园里的新笋，

不怕风吹，不怕雨打，一样

　　他还是往上滋长；

他为我吃尽了苦，就为我

他今天还在奔波；——

我又没勇气对他明讲

　我改变了的心肠！

今晚月儿弓样，到月圆时

　我，我如何能躲避！

我怕，我爱，这来我真是难，

　恨不能往地底钻：

可是你，爱，永远有我的心，

　听凭我是浮是沉：

他来时要抱，我就让他抱，

　（这葫芦不破的好，）

但每回我让他亲——我的唇，

　爱，亲的是你的吻！

选自《晨报副镌》第 11 号（1926 年 6 月 10 日）

苦恼

胡也频

"人间筑满茅厕，

粪蛆将占领了这世界，

你，倨傲之诗人，

远去，惟海水能与心琴谐和！"

痛哭这哀声，

我的心战栗如风前铁马,

生的足音既如熄灭之灯,

吾亦无须乎上帝!

奴隶向主子磕头作揖,

清风唱淫靡婉娈之歌,

我的烦恼,遂蜂样飞来。

击碎泥团捏成之鼓,不闻鼓声,

我的哀戚,如一堆残雪,委之路隅。

春色染绿了黄瓦红墙之古城时,

我尚踯躅徘徊于沙滩。

吁,那檐际雨点下掷如一群死燕!

我明瞭生命之神秘,

泪眼睨天,雨来天半。

我愿乘大雕之翼离去人间,

不再见世人用哭与笑摸擦面部。

我欲银河洗脚,月边吸烟!

选自《晨报副镌》(1926 年 6 月 26 日)

少女

邵洵美

女年十一，
爱爹娘爱鸟鱼；
她不爱花，
有香有色却不会啼。
也不如鱼善游，
落水便随水去。
有言不语，
多情少意，
爱哥哥便说爱哥哥，
爱姊姊便说爱姊姊。
怎的这不要那不要，
却又这也好那也好。

年年过，
女十五，
怕邻儿恋顾，
走向窗里坐。
下帘幕，
隐灯火；
月明夜，
物尽露。

看他不安地动着，

是不是在想什么？

不想，又作甚？

是想，可想我？

要是想我，

怎般对付，

我如此不理不睬，

他会要变作恨不？……

选自《民国日报》1926 年 7 月 17 日

荒坡上的歌者

韦丛芜

我仿佛是一个站在荒坡上的歌者。

而在这个时候，夜幕又正在织着，阴风又正在怒号着。……

我能唱出个什么调子呢？

我且关住我的嗓子罢；

但是我如何能够呢，既然是一个歌者。

好吧，唱吧，管他什么调子！

但是夜幕盖住了一切的景物，我还有什么可歌唱呢？

——歌唱黑暗！

但是阴风刺骨，叫我如何歌唱呢？

——歌唱冷与悲苦！

然而我不是完全没有听众么？

——完全没有。

那么我唱给谁听呢？

——……

东方的天际有没有一道长河，河上泛着的有没有一叶扁舟？

——没有，没有。

西方的天际有没有一座森林，林里憩着的有没有一个猎人？

——没有，没有。

那么我有唱给谁听的希望呢？

——……

我且关住我的嗓子罢；

但是我如何能够呢，既然是一个歌者。

好吧，唱罢；管他有没有听众！

我仿佛是一个站在荒坡上的歌者，

在黑夜里，在阴风里，

没有调子，没有听众，没有希望，

歌唱黑暗，冷与悲苦。……

　　一九二六，二，十六，晚

　　选自《莽原》第 1 卷第 16 期（1926 年 8 月 25 日）

爱之神

李金发

生命在此刻愤怒而嚣张，
无引他到莲塘深处，
芦花低首诱人同睡；
有崎岖之径可由，
舍去我们之盾与矛，
任他在夜里平静下去。

我们之四体在斜阳里流血，
晚风更给人萧索之情绪，
天儿低小，霞儿无力发亮，
像轻车女神末次离开世界，
我们之希望，羡慕，懊，怨，追求，
在老旧而驯服之心底冲突。

晚钟响时，我们寻觅
记忆之恐怖与流落，
情欲祈祷之爱神，
不是 Christ，He'las！
愿上帝给我们金色之稻床，

完此酒肉之奇梦。

Qu'import，如我们有温暖之心，

在阴黑之日发生怜悯，

世界的春泉，将洗涤恶魔之羞怨，

飞鸟指点行人之归路，

但我们从没施舍，

爱神之弓将射向我们。

选自《文学周报》第241期（1926年9月12日）

遗言

罗石君

桌子上罗列的是些什么珍馐？

蓝的汤，绿的面包，黑的葡萄酒：

感谢你殷勤的厨娘，

今夜更许我加添一味，毒浆。

慈善家，请莫把我下贱的尸骸

掩埋在那山媚水秀的郊外：

坟墓，碑碣——这些于我何有，

骷髅们，我永远也不是你们的朋友。

我但要哟，暗地里被抛入水沟，

那街头，正当那一家的门口：
心胸，我的火药库，你炸毁，
连同我的仇敌呀连同我的爱！

选自《沉钟》第 4 期（1926 年 9 月 26 日）

影

于赓虞

看，那秋叶在明媚的星月下正飘零，
与你邂逅相逢于此残秋荒岸之夜中，
星月分外明，忽聚忽散的云影百媚生。

看，那秋叶在明媚的星月下正飘零，
我沦落海底之苦心在此寂寂的夜茔，
将随你久别的微笑从此欢快而光明。

苍空孤雁的生命深葬于孤泣之荒冢，
美丽的蔷薇开而后谢，残凋而复生，
告诉我，好人，什么才像是人的生命？

这依恋的故地将从荒冬回复青春，
海水与云影自原始以来即依依伴从，
告诉我，好人，什么才像是人的生命？

夜已深，霜雾透湿了我的外衣，你的青裙，

紧紧的相依，紧紧的相握，沉默，宁静，

仰首看孤月寂明，低头看苍波互拥。

夜已深，霜雾透湿了我的外衣，你的青裙，

寂迷中古寺的晚钟惊醒了不灭的爱情，

山海寂寂，你的影，我的影模糊不分明……

十四年十月

选自《晨曦之前》，北新书局 1926 年 10 月版

长流

于赓虞

苍空的流云寂寂的慢慢的从我头顶飞来飞去，

这迢迢异地已是榴花时节还没有灵鸟的声息。

故园亲人的墓头想已，想已青草蓬蓬有如云衣，

今夜荒漠冷明的古寺前只有我在听长流禅语。

万籁死寂之夜不堪想已沦落死城无痕的希翼，

这一泓死水像是我的灵魂在星宿下并无寻觅。

如今我犹如来自其他星球的客旅阵阵的惊异，

怅望，在此烦倦的自歌自应的奔途里霜花满衣。

这枯萎的蔷薇正如已消失的光辉绮梦的遗迹，

梦呀，任你入天堂，地狱，心怀的明珠已沉落海底。

就在此寒光下的荒墟深殡此善感灵魂之骸余，

现在，我像春日碧茵草上一只伤鸟卷起了两翼。

看这绝望的世界苍茫茫无灯火晦冥冥无晨曦。

毁灭的途中已修了坟墓静待命运呼归的灵息。

这天宇没有光，没有歌，只是一团墨迹漫缀苦意，

生存与毁灭在此辽辽天际无人注意亦无痕迹。

苍空的流云寂寂的慢慢的从我头顶飞来飞去，

这迢迢异地已是石榴花时节还没有灵鸟的声息。

故园亲人的墓头想已，想已青草蓬蓬有如云衣，

今夜荒漠冷明的古寺前只有我在听长流禅语。

　　十五年夏北京
　　选自《晨曦之前》，北新书局 1926 年 10 月版

呼声

罗石君

啊，一种好熟悉的呼声！

　　又在我的耳边播弄：

　　是铁锹亲吻着封石；

抑是掘墓人邪许的哦吟？

如新生的婴儿，从不见的手中

　　我接受了无限的生命；

　　奋起，追从这呼声的主人，

你生客呀，原来孳生于我的心胸！

　　　　选自《沉钟》第 6 期（1926 年 10 月 25 日）

祭坛

罗石君

一座圣庙占在我的面前，

这是绝境，也是巡礼的终点：

我——完成了这段使命，

此外再没有奢侈的志愿；

从背囊里，我抽出利剑，

一刀把自己的胸膛刺穿，

神呀，请恕无力的信徒——

我只有这卑微的赘献！

携带着喷血的心衷，

我一直在石级上攀缘；

啊，祭坛，你崇高的祭坛

怎么尽往白云深处退旋？

　　　　选自《沉钟》第 3 期（1926 年 10 月 25 日）

有感

李金发

如残叶溅
　　血在我们
　　　脚上，

生命便是
　　死神唇边
　　　的笑。

半死的月下，
　　载饮载歌，
　　　裂喉的音
随北风飘散。
　　　　吁！
抚慰你所爱的去。

开你户牖
使其羞怯，
　　征尘蒙其
　　　可爱之眼了。

此是生命

之羞怯

　　与愤怒么？

如残叶溅

　　血在我们

　　　脚上。

生命便是

　　死神唇边

　　　的笑。

　　　选自《为幸福而歌》，商务印书馆 1926 年 11 月版

往常

闻一多

往常听见咳嗽的声音，

听见那里打了一个喷嚏，

我知道谁是你的仇人，

我知道风霜又欺服了你。

往常我日夜受着虚惊！

我灵魂边上设满了烽堠；

只要你远远的哭一声，

我可以马上加鞭来营救。

往常你偶尔也笑一声，

像残灯里吐出一丝红焰。

你笑一回我便吃一回惊！

知道这笑还支持得几天？

往常你突然叹息一声。……

四岁的孩子为什么叹息？

我当时抽了一个寒噤，

再不敢问那一叹的意义。

选自《政治家》第 1 卷第 13 号（1926 年 11 月 16 日）

温柔

胡也频

你坐在荷花池畔的草地上，

将清脆的歌声流泻到花香里，

并诱惑我安静的心儿，

像缥缈的白云引着月亮。

你倦了，以明媚的眼光睨我，

又斜过你含笑的脸儿，——

如春阳里雪捏的美人，

软软地须要持撑。

我偷望远处的飘忽袖影，

灿烂在树上的艳冶阳光，……

你的发儿已散漫到我胸前了，
并语我：那鸭群戏水是无意思！

哦！当你单独地走过绿荫，
那流泉岩畔的芷草，路旁的玫瑰，
与藕香亭下的百合，都羞怯了，
我不能唱着歌儿描你的美丽。

　　十五年十月北京
　　选自《晨报副镌》（1926 年 11 月 18 日）

我愿

刘大白

我愿把我金钢石也似的心儿，
琢成一百单八粒念珠，
用柔韧得精金也似的情丝串着，
挂在你雪白的颈上，
垂到你火热的胸前，
我知道你将用你底右手掐着。

当你一心念我的时候，
念一声"我爱"，
掐一粒念珠；
缠绵不绝地念着，

循环不断地掐着，

我知道你将往生于我心里的净土。

一九二三，五，二三，在绍兴

选自《邮吻》，开明书店 1926 年 12 月版

秋晚的江上

刘大白

归巢的鸟儿，

尽管是倦了，

还驮着斜阳回去。

双翅一翻，

把斜阳掉在江上；

头白的芦苇，

也妆成一瞬的红颜了。

一九二三，一〇，三〇，在绍兴

选自《邮吻》，开明书店 1926 年 12 月版

我从 Café 中出来……

王独清

我从 Café 中出来，

身上添了

中酒的

疲乏，

我不知道

向那一处走去，才是我底

暂时的住家……

啊，冷静的街衢，

黄昏，细雨！

我从 Café 中出来，

在带着醉

无言地

独走，

我底心内

感着一种，要失了故国的

浪人底哀愁……

啊，冷静的街衢，

黄昏，细雨！

选自《圣母像前》，光华书局 1926 年 12 月版

迟迟

冯至

落日呀，再也没有片刻的淹留，
夜已经赶到了，在我们身后。
万事匆匆地，你能不能答我一句？
我问你——
你却总是迟迟地，不肯开口。

泪从我的眼内苦苦地流；
夜已经赶过了，赶过我的眉头。
它把我的面前都给淹没了；
我问你——
你却总是迟迟地，不肯开口。

现在呀，无论怎样快快地走，
也追不上了，方才的黄昏时候。
歧路上是分开呢，还是一同走去？
我问你——
你却总是迟迟地，不肯开口。

选自《沉钟》第 9 期（1926 年 12 月 11 日）

我要回来

闻一多

我要回来，
乘你的拳头像兰花未放，
乘你的柔发和柔丝一样，
乘你的眼睛里燃着灵光，
我要回来。

我没回来，
乘你的脚步像风中荡桨，
乘你的心灵像痴蝇打窗，
乘你笑声里有银的铃铛，
我没回来。

我该回来，
乘你的眼睛里一阵昏迷，
乘一口阴风把我灯吹熄，
乘一只冷手来掇走了你，
我该回来。

我回来了，
乘流萤打着灯笼照着你，
乘你的耳边悲啼着莎鸡，

乘你睡着了，含一口沙泥，

　　我回来了。

　　　　选自《政治家》1926 年

忘掉她

闻一多

忘掉她，像一朵忘掉的花，——
　　那朝霞在花瓣上，
　　那花心的一缕香——
忘掉她，像一朵忘掉的花！

忘掉她，像一朵忘掉的花！
　　像春风里一出梦，
　　像梦里的一声钟，
忘掉她，像一朵忘掉的花！

忘掉她，像一朵忘掉的花！
　　听蟋蟀唱得多好，
　　看墓草长得多高；
忘掉她，像一朵忘掉的花！

忘掉她，像一朵忘掉的花！
　　她已经忘记了你，

她什么都记不起；
忘掉她，像一朵忘掉的花！

忘掉她，像一朵忘掉的花！
年华那朋友真好，
他明天就教你老；
忘掉她，像一朵忘掉的花！

忘掉她，像一朵忘掉的花！
如果是有人要问，
就说没有那个人；
忘掉她，像一朵忘掉的花！

忘掉她，像一朵忘掉的花！
像春风里一出梦，
像梦里的一声钟，
忘掉她，像一朵忘掉的花！

选自《政治家》1926 年

本卷作者简介

胡适（1891—1962），原名嗣穈，学名洪骍，字希疆，后改名胡适，字适之。安徽绩溪人。早年因提倡文学革命而成为新文化运动的领袖之一，于1917年发表的白话诗是现代文学史上的第一批新诗。著作有《尝试集》、《胡适文存》（四集）等。

刘半农（1891—1934），原名寿彭，后名复，初字半侬，后改半农，晚号曲庵。江苏江阴人。中国新文化运动先驱，早年参加《新青年》编辑工作，反对文言文，提倡白话文。代表作有诗集《扬鞭集》《瓦釜集》和《半农杂文》。

沈尹默（1883—1971），原名君默，号君墨，别号鬼谷子。浙江湖州人。著名学者、诗人、书法家、教育家。《新青年》主要编委之一。诗词著作有《秋明室杂诗》《秋明室长短句》等。

陈独秀（1879—1942），原名庆同，字仲甫，号实庵。安徽怀宁人。杰出的政论家，《新青年》杂志创始人、新文化运动发起者、五四运动的主要领导人、中共重要的创始人之一。著有《独秀文存》《陈独秀文章选编》等。

俞平伯（1900—1990），原名俞铭衡，字平伯。湖州德清人。现代诗人、作家、红学家。早年参加五四新文化运动，为新潮社、文学研究会、语丝社成员。参与创办我国最早的新诗月刊《诗》。著有诗集《冬夜》《西还》《忆》等。

鲁迅（1881—1936），原名周樟寿，后改名周树人，字豫才。浙江绍兴人。中国现代伟大的文学家和思想家。他的著作以小说、杂文为主，代表作有小说集《呐喊》《彷徨》《故事新编》，散文集《朝花夕拾》（原名《旧事重提》），散文诗集《野草》，杂文集《坟》《热风》等。

常惠（1894—1985），字维钧，北京人。我国著名民俗学家、歌谣学家。曾参加北京大学新闻学会、未名社等组织。1922 年至 1925 年负责北京大学《歌谣周刊》的编辑。1927 年到古物保管会、北平研究院史学研究会工作。

陈衡哲（1890—1976），笔名莎菲，祖籍湖南衡山，曾留学美国，我国新文化运动中最早的女学者、作家、诗人，也是我国第一位女教授。著有短篇小说集《小雨点》，另著有《衡哲散文集》《文艺复兴史》《西洋史》及《一个中国女人的自传》等。

李大钊（1889—1927），字守常。河北乐亭人。中国共产主义运动的先驱和最早的马克思主义者。1916 年在北京创办《晨钟报》，任总编辑。后参与编辑《新青年》，并和陈独秀创办《每周评论》。

沈兼士（1887—1947），名坚士，吴兴（今浙江湖州）人。沈尹默之弟。中国语言文字学家、文献档案学家、教育学家。在五四新文化运动中，倡导并写作新诗。著有《文字形义学》《广韵声系》《段砚斋杂文》等。

叶绍钧（1894—1988），又名叶圣陶，字秉臣，江苏苏州人。现代著名作家、教育家、社会活动家。他是文学研究会的创立人之一，终身致力于出版及语文教学。代表作《隔膜》《线下》《倪焕之》等。

周作人（1885—1967），原名櫆寿（后改为奎绶），字星杓，号知堂、药堂等。浙江绍兴人。新文化运动的杰出代表，是《新青年》的重要同人作者。五四运动后，参与发起成立文学研究会，并参与创办《语丝》周刊，任主编和主要撰稿人。

罗家伦（1897—1969），字志希，浙江绍兴人。我国近代著名的教育家、思想家、社会活动家。1919 年，参与成立新潮社。主要著述有《新人生观》《科学与玄学》等。

康白情（1896—1959），又名康洪章，四川安岳人。少年中国学会核心成员。中国白话诗的开拓者之一，与傅斯年、罗家伦等人组织新潮社，著有诗集《草儿》《河上集》等。

傅斯年（1896—1950），字孟真，山东聊城人。五四运动学生领袖之一，中央研究院历史语言研究所的创办者。曾任北京大学代理校长、台湾大学校长，其著作编为《傅孟真先生集》。

王志瑞，生平不详。五四时期曾在《时事新编》上发表新诗，《中国新文学大系·诗集》收录其新诗一首。

汪敬熙（1898—1968），浙江杭州人。小说家，中国现代生理心理学家。早年为新潮社的主要成员，并参加新文化运动。代表诗作《雪夜》《方入水的船》等。

周无（1895—1968），原名周焯，四川新都人。生物学家、教育家、翻译家。

王统照（1897—1957），字剑三，笔名息庐、容庐，山东诸城人。1918 年创办《曙光》，1921 年参加发起成立文学研究会。代表作有诗文集《童心》，诗集《这时代》《夜行集》《放歌集》等。

陆志韦（1894—1970），别名陆保琦，浙江吴兴人。语言学家、心理学家、教育家、诗人。他在语言学方面的研究主要包括音韵学、现代汉语的词汇、语法及文字改革等几个领域，著有《证广韵五十一声类》等。

朱自清（1898—1948），原名自华，号秋实，后改名自清，字佩弦，生于江苏省东海县。现代杰出的散文家、诗人，文学研究会早期的主要成员。1919 年开始发表诗歌，后参与创办《诗》月刊。代表作抒情长诗《毁灭》，散文集《背影》《荷塘月色》等。

玄庐（1892—1928），又名沈玄庐，号玄庐，别署子丞。浙江萧山人。1917 年参与创办《民国日报》副刊《觉悟》。五四运动时，参与主编《星期评论》。

左舜生（1893—1969），名学训，别号仲平，湖南长沙人。中国近代史研究的先驱之一。1920 年编辑《少年中国》月刊，1924 年参与创办《醒狮》，后再创《民声周刊》，鼓吹抗战。著有《万竹楼随笔》《近三十年见闻杂记》等。

陈建雷，生卒年不详。提倡白话文，1918 年后在《新青年》《新人》上发表白话新诗。

夏丏尊（1886—1946），名铸，字勉旃，号闷庵，别号丏尊，上虞崧厦人。我国著名文学家、教育家、出版家。中国新文学运动的先驱。曾与鲁迅等参加反对尊孔复古的"木瓜之役"，积极提倡新文化。作品结集为《夏丏尊文集》。

闻一多（1899—1946），本名闻家骅，字友三，湖北浠水县人。"新月派"代表诗人和学者。1916 年开始创作旧体诗，其诗沉郁奇丽，具有强烈而深沉的民族意识和民族气质。著有诗集《红烛》《死水》等，遗著由朱自清编成《闻一多全集》（四卷）。

孙俍工（1894—1962），原名孙光策，湖南省隆回县人。教育家、语言学家和翻译家，他提倡平民教育。著有诗集《理想之光》（与王梅痕合著）等。

陈德征（1899—?），字待秋，浙江浦江人。1923 年参与创办弥洒社，并出版《弥洒》月刊，1926 年任上海《民国日报》的总编辑，并为新南社发起人之一。

蔡客遥，生平暂不详。曾在民国刊物《学生文艺丛刊》发表新诗《假面具》。

朱秉钧，生卒年不详。曾任绍兴民众教育馆馆长，并发起组织了旧剧改良运动委员会，创办了剧人训练班。曾在民国刊物《学生文艺丛刊》发表新诗《战败后的黄昏》等。

冯雪峰（1903—1976），原名福春，笔名雪峰、画室等，浙江义乌人。现代诗人、文艺理论家。1922年参与组织湖畔诗社，出版诗集《湖畔》。后为左翼文艺的重要领导人之一。

吴若膺，女，生卒年不详，名楷，字若膺，四川成都人。少年中国学会会员。她于1920年初赴法国留学，是五四运动后最早出国留学的新女性之一。

毛飞，生卒年不详。上世纪20年代为《民国日报》撰稿，发表诗歌、论文等。

张闻天（1900—1976），原名应皋（也作荫皋），字闻天，曾长期使用化名洛甫，江苏南汇人。中国共产党早期的杰出领导人。五四后，投身学生运动，并开始从事文艺创作和翻译，加入少年中国学会、文学研究会。主要著作编为《张闻天选集》。

肖舫，生平暂不详。五四时期在《民国日报·觉悟》上发表新诗。

胡怀琛（1886—1938），原名有怀，字季仁，后改寄尘，安徽泾县人。早年就职于《神州日报》《太平洋报》，在新闻界颇有名声。主要著作有《国学概论》《中国诗学通评》等。

刘大白（1880—1932），原名金庆棪，后改姓刘，名靖裔，字大白，别号白屋，浙江绍兴人。现代著名诗人，文学史家。曾东渡日本，南下印尼，接受先进思想。代表诗集有《旧梦》《邮吻》

《旧诗新话》等。

郭沫若（1892—1978），幼名文豹，原名开贞，字鼎堂，号尚武，四川乐山人。现代文学家、历史学家、中国新诗奠基人之一。1918 年开始创作新诗，参与组织发起创造社。著有诗集《女神》《长春集》《星空》等。

田汉（1898—1968），学名寿昌，湖南长沙人。剧作家、诗人、文艺批评家，中国现代戏剧三大奠基人之一。1921 年，与郭沫若等组织创造社，倡导新文学。1924 年创办《南国》半月刊。代表作有话剧《苏州夜话》《名优之死》，诗歌《南归》等。

汪静之（1902—1996），安徽绩溪人，诗人。1921 年起在《新潮》《新青年》等杂志发表新诗，后参与创立湖畔诗社。代表作《蕙的风》《耶稣的吩咐》等。

沈松泉，生卒年不详，江苏吴县人，小说家。曾就职于泰东图书局，出版过短篇小说集，译过书。1925 年参与创办光华书局，为核心人物。

冰心（1900—1999），女，原名谢婉莹，福建长乐人。著名诗人、作家、翻译家、儿童文学家，以宣扬"爱的哲学"著称。著有诗集《春水》《繁星》，小说集《超人》，散文集《寄小读者》等。

刘延陵（1894—1988），安徽旌德人，文学研究会会员。1922 年参与组织中国新诗社并创办《诗》月刊。他是第一个介绍法国象征派的新诗及其理论至中国的拓荒者。代表诗作有《水手》《竹》等。

徐玉诺（1894—1958），原名徐音信，河南鲁山人，文学研究会主要诗人之一。著有诗集《将来之花园》等。

潘漠华（1902—1934），原名潘训，又名恺尧，浙江宣平人。

1920 年开始新诗创作，参加青年文学团体晨光社。后又与冯雪峰、应修人、汪静之结成湖畔诗社，先后出版《湖畔》《春的歌集》。

朱湘（1904—1933），字子沅。原籍安徽，生于湖南沅陵。1922 年加入文学研究会，1926 年自办刊物《新文》。著有诗集《夏天》《草莽》等。

郑振铎（1898—1958），笔名西谛，原籍福建长乐，生于浙江永嘉。1920 年参与发起成立文学研究会，并主编机关刊物《文学周刊》，是新文化运动的积极倡导者之一。著有专著《文学大纲》，散文集《佝偻集》，代表诗作《云与月》等。

陈南士，生平暂不详。有新诗发表于《诗》。

成仿吾（1897—1984），原名成灏，字仿吾，曾用笔名石厚生，湖南新化人。1921 年参与发起成立创造社，先后编辑《创造季刊》《洪水》等文学刊物，积极倡导革命文学运动。

王怡庵，生卒年不详。四川成都人。上世纪 20 年代参与组织成立浅草社，有诗歌发表于《创造季刊》。

陈学乾，浙江人。生平暂不详。

梁宗岱（1903—1983），广东新会人，诗人、翻译家、学者。中学时代开始写新诗，有"南国诗人"之称，1921 年加入文学研究会，1924 年留学法国，结识法国象征派诗人瓦雷里，将其诗作译成中文刊于《小说月报》。著有诗集《晚祷》，词集《芦笛风》，论文集《诗与真》等。

叶善枝，生卒年不详，又名叶宝成，河北玉田人。曾任中共北方区农民运动委员会书记、中共顺直省委特派员。

郭绍虞（1893—1984），江苏苏州人，中国语言学家、文学批评史家。著有《中国文学批评史》《沧浪诗话校释》《宋诗话考》等。

陈乃棠（1933—?），浙江诸暨人，生平暂不详。善于创作小诗。

应修人（1900—1933），字修士，浙江慈溪人。五四时期开始创作新诗，1922 年同潘漠华等合出诗集《湖畔》。

胡思永（1903—1923），安徽绩溪人，胡适侄。其遗诗辑成《胡思永的遗诗》（三卷）。

邓拙园，生平暂不详。曾在《晨报副刊》上发表诗歌、文章。

陈醉云，生卒年不详，原名陈英儒，自号醉云楼主，广东台山人。著有《寒星集》等。

吕伯攸（1897—?），浙江杭州人。民国时期著名编辑、教育家、儿童文学作家、批评家。参与编辑民国时期著名儿童杂志《小朋友》，著有《儿童文学概论》等。

何植三（1899—1977），浙江诸暨人。上世纪20 年代初在北京大学组织春光社，曾加入北大歌谣研究会，从事民间歌谣的搜集与研究。著有诗集《农家的草紫》等。

石评梅（1902—1928），女，原名汝璧，山西平定人，作家。1924 年与陆晶清编辑《京报副刊·妇女周刊》，创作涉及小说、散文、剧作、评论等，尤以散文、诗歌见长，其作品由友人编辑成《涛语》《偶然草》两个集子。

冯文炳（1901—1967），字蕴仲，笔名废名，湖北黄梅人。语丝社成员，京派小说家。1925 年后开始用笔名"废名"出版《竹林的故事》《桃园》《莫须有先生传》等。其作品以田园牧歌的风味和诗化的意境在中国现代小说史上独树一帜，被称为田园小说和诗化小说。

沈勤成，生平暂不详。曾在《儿童世界》（上海，1922）上发表新诗。

刘梦苇（1900—1926），原名国钧，字梦苇，湖南安乡人。"新月派"的主要发起人之一。他在新诗形式建设方面有过理论的创见和实践的尝试，被推为中国新诗形式运动的最早倡导者。著有诗集《青春之花》《孤鸿集》等。

黄运初，生平暂不详。多创作儿童文学作品，上世纪二三十年代在《文学周报》《小说月报》《学生》上发表诗歌、小说。

洪为法（1899—1970），江苏扬州人。为创造社成员，《洪水》半月刊的编辑。著有诗歌集《莲子集》、小说集《长跪》等。

梁实秋（1903—1987），原名梁治华，字实秋。祖籍浙江杭州，生于北京。理论批评家、散文家，曾主编《新月》月刊。著有《雅舍小品》《看云集》等。

李金发（1900—1976），原名李淑良，广东梅县人。早年就读于香港圣约瑟中学，1919 年赴法勤工俭学，1921 年就读于第戎美术专门学校和巴黎帝国美术学校。1945 年移居美国。1974 年，台湾诗人痖弦为研究李金发诗歌创作开始与李本人通信，李金发写下《答痖弦先生二十问》，为了解他的生平创作及文艺思想提供了丰富的第一手资料。他早年诗歌深受法国象征派诗歌影响，被称为"诗怪"。著有《微雨》《为幸福而歌》《食客与凶年》等。

赵景深（1902—1985），曾名旭初，笔名邹啸。祖籍四川宜宾，生于浙江丽水。文学研究会成员。中国戏曲研究家、教育家、作家。组织绿波社，提倡新文学。在元杂剧和宋元南戏的辑佚方面做了开创性工作。作有诗集《荷花》，专著《中国戏曲实考》《中国小说丛考》等十多部。

章洪熙（1902—1947），字衣萍，安徽绩溪人。现代作家和翻译家。曾任上海大东书局总编辑，与鲁迅筹办《语丝》月刊，系重要撰稿人。著有《古庙集》《一束情书》《樱花集》，旧体诗词集《磨刀集》等。

徐雉（1899—1947），浙江慈溪县人。文学研究会、绿波社成员。1925年投笔从戎，其后开始创作短篇小说。著有新诗集《雉的心》及小说集《卖淫妇》等。

刘绍先，女，生平暂不详。曾在《妇女杂志》上发表新诗。

胡山源（1897—1988），原名胡三元，江苏江阴人。作家、文学翻译家。曾创建新文学团体弥洒社，出版《弥洒》月刊和《弥洒社创作集》。

邓均吾（1898—1969），本名邓成均，笔名均吾、默声，四川古蔺人。诗人、翻译家、教育家。1921年参加创造社，1922年开始发表作品。曾任《浅草》《创造季刊》编辑。著有诗集《心潮篇》《白鸥》《邓均吾诗词选》等。

徐志摩（1897—1931），原名章垿，字槱森，浙江海宁人。"新月派"代表诗人，散文家。1923年参与发起成立新月社，加入文学研究会。1926年在京主编《晨报》副刊《诗镌》，与闻一多、朱湘等人开展新诗格律化运动，促进新诗艺术的发展。著有诗集《志摩的诗》《翡冷翠的一夜》《猛虎集》《云游》等。

何心冷（1898—1933），江苏苏州人。民国时著名副刊编辑、小说家，被称为"中国现代报纸副刊的开拓者"。曾主编《大公报·文艺副刊》等，并主办《电影》《儿童》《摩登》等专刊。

焦菊隐（1905—1975），原名承志，艺名菊影，后自改为菊隐，天津人。中国戏剧家和翻译家，1931年参加筹办北平戏曲专科学校，后改名中华戏曲专科学校，焦菊隐担任第一届校长。1935年秋，赴法国留学，1938年初被授予巴黎大学文学博士学位。新中国成立后，曾导演过话剧《龙须沟》《茶馆》等，是北京人民艺术剧院的创建人和艺术上的奠基人之一。

王任叔（1901—1972），号愚庵，笔名巴人。浙江奉化人。1922 年开始发表散文、诗作、小说，后加入文学研究会。1924 年任《四明日报》编辑，主编副刊《文学》。新中国成立后任第一任驻印尼大使。著有短篇小说集《监狱》，杂文集《巴人杂文选》，长篇历史小说《莽秀才造反记》及专著《印度尼西亚史》。

杨鸿杰，生平暂不详。有新诗发表于《小说月报》。

赵祖康（1900—1995），字静侯，江苏松江人。公路工程与市政工程专家、社会活动家，长期致力于中国公路的创建事业。1922 年参与创立弥洒社。有诗作《碧海》等。

维周，生平暂不详。曾在《晨报副刊》等刊物上发表诗歌、文章。

朱枕薪，生平暂不详。有诗收录于《小说月报》。

张拾遗，生平暂不详。为草堂文学研究会的主要成员。在文学刊物《草堂》上发表新诗。

钱江春（1900—1927），松江县人。1922 年参与创组新文学团体弥洒社，出版《弥洒月刊》。后与沈联璧等发起组织"新松江社"。胡山源曾收集其遗著，拟出版专集未果。

曹世森，生平暂不详。曾在《诗》《弥洒月刊》等刊物上发表新诗。

冯至（1905—1993），原名冯承植，字君培，直隶涿州人。现代诗人，翻译家。1923 年加入浅草社，1925 年参与成立沉钟社，出版《沉钟》周刊、半月刊和《沉钟丛刊》。著有诗集《昨日之歌》《十四行集》等。

罗青留，生平暂不详。浅草—沉钟社成员，善作格言诗。代表诗作《耻辱》《恋诗（十首）》等。

陈炳琨，生平暂不详。曾在《新时代》上发表诗歌、文章。

史聿光，江苏无锡人。生平暂不详。曾在民国刊物《春花》上发表新诗。著有《英文基本作文法（民国初版）》。

郭云奇，生平暂不详。曾参与编撰民国新诗集《眷顾》，同时在《小说月报》等刊物发表诗歌。有诗作《冷光》等。

旦如，生平暂不详。曾在《妇女杂志》上发表新诗。

卢隐（1898—1934），女，原名黄淑仪，又名黄英，生于福建闽侯。1921 年加入文学研究会，早年与冰心齐名。创作风格直爽坦率，哀婉缠绵。著有小说集《海滨故人》《曼丽》，散文、小说集《灵海潮汐》等。

陈翔鹤（1901—1969），重庆人。1922 年曾与林如稷、邓均吾组织浅草社，创办《浅草季刊》，同年又办《文艺旬刊》。著有小说集《不安定的灵魂》，剧本《落花》等。

宗白华（1897—1986），曾用名宗之櫆，字白华、伯华，生于安徽安庆。1919 年受聘上海《时事新报》副刊《学灯》，任编辑、主编。1920 年赴德国留学，在法兰克福大学、柏林大学学习哲学、美学等课程。1923 年创作《流云小诗》。1925 年回国后在南京大学、北京大学任教。宗白华是我国现代美学的先行者和开拓者，被誉为"融贯中西艺术理论的一代美学大师"。著有诗集《流云》，美学论文集《美学散步》《艺境》等。

张芳轩，生平暂不详。作品见《晨报副刊·文学旬刊》。

缪祖荫，生平暂不详。曾在民国刊物《木铎周刊》上发表新诗。

味辛（1905—1986），原名何公超，又名王针生，上海松江人。儿童文学作家，曾任《儿童日报》总编辑，《儿童世界》主编。著有童话集《快乐鸟》《丑小鸭》《小金鱼》等。

石华栋，生平暂不详。曾在民国刊物《诗园》上发表新诗。

有诗作《诗园观花》等。

崇熙，生平暂不详。曾在民国刊物《农声》上发表新诗《代价》。

于赓虞（1902—1963），名舜卿，字赓虞，河南西平人。"新月派"诗人之一。1923 年 6 月参与发起成立绿波社，后创办《绿波周报》《绿波季刊》。著有诗集《骷髅上的蔷薇》《孤岛》等。

良柱，生平暂不详。曾在民国刊物《农声》上发表新诗《农人的生活》。

林如稷（1902—1976），四川资中人。1920 年开始发表白话小说、散文和新诗，1922 年参与发起成立浅草社（后更名为沉钟社），出版文学季刊《浅草》。著有论文集《仰止集》，小说《夜渡》，电影文学剧本《西山义旗》，译著《卢贡家族的家运》等。

蕴辉，生平暂不详。曾在民国刊物《狮吼》上发表新诗《谁见?》。

冬郎，生平暂不详。曾在民国刊物《重庆中校旅外同学总会会报》上发表新诗《病中》《浪痕》等。

蒋光慈（1901—1931），原名蒋如恒（儒恒），又名蒋光赤、蒋侠生，自号侠僧。安徽霍邱人。1924 年参与组织春雷文学社，后加入创造社。1928 年参与成立革命文学团体太阳社，主编《太阳月刊》《时代文艺》等文学刊物。著有诗集《新梦》《哀中国》等。

熊润桐（1890－1974），字鲁柯，号则庵，广东东莞人。1922 年参与发起成立知用学社，同时在《革新》杂志上发表诗歌、文章。有诗作《恕了我吧》等。

天心（1902—1987），原名钟天心，字汝中。广东五华县人。曾主编《改造月刊》，创办《再生》《生力》《民主世界》等刊物。

白采（？—1926），原名童汉章，字国华，一名童昭海。江西高安人。早年在高安女子学校任教，开始作诗习画。1924 年写成著名长诗《羸疾者的爱》，歌颂为生命的尊严而献身的人，质朴而又充满力量，被朱自清誉为"这一路诗的押阵大将"。著有《白采的诗》《白采的小说》等。

陆晶清（1907—1993），女，原名陆秀珍，笔名小鹿、娜君、梅影。云南昆明人。曾主编《晨报副刊》附印的《妇女周刊》，还参加主编《蔷薇周刊》。所写诗文发表在《晨报副刊》《文学旬刊》《语丝》等刊物上。著有诗集《低诉》，散文集《流浪集》等。

穆木天（1900—1971），原名穆敬熙。吉林伊通人。中国现代诗人、翻译家，"象征派"诗人的代表人物。1921 年加入创造社，1931 年参加"左联"，负责"左联"诗歌组工作，并参与成立中国诗歌会。著有诗集《旅心》《流亡者之歌》《新的旅途》等。

刘廷蔚，生卒年不详。诗人，植物学家。著有诗集《山花》《我的杯》。

沈从文（1902—1988），原名沈岳焕，湖南凤凰人。1924 年开始进行文学创作，主要作品有长篇小说《长河》、中篇小说《边城》和散文集《湘行散记》等。建国后在中国历史博物馆和中国社会科学院历史研究所工作，主要从事中国古代历史与文物的研究，著有《中国古代服饰研究》等。

闻国新，生平暂不详。曾为《晨报副刊》《朔风》等期刊撰稿，写作小说、诗歌等。代表诗作《诱惑》等。

尚钺（1902—1982），原名宗武，字健庵，河南罗山人。历史学家、革命者。1919 年组织青年学社，创办《三日报》。著有短篇小说集《病》《斧背》，长篇小说《预谋》等。

马玉铭，生平暂不详。曾在民国刊物《安定》上发表新诗《红叶》。

韦丛芜（1905—1978），原名韦崇武，又名韦立人、韦若愚。安徽霍邱县人。诗人、翻译家。为未名社成员，《莽原》半月刊撰稿人之一。著有诗集《君山》《冰块》等。

易漱瑜（？—1925），女，湖南长沙人。田汉之妻。1924年与田汉共同创立南国社，创办《南国半月刊》，继而组织南国电影剧社。代表作诗歌《哭父·十月十日》，小说《黑马》等。

蹇先艾（1906—1994），遵义老城人，作家，有短篇小说集《朝雾》《一位英雄》《酒家》《还乡集》等，散文集有《城下集》《离散集》《乡谈集》《新芽集》《苗岭集》等。

董祥埙，生平暂不详。曾在《童年月刊（板浦）》上发表诗歌《河岸》。

徐之津，生平暂不详。五四时期诗人。

杨世恩（1905—？），字子惠，浙江鄞县人。在清华学校念书时开始发表诗作，与孙大雨、朱湘、饶孟侃并称为"清华四子"，后来四人均加入新月社，又被称为"新月四子"。著有《子惠遗集》，代表作《她》等。

朱大枬（1907—1930），四川巴县人。是五四中期青年作家，《晨报诗镌》的同人之一。代表诗作《笑》《大风歌》《时间的辩白》等。

饶孟侃（1902—1967），原名饶子离，江西南昌市人。诗人、外国文学研究家，"新月派"成员之一。1924年赴美留学，回国后从事诗歌创作，参加编辑《新月》杂志。主要作品有诗集《泥人集》等。

邵洵美（1906—1968），祖籍浙江余姚，出生于上海。"新月派"诗人、散文家、出版家、翻译家。1928 年开办金屋书店,并出版《金屋月刊》。1933 年编辑《十日谈》杂志,后主持《论语》半月刊编务,晚年从事外国文学翻译工作。著有诗集《天堂与五月》《花一般的罪恶》等。

少英,生平暂不详。曾在《妇女杂志》上发表诗歌、文章。

王独清(1898—1940),原名王诚,字笃清。陕西蒲城人。创造社成员之一,曾任理事,并主编《创造月刊》,同时任广东中山文科学长。出版的诗集有《圣母像前》《死前》《威尼斯》《零乱章》等。

胡也频(1903—1931),原名胡崇轩,曾用也频、白丁、野草等笔名。生于福建福州,祖籍江西新建。"左联"五烈士之一。1928 年到上海后读了大量鲁迅等人翻译的苏俄文艺理论和马列主义书籍,思想和创作发生重大变化。主要作品有诗集《诗稿》《消磨》,短篇小说集《圣徒》,戏剧集《往何处去》等。

罗石君,生卒年不详。1922 年参与发起成立浅草社,先后为文学刊物《浅草》《沉钟》撰稿。代表诗作《呼声》《祭坛》等。